anagramma

1213

Della stessa autrice:

Ti prego lasciati odiare
Come inciampare nel principe azzurro
Finché amore non ci separi
Tutti i difetti che amo di te
Un giorno perfetto per innamorarsi
L'amore non è mai una cosa semplice
L'importanza di chiamarti amore
È solo una storia d'amore
Un imprevisto chiamato amore
Non ho tempo per amarti
L'amore è sempre in ritardo
Questo amore sarà un disastro
Molto amore per nulla
Tutto a posto tranne l'amore
Non sono una signora
Sfida all'ultimo bacio
Un amore sulla neve
In amore vince chi rischia
Tutto troppo complicato

Versione ampliata e corretta.

Prima edizione: marzo 2024

ISBN 978-88-227-8564-0

www.newtoncompton.com

Realizzazione a cura di Pachi Guarini per Studio Ti, Roma
Stampato nel marzo 2024 da Puntoweb s.r.l., Ariccia (Roma)

Anna Premoli

Ti prego lasciati odiare

Newton Compton editori

A mio marito Alessandro,
a cui un decennio fa ho dedicato la mia prima opera,
ovvero la tesi sul backtesting di Relative VaR.
Ora un romanzo rosa.
Amore, non abbandonare le speranze.

Un gentiluomo di campagna inglese che galoppa dietro ad una volpe: l'ineffabile nel pieno perseguimento dell'immangiabile.

Oscar Wilde

Capitolo 1

Ce la posso fare, ce la posso fare, ce la devo fare!

Ma poi commetto un errore: guardo l'orologio. Oddio, non ce la posso fare…

Sto correndo come una pazza per le strade di Londra perché per la prima volta, in quasi nove anni di onorata carriera, sono in clamoroso ritardo. Io, dipendente perfetta e capo team della migliore squadra di cervelli di consulenza fiscale di tutta la banca, sono fuori tempo massimo nel giorno di una presentazione fondamentale.

Appena arrivo davanti ai tornelli, senza perdere tempo svuoto tutto il contenuto della borsa per terra. Ho il fiatone per la corsa e per i nervi, senza contare che devo trovare quel dannatissimo badge e lo devo fare in fretta, altrimenti la mia testa cadrà.

Mi lancio sul pavimento e cerco disperatamente tra i mille oggetti, finché non recupero quello che mi interessa. Senza attendere un attimo in più, ributto tutto quanto nella borsa, o quasi tutto, ma poco importa. Tanto quel lucidalabbra che sta rotolando via non è niente di speciale.

Bene, eccomi, sono in ritardo di due ore sulla tabella di marcia!

«Che scenetta divertente. Sono su *Candid Camera*?», domanda perfida una voce profonda alle mie spalle.

La mia mano rimane sospesa in aria e stringe morbosamente la tessera di riconoscimento che stavo per inserire nella macchinetta. Non devo neanche voltarmi per sapere a chi appartiene quella voce.

Ok, ora è ufficiale: non ce la farò…

*****

Una parte di me sarebbe tentata di strisciare quel badge e proseguire per la sua strada senza neanche girarsi, ma potrebbe sembrare una fuga, e il giorno in cui io fuggirò di fronte a Ian St John sarà il giorno in cui sarà stata proclamata la fine del mondo. E nonostante tutte le maledizioni e profezie tanto care ai maya e ai film hollywoodiani, sembra che ancora non ci siamo.

«Faccio il possibile per intrattenere i colleghi», ribatto girandomi appena.

Con la coda dell'occhio noto che la sua figura alta e minacciosa si avvicina pericolosamente. Passo con gesto rapido la carta magnetica e attraverso di corsa l'atrio. Poi schiaccio con furia il pulsante dell'ascensore davanti a me. Ho molta fretta, nel caso non l'avesse capito.

«Non pensavo che avrei mai assistito a una scena simile», incalza la voce che prima era dietro di me e ora invece è… accanto a me, maledizione. A quanto pare siamo entrambi fermi davanti a un ascensore che proprio non ne vuole sapere di arrivare. Tanta tecnologia per poi trovarsi a questo punto: non poter neanche evitare quel collega che non avresti mai voluto incontrare. Mi chiedo, non hanno ancora inventato qualche *app* che eviti figure di merda come quella che ho appena fatto?

Anche senza guardarlo, sento che mi sta fissando con evidente curiosità. Al suo posto lo farei anch'io.

Sollevo un po' lo sguardo e rimango incenerita dagli occhi più azzurri che siano mai stati creati. Riabbasso veloce la testa, come infastidita da tanto luccicare. Che spreco inutile, due occhi così intensi su una creatura così piena di sé, così altezzosa, così odiosa.

Ma la curiosità è più forte di me a quanto pare, così, mentre gli lancio un'ultima occhiata, mi sfugge inavvertitamente una risatina.

Le sue sopracciglia nerissime si abbassano in segno di diffidenza. È un'espressione che in effetti gli ho visto assumere molto spesso. Credo faccia esercizi di fronte allo specchio per apparire più inquietante possibile quando gli sono di fronte. Non che riesca nell'intento, sia chiaro.

«Sono felice di farti sorridere in una giornata così difficile per te. Non avevi una presentazione diciamo… un'ora fa, Jenny?», mi chiede sapendo bene di andare a segno.

«Bastardo», sibilo entrando finalmente nell'ascensore.

Ops, credevo di averlo solo pensato, ma è evidente che non è così.

Ian mi segue e ridacchia.

«Io sarò anche in drammatico ritardo, ma tu come mai entri a quest'ora? Uno ligio al dovere come te in genere non perde occasione per farsi notare…», gli dico aspra come una mora colta molto prematuramente.

«Colazione con una cliente», dice con tono neutro, per nulla scalfito dalla mia accusa.

Certo, Ian porta fuori tutte *le* clienti. Si dice che svengano davanti a lui.

A essere sincera, è probabile che svenga tutta la popolazione femminile di questo edificio. E anche di quello di fronte. E quello nella via accanto…

Mi fa molto piacere essere l'unica a non farlo.

Una mano si solleva dietro di me e preme il bottone del quinto piano. «Dato che sei così in ritardo, potresti almeno spingere il pulsante dell'ascensore», mi fa notare sarcastico.

La verità è che mi sono distratta, dannazione, e questa mattina non ho bisogno di altre seccature.

La cabina parte con un lieve sobbalzo.

«Forza Jenny», domanda ancora, «dimmi cosa succede. Tu non sei mai in ritardo...».

E così alla fine mi giro a tutti gli effetti verso Ian, che mi guarda come un cacciatore che sta per sparare sulla sua preda. Un ciuffo ribelle di capelli nerissimi gli cade sbarazzino sulla fronte. Lo allontana, con un gesto ben studiato, da quegli occhi così intensi. Se fossi una donna imparziale, dovrei ammettere che un contrasto simile è davvero notevole, ma per fortuna io sono molto di parte quando si tratta di Ian, quindi posso infischiarmene del suo aspetto fisico. La bava delle mie colleghe è più che sufficiente.

«Chiariamo una cosa», gli dico infastidita, «prima di tutto non è affar tuo perché sia arrivata in ritardo questa mattina e, secondo, non fare finta che te ne importi qualcosa, perché so benissimo che non te ne frega un accidente».

In un primo momento la mia frase pare non causare alcuna reazione. Ma poi, su quelle labbra ben scolpite, si affaccia un impertinente sorrisetto di derisione.

«Jenny, Jenny, come puoi pensare una cosa simile di me...», mi dice come ci si rivolgerebbe a un bambino piccolo, proprio mentre l'ascensore si ferma al nostro piano. Mi rigiro per uscire da quella trappola mortale, quando sento alle mie spalle un cambio di registro. Ora la voce è piuttosto seccata. Con una certa soddisfazione mi rendo conto di aver impiegato circa due minuti e mezzo per fargli perdere le staffe. Impressionante, ma posso sempre migliorare.

«Comunque mi riguarda eccome, dal momento che mi hanno chiamato per calmare le ire di Lord Beverly, che attende la sua consulente fiscale da un'ora esatta».

E con questa frase a effetto si incammina velocemente verso la sala riunioni. Io rimango sbigottita per un attimo, poi accenno una corsetta per raggiungerlo.

Ci riesco proprio nell'istante in cui apre con decisione la porta della sala riunioni; non posso fare altro che seguirlo all'interno.

Davanti a noi nel frattempo è stata allestita una specie di sala da tè e la scena sarebbe davvero da cabaret, se non sapessi di essere l'unica colpevole per questo spettacolo fuori programma.

Il temutissimo Lord Beverly sta infatti sorseggiando il suo tè, intrattenuto dal nostro capo, Colin, rosso in volto e chiaramente nervoso. E Colin non è *mai* nervoso.

Ma oggi ha una scusa più che valida, perché è cosa nota che tutti sono sempre agitati di fronte a Lord Beverly, un uomo dall'aspetto pomposo e insieme minaccioso. Ha tutta la supponenza che ci si potrebbe aspettare da un nobile inglese che pensa di vivere ancora nel XVIII secolo e la boria che gli deriva dalla montagna di soldi che possiede.

In genere i nobili di oggi si sono giocati tutto ormai da generazioni e noi comuni mortali possiamo se non altro guardare come si sono ridotti. Ma Lord Beverly no, lui si ritiene superiore per nascita e anche per denaro. Quello che la sua famiglia possiede da sempre lui ha saputo farlo fruttare in maniera egregia grazie a miniere non meglio precisate in Nuova Zelanda.

«Ian, ragazzo mio!», gli dice affabile Beverly e si alza per salutarlo.

Per un attimo scuoto la testa credendo di sognare. Beverly affabile? Cosa diavolo può aver messo Colin nel suo tè?

Ian gli stringe con decisione la mano e sorride naturale. Sì, naturale, come no…

«Lord Beverly! Che piacere rivederla!», esclama Ian rilassato. Certo, non è lui quello in ritardo, può anche permetterselo.

«Il piacere è tutto mio! Tuo nonno sta bene? È da un po' che non lo incrocio al circolo, spero che sia tutto a posto», si informa educatamente Beverly, quasi fosse un essere umano come tutti noi.

Colin e io ci lanciamo un'occhiata preoccupata. E se ce ne andassimo e li lasciassimo ai loro aristocratici convenevoli?

Ma proprio quando sto per battere in ritirata, Lord Beverly si accorge della mia presenza. Avrei dovuto essere più veloce.

«Ah, Miss Percy… è arrivata… finalmente». La sua è una constatazione che sa di condanna a morte. Il tono è mutato all'istante ed è diventato freddo come il Polo Nord.

«Non so come scusarmi con lei per il ritardo», cerco di giustificarmi, ma vengo interrotta all'istante con un gesto della mano e uno sguardo duro. Qualcuno dovrebbe ricordargli che io non sono il suo cane.

E credo sia sul punto di dirmene quattro, quando Ian interviene. «Si è trattato di un grave problema familiare, Lord Beverly. Spero che accetterà le scuse della mia collega».

E Beverly, che stava per mandarmi a quel paese un secondo prima, si blocca e mi osserva. È combattuto, glielo si legge in faccia. Ed è altrettanto chiaro che del mio problema non gli interessa un fico secco. Invece gli sta a cuore ingraziarsi St John. Il che è se non altro curioso: supponevo che Beverly non avesse mai avuto bisogno di ingraziarsi anima viva in tutta la sua esistenza.

«Be', immagino che a tutti capitino problemi familiari di tanto in tanto», cede infine. Si capisce che lo dice malvolentieri, ma gli tocca.

Scioccante. Per un attimo rimango letteralmente a bocca aperta. St John batte Beverly 1 a 0.

Una parte di me è quasi delusa, ma l'altra, quella più razionale, è davvero rasserenata. Riprendo di nuovo a respirare. E pensare che non mi ero nemmeno resa conto di essere in apnea.

«La ringrazio per la comprensione», gli dico con fare teatrale.

Colin a questo punto decide di intervenire. «Visto che abbiamo sistemato tutto, proporrei di affidare Lord Beverly al suo avvocato fiscalista. Ian e io vi lasciamo lavorare in pace».

E detto ciò, fa per avviarsi verso la porta. Ma Lord Beverly ha altri progetti.

«Colin, stavo pensando, cosa ne dici se anche Ian fosse presente alla riunione?».

La mia mascella cede, mentre la bocca si spalanca. Ian a una riunione con me? Beverly non si rende conto di cosa sta chiedendo.

Ma Colin ricorda fin troppo bene i tempi molto burrascosi in cui Ian e io, lavorando insieme, ci siamo scontrati, scontrati e ancora scontrati. E il panico ora solca il suo volto, bianco come un lenzuolo. Pover'uomo, questa mattina entrerà di diritto nella top ten delle più sfigate della sua esistenza.

«Lord Beverly, credo che Ian abbia un appuntamento...», balbetta Colin provando a salvare la situazione.

Ma Beverly non è tipo da farsi intimidire dagli appuntamenti altrui: in fondo è seduto in questa sala riunioni da un'ora, intento a sorseggiare tè e mangiare biscotti al burro, e sa bene che tutto quello che chiederà gli sarà concesso.

«Devo insistere, Colin», si limita a dire e, dannazione a lui, sa benissimo che è tutto quello che serve.

Il nostro capo annuisce rassegnato. «Credi di poterti liberare, Ian?», gli chiede.

«Mi libero nel giro di due minuti. Scusatemi solo un attimo», dice l'uomo più richiesto della giornata. E scompare.

*****

No. Non ce la posso fare.

Il tempo di tirar fuori i documenti dalla mia borsa e Ian è già rientrato, perfettamente a suo agio, sorridente e con uno sguardo determinato. Si sta proprio godendo questa mattinata, ed è tutto merito mio.

Questa è senza dubbio la giornata più schifosa della mia vita. Finora il primato spettava alla mattina in cui sono stata operata d'appendicite e ho vomitato senza tregua per il post anestesia, ma oggi… oh, oggi è decisamente peggio!

Il mio nemico numero uno si è messo comodo in una bella poltrona di pelle nera accanto a Lord Beverly, desideroso di sentire i miei brillanti piani per l'ottimizzazione fiscale del mio cliente.

Per un attimo mi sento come catapultata indietro nel tempo: nobiltà contro plebe.

Lord Beverly, figlio di un marchese, e Ian St John, nipote del duca di Revington, figlio di un marchese, nonché successore al titolo e quindi conte di qualcosa che proprio non ricordo, mi scrutano dalle loro postazioni e attendono, con malcelata impazienza, di sapere cosa diavolo ho escogitato.

E poi, visto che in fondo io sono e rimango la mente più brillante che questa banca ha al suo attivo – nonostante l'opinione contraria del conte da strapazzo – inizio la mia geniale presentazione e gli mostro quanto valgo.

Capitolo 2

Sono sfinita e la testa sta per esplodermi. Il dolore mi accompagna dal drammatico momento in cui ho aperto gli occhi questa mattina e mi sono resa conto che:

a) non avevo sentito suonare la sveglia due ore prima;

b) ero in ritardo all'appuntamento con la A maiuscola;

c) ero reduce dalla prima vera sbronza della mia misera vita.

Sono sempre stata una ragazza forte, decisa, determinata, niente e nessuno mi ha mai intimidito, ma ieri sera sono crollata miseramente di fronte al mio ennesimo fallimento amoroso. E il colpo di grazia è stato non tanto l'essere stata piantata dal mio fidanzato, quanto la terribile consapevolezza che non me ne fregava niente di lui.

Nel momento in cui mi ha detto che non se la sentiva di andare a vivere con me, ho provato sollievo. Mi è quasi sfuggito un sorriso. Ancora una volta.

Questa è la mia terza relazione seria che naufraga poco prima della convivenza, e ieri sera ho finalmente capito che la colpa non è dei miei smidollati fidanzati, ma solo mia. Sono io la causa dei miei insuccessi amorosi, sono io il motivo per cui mi mollano: prima o poi capiscono che non me ne importa niente di loro, che mi sto solo illudendo a mia volta, e quindi scappano.

Io, al posto loro, scapperei anche prima.

Questa improvvisa consapevolezza mi ha messa così KO ieri che Laura e Vera mi hanno costretta a uscire. Abbiamo girato per pub e abbiamo bevuto come delle spugne.

E sono riuscite nella missione di farmi dimenticare di me stessa. Mi sono talmente riempita di alcol che ho davvero smesso di pensare ai miei barbosissimi fidanzati e ai miei fallimenti. Per un po' sono anche riuscita a non pensare al motivo per cui li ho scelti, ovvero perché erano esseri insignificanti che non avrebbero potuto scalfire minimamente la mia vita incasinata.

Detesto non avere il controllo della situazione e nei rapporti a due finisco sempre per scegliere persone che non possono in alcun modo ostacolare i miei piani, persone che si lasciano guidare da me.

Peccato poi che il risveglio sia stato un terribile ritorno alla realtà. E che brutta realtà.

Tutto mi è ritornato in mente proprio mentre snocciolavo dati e informazioni di fronte a Lord Beverly e Ian, due stronzi patentati, senza alcun dubbio, ma che almeno reputo, per qualche perversa ragione, al mio livello.

*****

Tornando invece al mio ultimo fidanzato, per un brevissimo periodo credo davvero di aver pensato che Charles fosse perFilosofia all'università, è incredibilmente serio e riflessivo, detesta i conservatori e sogna di cambiare il mondo. Certo, si ferma al sogno e non agisce, ma almeno sogna le cose giuste.

La mia famiglia lo ha adorato da subito e ha trovato in lui quell'affinità che con me è sempre mancata. Io sono un errore genetico che ancora non comprendono.

Questo ennesimo fallimento con Charles mi costringerà a lavorare sul serio su me stessa. Devo proprio trovare la persona giusta, una che piaccia a me e non alla mia famiglia.

La telefonata di Vera mi desta dai miei vaneggiamenti. Rispondo subito al telefono riconoscendo il suo numero.

«Ciao bellezza», le dico sorridendo.

«Allora sei viva!», risponde sollevata.

«Insomma...», le confesso.

«Com'è andata la famosa presentazione?»

«Oh, non poteva andare meglio», dico con tono ironico. «Mi sono svegliata con due ore di ritardo e sono a malapena riuscita a trascinarmi al lavoro, dopodiché ho scoperto che il mio cliente adora circondarsi di suoi simili, quindi ho dovuto fingermi a mio agio mentre illustravo il tutto non solo a lui, ma anche al suo regale simile. Ian».

«Ohi, ohi...».

Vera sa tutto della faida che dura da anni tra me e Ian, ha passato nottate ad ascoltare le mie lamentele e sa quasi ogni dettaglio dei nostri ormai celebri litigi.

Credo che li raccontino ancora a tutti i neoassunti, perché sia chiaro che non è bene avvicinarsi a noi.

Lei è convinta che l'astio che c'è tra di noi sia dovuto a una specie di lotta di classe. Io invece penso solo che lui sia un cretino patentato, e che la diversità di classe sociale non c'entri molto. Il fatto che sia nobile non cambia la sostanza, ovvero che è e rimane un cretino pieno di sé.

«Già, puoi dirlo forte. Proprio ohi, ohi...».

«È stato tanto terribile?», chiede timorosa.

«Cara mia, è stato più che terribile. Ma io sono sempre una donna in gamba, quindi mi sono salvata in corner. Ammetto anche che Ian non ha infierito più di tanto e se ne è stato stranamente zitto».

«Bene, no?», chiede Vera.

«Mah, non ne sono convinta. Se si fosse trattato di chiunque altro… forse. Ma di Ian non c'è da fidarsi, lo sai bene. Ho l'impressione che oggi abbia evitato di pugnalarmi solo perché ha in mente un piano più diabolico».

Vera ride. «Sei paranoica, cara mia, te l'ha mai detto nessuno?»

«Certo che lo sono, sono un avvocato fiscalista, devo esserlo per forza!».

Vera sta ancora ridacchiando, quando intravedo Colin che si avvicina alla mia postazione e mi fa segno di raggiungerlo.

«Devo andare bellezza», dico a Vera, «il grande capo mi vuole vedere. Incrocia le dita per me».

«Sarà fatto!».

«A dopo».

*****

Raggiungo subito Colin, fermo di fronte alle macchinette per il caffè.

«Salva per un pelo oggi», mi dice il capo. Ma il tono non è di rimprovero.

«Lo so, Colin, non pensare che non comprenda quello che ho rischiato. Si è trattato di un errore, di quelli che non ho la minima intenzione di commettere di nuovo».

Colin inserisce due monete nella macchinetta, schiaccia velocemente una fila di bottoni e poco dopo mi porge un caffè bollente. Lo assaggio e sento che è molto zuccherato.

«Extra zucchero?», gli chiedo.

«Ne avrai bisogno…», mi dice con tono misterioso.

«Allora sarà davvero il caso che mi sieda».

«Sei una donna forte, sono sicuro che ce la farai anche senza ulteriore conforto», e mi fa l'occhiolino.

«Forza Colin, sai bene che riesco a reggere quasi tutte le brutte notizie», gli faccio notare stoica. In realtà sto iniziando a intuire dove vuole andare a parare e la cosa non mi piace per niente.

«E tu, Jenny, sai benissimo di cosa si tratta, o non avresti questa faccia acida dopo aver bevuto il caffè più dolce della tua vita».

A quanto pare ho un capo molto saggio.

«Lo so di cosa si tratta, ma non voglio toglierti dall'imbarazzo di dovermelo dire».

«Che ragazza perfida... Allora, se non vuoi proprio facilitarmi le cose, sappi che Lord Beverly insiste per essere seguito da te e Ian insieme».

«Ah...». Non riesco a dire altro. Purtroppo avevo captato le vibrazioni giuste.

«È ovvio che il nostro cliente non sa dei vostri problemi passati, e sinceramente, dopo oggi, preferirei che non lo venisse a sapere mai», precisa.

«Ascolta Colin», gli dico seria, «sono una che si assume le proprie responsabilità. Capisco bene di aver fatto una cazzata e che in qualche modo devo pagare, ma questo... questo è troppo. Lord Beverly può anche non saperlo, ma *tu* sai cos'è successo, sai cosa rischiamo».

Colin gira nervosamente il suo caffè e non mi guarda. «Sono passati quattro anni, Jenny, speravo che due persone intelligenti e adulte potessero superare nel frattempo le loro divergenze».

«Certo, se Ian fosse anche solo lontanamente adulto oppure intelligente. Ma al momento credo che manchi di entrambe le caratteristiche necessarie».

Mentre lo dico la mia faccia è quella di un angelo, forse un po' dispettoso, ma pur sempre un angelo.

Negli occhi di Colin si nota invece un certo nervosismo. «Jenny...», mi ammonisce.

Ma non lascio nemmeno che termini la frase, so bene qual è il punto. «Hai ragione, ho fatto io la cretinata oggi e quindi ne devo subire le conseguenze».

Colin cerca allora di cambiare tattica. «Prova a vederla in questo modo. Stai pagando per un errore che hai commesso tu stessa, ma Ian... lui si è trovato ingarbugliato in questa situazione senza volerlo. Forse nemmeno lui sta facendo salti di gioia in questo momento».

Posta in questi termini, la questione diventa di nuovo interessante. In fondo, chi sono io per negare a Ian la grande gioia di dover lavorare con me?

«E lui lo sa già?», chiedo, animata da nuova energia. Mai sottovalutare l'effetto di rendere impossibile la vita altrui.

Colin sorride rassegnato. «Vedo che certi trucchetti funzionano sempre. Siete due bambini, Jenny», mi rimprovera bonariamente.

«Perdonami, ma visto che sono più vecchia di due anni il bambino è lui».

«Certo, questi famosi due anni di differenza...».

«Questi fondamentali due anni di differenza», gli ricordo serissima.

La verità è che cinque anni fa tutto nacque proprio per una questione d'età: quando fondarono il primo team misto di consulenza fiscale, fatto di economisti e avvocati, furono costretti a una scelta difficile e scomoda. Chi mettere al comando?

Io avevo ventotto anni, una carriera incredibile e velocissima alle spalle. Ian di anni ne aveva invece ventisei ed era un acquisto più recente, anche se sul suo conto si raccontavano già storie incredibili. Dicevano che era un economista geniale e brillante e che i clienti pendevano dalle sue labbra.

Ebbene, dopo aver vagliato vari candidati, la banca dovette scegliere chi nominare come responsabile tra noi due. Ognuno di noi si aspettava di ottenere il riconoscimento.

La decisione fu molto difficile ma alla fine il consiglio, messo di fronte alla sostanziale incapacità di scegliere, finì per premiare la persona più adulta, ovvero la sottoscritta. Ci venne detto che avevano bisogno di qualcuno con un minimo di "anzianità".

In cuor mio sapevo che quella motivazione era solo una scusa e che avevo tutte le carte in regola per quel posto. Essere responsabile di un team non vuol dire soltanto essere il migliore – anche se io lo sono senza dubbio – ma anche saper guidare e incoraggiare il gruppo. Per quanto mi riguarda Ian ha sempre saputo guidare unicamente se stesso.

Comunque lui prese malissimo quella decisione. In un primo momento tutti pensavamo che si sarebbe licenziato per andarsene da un'altra parte, ma invece adottò una strategia molto più subdola. Decise infatti di restare, ma da quel momento le sue giornate ebbero un unico obiettivo: mettermi in difficoltà.

I primi mesi la sua ostilità fu ben mascherata, per poi sfociare in una vera e propria guerra a muso duro. Le nostre riunioni di team divennero leggendarie e interminabili.

Se io dicevo A lui diceva B. Se io bianco lui nero. E così a oltranza.

Dopo un anno di lotte senza quartiere la situazione divenne ingestibile: all'inizio cercai di essere superiore a quelle provocazioni e di tirar dritto per la mia strada, ma dopo l'ennesima scorrettezza, volta solo a screditarmi di fronte a un cliente, persi le staffe. Ci affrontammo nel suo ufficio, io gli dissi chiaro e tondo tutto quello che pensavo e lui m'insultò a più non posso.

Finì malissimo. Lasciai che emergesse tutta la rabbia che covavo dopo un anno di litigi e alla fine gli tirai un pugno sul naso. A quanto pare lo feci anche bene, perché Ian ne uscì con il setto nasale rotto e io con una prognosi di una settimana alla mano.

Prima d'allora non avevo mai fatto male a una mosca.

L'episodio destò parecchio scalpore e, per cercare di salvare la situazione, l'azienda decise saggiamente che non avremmo dovuto mai più lavorare insieme. A ognuno venne affidato un proprio team, e a quel punto la guerra si spostò sul piano professionale. Ognuno dei nostri gruppi otteneva infatti risultati straordinari cercando di superare l'altro, anche perché di mezzo c'era, a quel punto, lo scettro di "migliore".

Al momento eravamo bloccati su un costante pareggio.

*****

«Allora, credi che ce la farete a non uccidervi per qualche riunione insieme?». La voce di Colin mi stava riportando alla realtà.

«Sono passati cinque anni, possiamo se non altro *provare* a essere civili», gli rispondo, stupita di me stessa.

Colin è favorevolmente sorpreso; la vena diplomatica non è mai stata tra le mie caratteristiche migliori. Vedo che riprende a sorridere. Almeno qualcuno riesce ancora a farlo.

«Mi hai reso molto felice. Davvero Jenny, non hai idea…».

Ma invece ce l'ho, so cosa significa per lui poter contare su persone disponibili. Ammetto che negli ultimi cinque anni non si è visto molto spesso un po' di buon senso tra queste mura. Forse per una volta posso provare a fare qualcosa per lui, visto che mi ha sempre difeso e dopo quel famoso incidente ha salvato il mio posto.

In fondo ero io quella che aveva dato un pugno e quindi tecnicamente ero io dalla parte del torto agli occhi degli altri. Ma Colin sapeva bene che se avevo reagito in quel modo era perché qualcun altro aveva oltrepassato il limite.

«Preferisci che sia io a parlare con Ian?», mi chiede il capo.

Ormai ho trentatré anni e non ho bisogno di una balia. Sarebbe bello, ma, ahimè, ognuno deve farsi carico delle proprie responsabilità.

«No, ti ringrazio. Parlerò io con Ian», gli dico rassegnata. «Mi tocca».

Colin mi appoggia un braccio su una spalla: «In bocca al lupo».

Qualcosa mi dice che ne avrò proprio bisogno.

*****

L'idea non mi sembrava così folle quando l'ho proposta a Colin, ma una volta rientrata nel mio ufficio mi è parsa impossibile da realizzare. E così sono rimasta incollata alla mia sedia per tutta la giornata.

Sono una vile, lo so… e non è da me. Questo basta per ridestarmi dal torpore e spronarmi all'azione.

L'ufficio si è quasi del tutto svuotato e ormai fuori è buio pesto. L'ora di cena è passata da un pezzo. Grazie a Dio domani è sabato, quindi quelli che possono escono presto, per un weekend fuori o per un appuntamento galante.

George, il mio vice, fa capolino dentro il mio ufficio. «Sei ancora qui?», chiede come se potessi non esserci.

«A quanto pare…».

Mi lancia un'occhiata rapida, nel suo sguardo vedo compassione.

«In bocca al lupo», mi dice. E so a cosa si riferisce. Probabilmente tutto l'ufficio lo sa.

«Crepi, George. Buon weekend. Divertiti», gli rispondo.

Una parte di me vorrebbe che Ian se ne fosse già andato, così potrei passare le prossime due giornate in relativa tranquillità e attendere lunedì per affrontarlo, ma oggi la sfortuna incombe su di me.

Sbuffo mentre mi alzo dalla poltrona e m'incammino pronta a mandare al diavolo le mie due giornate di serenità. La luce nell'ufficio di Ian è accecante, difficile ignorarla anche da lontano, in fondo al corridoio.

Non sono mai stata capace di tirarmi indietro di fronte a una sfida. Oggi per la prima volta rimpiango questa mia dote.

Mentre cammino con passo felpato lungo il corridoio noto che anche Tamara, la vice di Ian, ha saggiamente levato le tende: neanche l'infatuazione per il suo capo è riuscita a trattenerla in ufficio fino alle nove di un venerdì sera.

Niente tentennamenti o ripensamenti mentre busso con decisione alla sua porta, e poi mentre la apro senza attendere una risposta. Meglio coglierlo impreparato, mi dà un vantaggio psicologo.

E in effetti devo averlo colto di sorpresa, perché lo sguardo che mi lancia è di uno stupore genuino. Ma dura solo un secondo, perché passa quasi subito alla modalità guardinga e letale. Gli occhi prima limpidi diventano all'istante velati, foschi.

Curioso, ma finora non mi ero resa mai conto di come la mia vicinanza fisica potesse condizionarlo. Un secondo prima avevo di fronte un uomo rilassato, ora invece c'è un nemico pronto all'attacco.

Ian è seduto comodamente nella sua poltrona di pelle nera, lo schermo del PC gli illumina il volto guardingo. Lo sguardo mi cade subito sul colletto slacciato e la cravatta allentata. In mano tiene un voluminoso fascio di fogli che appoggia deciso sul tavolo, non appena si accorge della mia presenza.

«Mi chiedo, perché bussare se non vuoi aspettare che io risponda?», domanda riflettendo ad alta voce.

«Devo sprecare una risposta?», rilancio sedendomi nella poltrona di fronte a lui.

Ian incurva un angolo delle labbra in un azzardo di sorriso. «Certo che non devi, ci arrivo benissimo da solo: hai bussato perché così hai rispettato una certa forma, ma te ne sei fregata della mia risposta per avere il vantaggio di un ingresso a sorpresa, non è così?».

Gli sorrido forzatamente. Certo che ha ragione.

Devo essere sincera: il cervello di Ian è sempre stato un problema. In genere riesco a superare chiunque in arguzia, ma nel suo caso la sua perfida intelligenza arriva a pareggiare la mia. Il che è molto avvilente.

Ian rilassa le spalle e si lascia cullare dalla poltrona.

«A cosa devo l'onore?», chiede scrutandomi con quegli occhi azzurrissimi.

Ora che sono qui non so davvero da dove iniziare. Nella mia mente mi ero costruita una sorta di scaletta logica, ma adesso ho come un vuoto di memoria.

«Non sei qui per ringraziarmi?», mi domanda ironicamente la serpe.

«Ringraziarti?», chiedo sgomenta. «E per cosa?».

Il tono della mia voce è subito diventato alto.

Ian ridacchia. «Per questa mattina, per averti salvato il culo con Beverly...», mi fa notare.

Lo interrompo all'istante. «Veramente mi sono salvata da sola con Beverly».

«Certo, ma solo perché la mia presenza l'ha rassicurato e l'ha addolcito. E solo così hai avuto il modo di *salvarti da sola*», puntualizza.

Una parte di me sa che ha ragione, ma me ne ha combinate talmente tante che nemmeno altre mille azioni come quella di oggi basterebbero a pareggiare i conti tra di noi.

«Che sia chiaro, mi sarei salvata anche senza la tua petulante presenza, Ian».

Mi lancia un'occhiata molto dubbiosa. «Questo è tutto da dimostrare, mia cara». Il modo in cui lo dice mi provoca un brivido freddo.

Per qualche istante non facciamo altro che fissarci, nessuno vuole distogliere lo sguardo per primo. Alla fine è Ian a mettere fine all'attesa: «Vorrei rimanere qui tutta la sera ma, ahimè, tra dieci minuti devo essere fuori da questo ufficio per un appuntamento galante, quindi ti pregherei di arrivare al punto», mi dice con una voce improvvisamente gelida. Ha finito con i convenevoli.

«Il punto è Beverly», inizio decisa, «vuole che noi lavoriamo insieme al suo caso».

«Certo che lo vuole», sottolinea Ian come se fosse una cosa normale, «ha sentito dire che siamo le due menti più brillanti di questa divisione e vuole il contributo di entrambi. Posso capirlo. Tu lavorerai al tuo progetto e una volta finito me lo sottoporrai così che io possa suggerirti alcune migliorie», dice calmo.

Ed è strano, perché in genere Ian è tutto fuorché un uomo prevedibile. Inteso nel senso peggiore del termine, sia chiaro.

«Ho capito che la sciacquetta che porti questa sera a cena ti sta mandando il cervello in tilt, ma cerca di rimanere concentrato ancora per qualche minuto», lo rimprovero seccata.

La mia frase va a segno perché un istante dopo si sporge dalla sedia, afferra il bordo della scrivania e si avvicina pericolosamente al mio volto.

«Una sciacquetta?», ripete adirato. Nei suoi occhi vedo veri e propri lampi azzurri.

E la cosa mi fa sorridere. «Lo sono sempre. O hai cambiato genere di recente?», chiedo con un'espressione di perfetta innocenza.

Ian mi afferra il volto e, sforzandosi di non stritolarlo, mi dice: «Dio come vorrei poter mettere a tacere una volta per tutte quella tua boccaccia. Sarebbe la soddisfazione più grande della mia vita».

Nei suoi occhi vedo una rabbia difficile da controllare. Devo avergli fatto perdere davvero la pazienza. Bene.

Con una mossa decisa riesco a divincolarmi e tirandomi indietro ristabilisco una distanza di sicurezza tra di noi. Gli ho rotto il naso una volta, non vorrei dovermi ripetere.

«Punto primo, Beverly vuole che lavoriamo insieme al suo dossier e noi due, grandi professionisti e persone adulte, lo faremo», gli spiego. «Punto secondo, niente team, saremo solo noi due su questo lavoro: siamo già abbastanza deliranti senza dover coinvolgere altra gente in questa nostra faida», aggiungo subito.

La sua espressione è un misto d'irritazione e comprensione. Vedo che sta iniziando a intuire dove voglio andare a parare.

«Punto terzo, quando ci tireremo i capelli, in senso figurato s'intende, lo faremo senz'altro lontano da questo ufficio. Per tutti gli altri, noi due andremo d'accordissimo per l'intera durata dell'incarico. Le nostre inevitabili liti avverranno fuori da queste stanze», concludo.

«Insomma, non vuoi testimoni», mi risponde Ian per nulla stupito.

«Certo che no, come non li vuoi tu. La volta scorsa le continue liti hanno rischiato di bruciare le nostre carriere, e questa volta non voglio niente di simile».

«Anche perché io ci ho rimesso il naso...», fa notare indispettito.

«E non vorrei mai rovinare quello che il tuo chirurgo plastico ha rimesso insieme così bene», ribatto sarcastica.

Lo so che Ian non si è fatto operare al naso dopo il mio pugno, ma insinuarlo mi ha sempre dato una certa soddisfazione, anche perché è particolarmente sensibile al tema. La sua ossessione per l'aspetto è cosa nota a tutti, ma lo è anche il suo terrore per ospedali e operazioni.

«Quello che *avrei* voluto che il chirurgo rimettesse insieme», mi fa notare arrabbiato.

«Giuro, sei più ossessionato di una donna per la forma del tuo naso. Io ho un brutto naso e vivo benissimo», gli dico sentendomi saggia.

«Tu non hai affatto un brutto naso», mi dice convinto, «hai un naso normale e perfettamente adatto al tuo volto».

La frase mi lascia stupita: Ian parla bene del mio naso? Ma che razza di piega ha preso questa conversazione?

«Certo, se invece vogliamo considerare i tuoi capelli, allora ne avrei eccome di osservazioni da fare», si affretta ad aggiungere.

Ah ecco, le critiche le capisco meglio. Comunque, per la cronaca, ho dei banalissimi capelli castani, di un castano molto comune, di una lunghezza media estremamente comune. C'è poco da criticare.

«Allora, affare fatto?», gli chiedo ignorando il commento, alzandomi e dandogli invece la mano. La professionalità prima di tutto.

«Ho alternative?», chiede rassegnato.

«Certo che no», ribatto tornando affabile.

Ian sospira. «Allora, affare fatto», mi dice. Guarda dubbioso la mia mano, tanto che sono quasi portata a pensare che non la stringerà, quando invece si decide e l'afferra. Una presa sicura, che non lascia spazio a indecisioni.

Alzo gli occhi e incontro il suo sguardo. Chiaramente un errore: i suoi famigerati occhi azzurri mi imprigionano e stentano a lasciarmi andare. Capisco perché abbia tutta Londra ai suoi piedi; davvero, so essere obiettiva e riconoscere un uomo oggettivamente, fastidiosamente bello. Mi dicono che i giornali scandalistici scrivono spesso di lui: un nobile, un futuro duca, l'erede principale di un impero d'indubbio valore, con una presenza fisica che non passa inosservata. È facile parlare di lui e della schiera di donne con cui si fa fotografare. Sono tutte modelle oppure PR pseudolavoratrici, che fanno finta di avere un'occupazione in attesa di accalappiare qualcuno. Certo, tutte insieme non raggiungono il QI di una persona di media intelligenza, ma questo conta poco. A Ian basta essere idolatrato, non chiede altro.

Libero la mano come se mi fossi scottata e distolgo lo sguardo. Meglio tornare alla realtà. «Allora buona serata e buon fine settimana», gli dico magnanima e fiera della mia superiorità.

Lui alza il solito sopracciglio con fare ironico. E le mie buone intenzioni di seppellire l'ascia si sciolgono come neve al sole. M'incammino verso l'uscita e gli dico: «Forza, muoviti, lo sai che le sciacquette non aspettano. Mai farne attendere una».

E per chiudere in bellezza gli faccio pure l'occhiolino mentre la mia sagoma scompare nel buio del corridoio.

Torno verso il mio ufficio e, per la prima volta da quando ho aperto gli occhi questa mattina, ho voglia di sorridere. Grazie Ian, grazie di cuore.

Capitolo 3

Ingrano decisa la marcia mentre la mia utilitaria si fa rumorosamente largo tra i campi poco fuori da Londra. Sono in campagna, vicino alla tenuta dei miei genitori.

Qui tutto è biologico, tutto è politicamente corretto.

I miei sono creature bizzarre, almeno per una quadrata come me. Sono inglesi ma antimonarchici, sono vegetariani, vegani per essere più precisi, antireligiosi o almeno vicini al buddismo più che a tutte le altre religioni, non sono sposati ma sono una coppia di fatto, e sostengono tutte le organizzazioni non governative che possano esistere. Hanno messo al mondo tre figli: Michael, il mio fratellone medico che lavora per Amnesty International e altri gruppi che aiutano i rifugiati in giro per il mondo, e mia sorella Stacey, che invece è un avvocato che offre patrocinio gratuito a chi non può permettersi un legale.

Quindi è facile comprendere perché mi senta un pesce fuor d'acqua all'interno della mia famiglia. Io sono un avvocato fiscalista! Ai loro occhi aiuto i ricchi a diventare ancora più ricchi e quindi sono automaticamente l'incarnazione della cattiva società, sono quasi una sorta di satana in gonnella.

Ma sono anche la loro piccolina e quindi si sforzano di tollerarmi. Fossi stata la primogenita mi avrebbero di sicuro ripudiata da tempo. Senza contare che quando nella mia vita c'era Charles la mia famiglia vedeva anche me con occhi più magnanimi.

Ora, invece, senza di lui, sarei di certo ritornata in fondo alla classifica familiare.

*****

Appena parcheggiato sul vialetto vengo subito accolta dal solito gruppetto di oche che mi assalgono cercando di mordermi la mano.

Le oche libere sono oche felici secondo mia madre. Tendo a non condividere la sua opinione, ma non ho ancora trovato il coraggio di comunicarglielo

Perché poi i miei allevino oche senza mangiarle, sinceramente mi sfugge. Le oche sono perfide, lo sanno tutti. E i miei genitori stanno crescendo oche dittatoriali e cattivissime.

Visto che ci sono abituata, mi dirigo con decisione verso la porta d'ingresso, azzardando con passo sicuro uno slalom tra cani e gatti che dormicchiano sotto il davanzale. Dopo anni di pratica costante ho acquisito una notevole abilità e quindi in pochi secondi sono al sicuro dentro casa. L'oca assassina, che mi aveva puntato sin dall'inizio, starnazza invece fuori dalla porta. Che soddisfazione.

«Mamma, sono arrivata!», urlo per farmi sentire.

«Sono in cucina», mi risponde la voce suadente di mia madre.

Ed effettivamente eccola lì, intenta a preparare una specie di minestrone dall'odore alquanto insolito. Mai chiedere cosa mette dentro i suoi piatti, si potrebbe morire per lo spavento.

«Eccoti Jenny, ci stavamo preoccupando, sei in ritardo di un'ora», mi fa notare subito mia madre, che oggi indossa uno sgargiante abito giallo. Probabilmente una specie di saluto al sole, visto il colore accecante.

«Non sono in ritardo. Ho avvisato che sarei arrivata all'una, e all'una eccomi qua, puntuale come un orologio svizzero».

Detto tra noi, tendo sempre a spaccare il secondo quando si tratta di andare dai miei. Mai un minuto prima, rischierei un fiume di domande scomode.

«Fatti vedere, cara. Ancora questa faccia così grigia. Ma cosa diavolo mangi? Non sarà mica carne?», chiede mia madre, visibilmente scossa alla sola idea.

Ora, essendo stata cresciuta da due vegetariani è chiaro che io non mangi carne, ma ogni tanto un pesce o un uovo me lo concedo. Ma non avrò mai il coraggio di dirlo a mia madre, potrebbe ucciderla il sapermi vegetariana lassista e non vegana integralista.

«No, mamma», rispondo pronta, «niente carne, solo tanto stress».

Dalla sua espressione capisco di aver scelto il tasto sbagliato. «Be', francamente è quello che ti meriti per il lavoro che ti sei scelta. Davvero, Jennifer, cosa ti è saltato per la testa quando hai scelto l'ambito fiscale? E lavorare per una banca d'affari, poi... Ma ti rendi conto? Sono la causa del crollo del nostro sistema finanziario ed economico!», mi ripete per la millesima volta. Questa storia l'ho sentita ormai così spesso che potrei anticipare parola per parola quello che sta per rinfacciarmi. Con scarto di errore minimo.

«Pensavo tu fossi felice del crollo in atto», le faccio notare.

Mia madre rimane con il mestolo sospeso in aria e si volta a guardarmi. «Certo che sono felice! Finalmente anche gli altri si stanno accorgendo di quello che tuo padre e io ripetiamo da quarant'anni». Gli occhi le brillano mentre lo dice, la fanno sembrare molto più giovane.

«Allora dovresti esserlo ancora di più, sapendo che sto contribuendo a far crollare il sistema. In un modo o nell'altro», aggiungo quasi sorridendo.

Sono furba, e mia madre lo sa. Si volta rassegnata verso il suo pentolone.

«E Charles, perché non è venuto con te?», chiede continuando a mescolare. Cielo, speravo davvero che non se ne accorgessero, almeno non così presto. Pensavo che le recriminazioni sul mio lavoro mi aiutassero a guadagnare qualche altro minuto.

«Già, Jenny, dov'è Charles?», chiede mio fratello, che è comparso come per magia al mio fianco.

«Hmm», borbotto. E da quel breve suono appena pronunciato, mia madre esplode.

«Oh mio Dio, vi siete lasciati!».

«Be'…».

Michael intuisce la mia incertezza e cerca di darmi una mano. «Dài mamma, non essere così drammatica, Charles oggi aveva un impegno, vero?».

Lo sa benissimo che abbiamo rotto, non è mica tonto, ma a quanto pare questa non è la giornata adatta per una notizia simile. Mia madre, di solito così serena, si è trasformata in una furia alla sola idea. Meglio soprassedere.

«Ma certo, è via per un convegno», mento con convinzione. Ho anni di pratica alle spalle.

«Peccato. Vorrà dire che ti preparerò una borsa con gli avanzi. Sai bene quanto lui adori la mia cucina».

Ammetto che avrei dovuto sposarlo solo per quello. Non troverò mai più un uomo che possa davvero apprezzare la cucina di mia madre. Ma Charles l'amava veramente, e non tanto per una questione di sapore, quanto filosofica: secondo lui se gli ingredienti sono etici e logici allora lo è anche il risultato. A prescindere dal gusto.

Perché il gusto è davvero, davvero discutibile. E lo dico con tutto l'amore di figlia.

«Forza, è pronto», ci incita poco dopo mia madre.

E noi la seguiamo mentre si fa largo per arrivare all'ampia sala da pranzo. Ampia perché estremamente spoglia, come vogliono le nuove regole del feng shui.

Attorno al tavolo in legno naturale (niente materiali freddi dai miei) c'è già mio padre, assorto a chiacchierare con Tom, il marito di mia sorella Stacey. Anche loro hanno una fattoria perfettamente biologica a pochi chilometri da qui. I loro due bambini, Jeremy e Annette, si rincorrono invece intorno al tavolo.

Mia sorella sta intrattenendo la fidanzata di Michael, Hannah. Lei è un medico tedesco e si sono conosciuti pochi anni fa in un campo profughi. Da allora si amano perdutamente. Il matrimonio dovrebbe essere cosa quasi fatta, impegni lavorativi permettendo.

In realtà è più di un anno che cercano di sposarsi, ma le continue guerre, di cui l'umanità sembra non poter fare a meno, li rendono piuttosto occupati. Ho l'impressione che se stanno aspettando un momento di serenità mondiale, finiranno per non sposarsi mai, ma in fondo perché rovinare i sogni degli altri?

Questa è gente accomunata da ideali e convinzioni, questa è gente appassionata, convinta. E qui io non c'entro davvero niente.

La verità è che sono cresciuta già così sensibilizzata verso tutte le atrocità del mondo che ho dovuto costruirmi una mia personale difesa. E quindi ho scelto di fare qualcosa di totalmente opposto alle loro convinzioni, qualcosa che per loro è frivolo e sciocco, ma che mi ha permesso di mettere una distanza tra loro e me. Ho scoperto chi ero solo dopo aver tagliato in qualche modo i ponti con loro. Ho sempre sentito il bisogno di esistere come entità separata, e non come parte di una comune dove tutti erano obbligati a condividere le stesse idee.

E l'essere stata una delle migliori studentesse a Oxford mi ha consentito di consolidare quel distacco che poi mi avrebbe aiutato ad andarmene a Londra, e reinventarmi.

Non che per il momento ci sia proprio riuscita, almeno umanamente parlando. La carriera è l'unica cosa che mi sta tenendo a galla, e non mi piace ammetterlo.

«Ciao Jenny», mi saluta mio padre. «Niente Charles oggi?». Il tono per fortuna è cordiale e non agitato come quello di mia madre poco prima.

«No, impegni universitari», gli ripeto mentendo abilmente.

«Allora è scusato», dice con voce solenne. Solo perché sia chiaro: io non lo sono mai se devo lavorare durante il fine settimana e quindi non passo a salutarli.

«Allora, cosa si racconta nella City?», mi domanda Tom.

«Direi niente. Tutto come al solito», rispondo sedendomi attorno al tavolo.

«Voi non state per fallire come quelli della Lehman?», chiede preoccupata Stacey.

Tocco ferro sotto il tavolo. «No, direi che per il momento non stiamo fallendo».

È molto più probabile che fallisca l'Inghilterra invece che un'altra grande banca d'affari, penso tra me, ma è inutile tediare le loro menti con scenari simili.

«Sai, dal parrucchiere ho letto l'altro giorno un articolo su un nobile che lavora nella tua stessa banca», mi dice Hannah. A lei è permesso leggere ogni tanto articoli di gossip perché lei "è tedesca".

Sto masticando un pezzo di pane di segale che improvvisamente mi si blocca in gola. Mi perseguita, sento parlare di lui anche nell'unico angolo dell'Inghilterra dove speravo passasse inosservato.

«Come si chiama? Un ragazzo veramente molto bello, l'avrai notato», m'incalza Hannah ignara.

Tutti si sono fermati e mi fissano. Però, che suspense.

«Ian St John, il conte di Langley», dico a bassa voce tossicchiando.

«Esatto!», esclama Hannah soddisfatta. «Lo conosci?».

Per un attimo sono quasi tentata di dire alla mia futura cognata che ho rotto il naso al bel conte di Langley, ma questo potrebbe generare troppo entusiasmo nei miei familiari normalmente pacifisti. Meglio tacere sul particolare.

«L'ho visto di passaggio», dico soltanto.

Anche perché, chi davvero può dire di conoscere Ian St John? Credo nessuno.

Non è ancora chiaro cosa ci faccia in una grande banca d'affari americana, quando la sua famiglia possiede un numero indefinito di società sparse per il mondo. Sulla stampa si era parlato in effetti di qualche litigio familiare che lo aveva spinto a rifiutare tutte le posizioni offertegli da suo nonno. Di sicuro lavorare come dipendente, anche se profumatamente pagato, non può competere con l'amministrare un patrimonio familiare immenso.

La verità è che potrebbe benissimo non fare niente come la maggior parte dei suoi pari, mentre invece marcisce in ufficio per un numero molto elevato di ore. Quasi quanto me. Il che contribuisce a rendermelo ancora più odioso.

Presto la conversazione a tavola ritorna sui temi più sicuri come il graduale passaggio dall'energia atomica a quella solare ed eolica che dovrà effettuare il Giappone, alla nuova politica sociale inglese e cose simili.

Dopo poche ore sono

di nuovo in macchina, con al mio fianco una confezione accuratamente incartata del peggior minestrone della storia.

Chissà perché, ma quella visione riesce a ridarmi lo sprint necessario per tornare a casa.

Capitolo 4

«Sono a casa!», urlo decisa mentre varco la soglia del mio appartamento. Tre bellissime camere da letto più cucina e soggiorno, che divido con Vera e Laura, in una zona abbastanza periferica e non molto di grido della città.

Negli ultimi anni il mio stipendio è lievitato considerevolmente e potrei anche decidere di vivere in una zona più centrale e sicura, ma le mie amiche non possono permetterselo, così anni fa ho deciso che sarei rimasta con loro fino a una mia eventuale convivenza o matrimonio. Non c'è dubbio che finirò per stare qui a vita.

«Ciao Jenny», mi saluta Vera, sdraiata sul divano del salotto intenta a leggere un libro. Vera legge sempre un libro, anche mentre cucina, o mentre pulisce, o mentre fa la spesa. Lavora in una biblioteca e ha deciso in maniera inconscia di leggere tutto quello che è stato scritto. Quindi non perde tempo. Mai.

«Ciao, lettura interessante?», le domando accasciandomi sulla poltrona di fronte a lei.

Annuisce senza distogliere del tutto lo sguardo dalla pagina.

«Tutto bene dai tuoi?»

«Come sempre», ammetto posando gli avanzi sul tavolino.

«Cosa c'è in quel pacchetto?», domanda curiosa. Non so come abbia fatto a vederlo, non avendo alzato mai gli occhi dal libro. Evidentemente ormai ha capacità extrasensoriali.

Rido ancor prima di dire: «Minestrone di mia madre per Charles».

Questo le fa posare all'istante il libro sul tavolo. Mi lancia un'occhiata preoccupata, con i suoi begli occhi verdi.

«Scherzi, vero?»

«Magari», le rispondo rassegnata.

«Quindi i tuoi non lo sanno...».

«Oggi non era davvero il caso, sono troppo stanca per subire anche loro», cerco di giustificarmi.

«Avresti bisogno di una vacanza», mi dice Vera non a torto, «avresti bisogno di mandare al diavolo tutti e tutto per una settimana. Magari qualche bel posto esotico, le Mauritius o le Seychelles».

«Lo sai che se ci andassi poi dovrei dire ai miei di essere stata in Afghanistan ad aiutare i bisognosi?».

Vera mi guarda rassegnata. «Ti rendi conto che, in confronto alla tua famiglia, la mia sembra quasi normale?».

E detto da una la cui madre si è sposata cinque volte e il cui padre ha avuto altri tre figli da donne diverse, credo sia abbastanza significativo.

«Comunque glielo dirò. Non voglio mica mentire per sempre. Devo solo superare queste tensioni sul lavoro e tornare alla normalità», le rispondo stanca.

«Mi dispiace per quello che stai passando», mi consola la mia amica.

«Lo so, e sono immensamente grata a te e Laura per il vostro sostegno morale. Davvero, senza di voi le prossime settimane sarebbero insostenibili anche per una tosta come me».

«Perché, cosa succede di nuovo?», mi chiede preoccupata.

«Lavorerò in un team d'eccezione», le dico fingendo allegria. Ma lei non ci casca.

«Ovvero?», domanda sospettosa.

La mia espressione basta per toglierle ogni dubbio.

«Oddio, mica con…». Lascia la frase in sospeso ottenendo un effetto molto teatrale.

«Ma chiaro che sì. Miss Percy, abbiamo una grande occasione: lei e il conte di Langley siete perfetti per questa missione suicida». Ormai ho deciso di prenderla a ridere, non credo mi rimanga altro.

«Oh cielo! Mi spiace tanto, Jenny», dice seria.

«Vera, non ti angosciare tanto per me. So difendermi, davvero».

Lei ci pensa su un attimo e poi ride finalmente rasserenata. «Sì, ma chi difenderà la nobiltà inglese da te?», chiede ironica.

«Ti prego, non dirmi che adesso ci tocca pure trattarli come una specie in via di estinzione», le dico preoccupata.

«Lo sai che questa volta non puoi rompergli il naso, anche se se lo merita?», mi ricorda Vera. «E non lo dico per il suo naso, di cui non m'interessa molto, ma lo dico per te e la tua carriera».

«Lo so, lo so», la rassicuro. «Comunque non avrei dovuto rompergli il naso nemmeno la prima volta. E anch'io non lo dico per il suo naso, ma per la non violenza. Gandhi non sarebbe stato molto fiero di me. E nemmeno mia madre. Anni e anni di non violenza e poi io cosa faccio in un momento di difficoltà? Rispondo con un pugno? Che cosa banale…».

«Be', non era proprio uno qualsiasi», mi fa notare la mia amica.

Il problema è che ha ragione, perché in fondo lo so anch'io che Ian è l'unica persona che riesce a farmi perdere le staffe. E per una razionale come me non è una grande soddisfazione ammetterlo.

«No, di certo non uno qualsiasi. La mia nemesi in questa vita, a quanto pare», ammetto sospirando.

«Piuttosto la tua antitesi», mi viene fatto notare.

«Cara, vorrei davvero che lo fosse, ma sono abbastanza realista da capire che è la mia nemesi e non la mia antitesi. Pur nelle nostre differenze estreme, molte sue caratteristiche sono anche le mie. È per questo che mi fa perdere la pazienza, perché ragionando in un modo molto simile al mio riesce a toccare le corde giuste».

Vera è colpita dalla mia analisi. «Bellezza, dovevi fare la psicologa».

«Pensavo che lo sapessi, gli avvocati sono di fatto degli psicologi. Dovrebbero darci una laurea ad honorem».

Lei mi tira un cuscino ridendo. «Guarda che sei un fiscalista, non un giudice di pace!».

«È proprio perché sono il loro avvocato fiscalista che conosco vita, morte e miracoli dei miei clienti!».

In quell'istante anche Laura fa il suo ingresso sulla scena. Ha una faccia abbastanza cupa.

«Cosa c'è?», le chiediamo entrambe.

«Ho rotto con David», risponde tra il serio e il disperato.

Per la cronaca Laura rompe con David una volta a settimana, ed è sempre un dramma.

«Perché?», le chiedo.

«Perché è un cretino, non si vuole impegnare! Non si vuole sposare dopo ben sette anni di relazione! *Sette* anni, ma vi rendete conto?», ci dice e si butta sul divano accanto a Vera.

A essere sinceri, lo sappiamo molto bene, perché sono sette anni che David ripete a Laura che lui non si vuole sposare e che non è un tipo da matrimonio ma da convivenza. Ed è questo il punto dolente: David vuole convivere mentre Laura non vuole andare via da qui se non in abito bianco. A quanto pare due posizioni difficilmente conciliabili.

Eppure si amano davvero tanto e quindi, dopo qualche giorno, fanno pace. Per litigare nuovamente subito dopo. E così da capo, ogni volta.

«E se invece del matrimonio provaste a considerare la convivenza?», oso chiederle.

Lei mi fulmina subito con lo sguardo.

«Mai», mi comunica. «Io ho dei valori e delle convinzioni, e nella mia vita o avrò il matrimonio oppure non avrò niente».

Vorrei farle notare che la convivenza è tutt'altro che niente, che è un matrimonio a tutti gli effetti e che i miei convivono felicemente da più di quarant'anni, ma so che sarebbe inutile. Quando è arrabbiata è meglio lasciar perdere.

Si crea un silenzio pesante all'interno della stanza finché Vera non esclama: «So io cosa ci vuole per tutte e tre!».

Laura e io la guardiamo sgomente.

«Ci vuole un nuovo taglio di capelli!», ci dice sicura.

Vera ormai ha cambiato talmente tanti colori di capelli da aver battuto ogni record. È una vera esperta della tinta, ne sa più lei dei parrucchieri professionisti. E forse, per una volta, ha proprio ragione.

«Io ci sto», le dico, «credo davvero di aver bisogno di un cambiamento radicale nella mia vita».

Cerco di scacciare dalla mente quel tarlo che mi sta suggerendo che sto prendendo in considerazione un cambiamento solo perché una certa persona me l'ha suggerito. È chiaro che si tratta di una cosa ridicola: se decido di fare qualcosa ai miei capelli è solo perché lo voglio io, mica perché me lo ha detto Ian.

Improvvisamente anche Laura è interessata. «Ho sempre pensato che Jenny fosse perfetta bionda».

«Bionda io?», le dico scioccata.

Vera è d'accordo. «Assolutamente, ma un biondo deciso, con dei colpi di sole evidentissimi e molto chiari».

«Ma dico, siete impazzite?».

Vera si è già alzata dal divano e sta andando in bagno. «Credo proprio di avere tutto l'occorrente», ci dice qualche minuto dopo. «Avanti, cominciamo!».

«Ragazze, ma siete in voi? Biondo deciso? E poi, non per mettere in discussione la tua abilità, Vera, ma vuoi farmeli tu i colpi di sole?», le chiedo visibilmente preoccupata.

Per un attimo Vera assume un'espressione offesa e incrocia le braccia sul petto con fare di sfida. Ma poi vede il terrore nei miei occhi: «Hai bisogno di un cambiamento drastico, perché non farlo? E sai benissimo che sono brava e che non hai nulla di cui preoccuparti».

Non delle sue capacità, ma dell'effetto finale… Be', su quello ho qualche timore in più.

«Forza, siediti su questa bella sedia e chiudi gli occhi. Se vuoi tienili chiusi fino alla fine. Io e la mia assistente Laura penseremo a tutto».

E così mi lascio convincere, e per la prima volta nella mia vita mi tingo i capelli.

Capitolo 5

È lunedì, sono le sette e mezzo del mattino e in ufficio non c'è quasi anima viva. Meglio così, mi dico serena mentre esco dall'ascensore e scruto l'orizzonte.

Direi che la mia nemesi non è ancora arrivata, anche perché, in effetti, l'ora è davvero poco adatta a un lunedì mattina qualsiasi. Per me però non è un lunedì come tutti gli altri. Oggi è il lunedì che segna l'inizio della mia collaborazione con Ian. Che pensiero fastidioso!

Tamara mi si para davanti all'improvviso, proprio mentre sto per entrare nel mio ufficio. «Buongiorno Jennifer», mi saluta affabile. Lei è sempre carina e gentile con tutti, lo è per natura. Peccato che il suo capo sia un bastardo di prim'ordine. Spero le serva a fortificare il carattere.

«Buongiorno Tamara», le rispondo altrettanto cortese, ma poi mi accorgo che si è come pietrificata davanti alla mia porta e mi sta fissando con la bocca aperta, dipinto sul viso lo stupore più completo.

«C'è qualcosa che non va?», chiedo in maniera innocente. Lo so benissimo perché mi sta osservando così rapita.

«Niente», dice senza nemmeno riflettere e riprende a scrutarmi. «È che sei così… diversa…», azzarda alla fine.

«Puoi dirlo forte», le rispondo sorridente.

Sono completamente diversa, e la cosa mi diverte molto. Vera è stata un genio: ho una testa biondissima, i capelli sono leggermente mossi e sciolti sulle spalle. Io che ho portato la coda negli ultimi vent'anni della mia vita.

Senza contare che indosso un completo nero con una gonna dallo spacco audace e tacchi alti. E io sono sempre stata la donna dai mille pantaloni e dalle mille scarpe rasoterra.

«Un cambiamento, come dire… forte…», mi dice ancora. «Ma stai benissimo», si affretta a precisare.

«Ti ringrazio». So che ha ragione.

Il cambiamento estetico dovrebbe in teoria rappresentare anche un cambiamento interiore. Speriamo sia vero. Speriamo di aver chiuso con falliti e mezze calzette.

Pochi secondi dopo arriva anche George, che non fa nulla per nascondere il suo apprezzamento.

«Ma che diavolo ti è successo?», domanda. «Non che non apprezzi, ma è un cambiamento alquanto drastico».

«Ho rotto con Charles», mi limito a rispondere. Inutile girarci intorno.

Lui annuisce. «Per questo posso solo essere contento. Davvero Jenny, dove sei andata a trovarlo un professore di filosofia al giorno d'oggi?», mi prende in giro.

Devo ammettere che ha ragione e rido alla sua domanda. «Che vuoi che ti dica, ho un fiuto speciale…».

«Dovresti sceglierti qualcuno con la spina dorsale la prossima volta. Non tanta quanto la tua, perché sarebbe impossibile, ma almeno la metà», mi suggerisce con le migliori intenzioni.

«A dir la verità, per un po' niente appuntamenti. Voglio riprendere fiato e concentrarmi sul lavoro. Il caso Beverly mi terrà abbastanza occupata per le prossime settimane».

«Anche Ian ha inserito il suo nome in agenda», mi dice Tamara perplessa.

«Lo so», confermo come se la cosa mi fosse indifferente. E cielo, vorrei davvero che lo fosse, perché in realtà m'infastidisce da morire. Quell'uomo mi farà venire l'ulcera prima dei quarant'anni.

«È un caso che seguiremo insieme, come ha chiesto espressamente il cliente», spiego a entrambi.

Ed entrambi spalancano la bocca come pesci fuor d'acqua.

«Voi due lavorerete davvero insieme?», chiede George. «Cioè… avevo sentito qualcosa a proposito venerdì scorso, ma pensavo che avreste trovato un modo per evitarlo…».

«Sì, era l'idea iniziale, ma difficilmente realizzabile», ammetto.

George e Tamara mi guardano stupiti. In genere niente è irrealizzabile per due tipi come noi.

«In bocca al lupo», mi dice George ridendo.

«Ultimamente me lo ripeti spesso. Grazie, comunque, ne avrò proprio bisogno».

*****

Poche ore dopo Colin si affaccia alla porta del mio ufficio. Anche lui rimane lievemente sgomento di fronte al mio nuovo look.

«Buongiorno Jenny», mi saluta fissando i miei capelli. Come se fosse così strano per una donna cambiare il colore. La sua segretaria lo fa una volta al mese e nessuno ci fa caso.

«Buongiorno», gli rispondo, concentrata sui dati sul mio schermo.

«Avete la sala riunioni libera», mi comunica. E so immediatamente a chi si riferisce.

«Grazie, hai avuto una buona idea. Meglio un terreno neutro».

Colin sorride soddisfatto. «L'ho immaginato. E quindi l'ho prenotata per due ore. La sala non è insonorizzata, però», mi fa notare.

«Lo so, ho anni di esperienza alle spalle, ricordi?».

Il mio capo alza gli occhi al cielo. «Diciamo che avete dato parecchio spettacolo tra quelle mura. Le segretarie si lamentano che da quando non lavorate più insieme tutto è diventato estremamente noioso e prevedibile».

«E quindi la nostra nuova collaborazione sta scatenando grande curiosità…», gli dico concludendo la frase. «Ma noioso è una buona cosa nel nostro caso, non trovi?»

«Non mi stupirei se qualcuno cercasse di piazzare cimici in sala riunioni pur di ascoltarvi. Avevate un modo di fare… come dire… focoso», conferma il mio capo.

Guardo Colin perplessa. «Be', non è esattamente la parola che userei, ma immagino che qualcuno potrebbe pensarlo», ammetto.

Colin sta per andarsene, quando si gira un'ultima volta. «Comunque, stai da Dio, bionda».

E facendomi l'occhiolino se ne va.

*****

La sala riunioni è spoglia ed essenziale. Si racconta che l'abbiano svuotata di qualsiasi cosa proprio all'epoca delle mie liti con Ian, perché temevano che potessimo lanciarci oggetti contundenti. Visto come sono finite le cose, non avevano tutti i torti.

Quando entro con fare deciso vedo che Ian è già comodamente seduto e sta parlando al cellulare. Si fosse trattato di chiunque altro, sarei uscita per lasciargli un po' di privacy, ma Ian non si merita alcun gesto gentile, quindi che vada pure al diavolo.

Senza smettere di parlare mi scruta in maniera indagatrice. Ha un'espressione indecifrabile sul volto, ma continua a fissarmi.

«Ti devo salutare», dice infine al telefono, «non so davvero quali saranno i miei progetti per quella data. Non posso promettere niente, ma se dovessi capitare in zona farò di certo un salto. Ciao mamma», dice infine riattaccando.

Ripone velocemente il telefono in tasca e si prepara all'attacco.

«Tamara mi ha detto che avevi fatto un restyling imponente», mi punzecchia, «ma certo non immaginavo fino a questo punto».

Speravo davvero di sorprenderlo, di avere almeno questo vantaggio psicologico su di lui, ma la sua assistente ha spifferato subito tutto al capo, quindi addio effetto sorpresa.

«Le donne cambiano spesso acconciatura, che cosa c'è di strano?»

«Tu non lo fai mai», ribatte semplicemente, chiudendo ogni discorso.

«Be', ora l'ho fatto e non è detto che non lo faccia anche in futuro. Pensavo al rosso. C'è qualche regolamento che m'impone di rimanere sempre uguale?», domando sarcastica.

«Il tuo problema è che nonostante il cambiamento esteriore, di fatto rimani quella di sempre. È questo il tuo dramma, non puoi sfuggirti», dice con tono da saputello.

Questa è davvero bella.

«Ti è mai passato per la mente che io non voglia affatto fuggire da quella che sono?», gli chiedo irritata.

«Tu forse non lo vuoi, ma evidentemente i tuoi fidanzati vogliono scappare, eccome», replica calando l'asso nella manica. Prima della fine della giornata avrò la testa di Tamara sulla mia scrivania, piccola serpe che non è altro.

Ora, se gli sferrassi per la seconda volta un pugno sul naso, mi dite chi mai potrebbe condannarmi? I suoi pugni verbali non sono forse altrettanto insidiosi?

«Ah ah, detto dall'uomo che non ricorda neanche il nome della donna con cui è stato la notte scorsa, questi sono solo complimenti», gli rispondo a tono. «Avrei pensato però a una soluzione: ti consiglierei di chiamarle tutte in maniera generica "tesoro", in questo modo non correrai il rischio di confonderle. Sbagliare nome sul più bello è così plebeo, e tu invece ci tieni tanto a essere un lord, non è vero?», lo provoco.

L'espressione di Ian si fa improvvisamente intensa. Intensamente irata, sarebbe meglio dire. Colpito e affondato.

Per qualche secondo ci osserviamo con palese antipatia. Poi decido di lasciarmi alle spalle i convenevoli. «Se abbiamo finito con le carinerie, che ne diresti di passare al lavoro?», gli domando sedendomi al suo fianco e aprendo il fascicolo della presentazione di venerdì. Ma non faccio in tempo a tirar fuori un foglio che lo sento avvicinarsi.

«Prima di iniziare, c'è qualcosa che vorrei precisare», dice Ian serio.

Il mio silenzio è un chiaro invito a proseguire.

«La gente come Beverly è abituata a fare affari in maniera tradizionale. È una questione di relazioni e non di soluzioni. Puoi avere le idee più brillanti del mondo, ma quello che conta è solo come gli servi il piatto. È un uomo abituato ad averla vinta, sempre, e si attende che continui a essere così. Se propone qualcosa è perché vuole che venga realizzata, non perché gli venga suggerito altro. Non bisogna mai mettere in dubbio che sia lui ad avere le intuizioni più efficaci».

Lo guardo per capire se crede veramente a quello che sta dicendo. I suoi occhi azzurrissimi mi dicono che questa volta è serio.

«Allora non capisco perché ci paga. Se è capace già da solo...», sibilo scandendo piano le parole.

Ian si innervosisce sempre facilmente. «Non essere stupida, lo sai benissimo come funzionano le cose. Il segreto sta nel suggerirgli alcune idee che poi lui ci presenterà come sue. Dobbiamo solo mettergli la pulce nell'orecchio».

«Stai scherzando, vero? Non ho intenzione di curare le manie di grandezza di qualche vecchio snob da strapazzo!», esclamo nervosa.

Ian sbuffa. «Cadiamo sempre su questo punto, non è vero? Per te si tratta solo di una guerra di classe!», mi accusa.

Sposto con violenza una ciocca ribelle che continua a cadermi sul viso.

«Non è affatto una questione di classe, è una questione di mera intelligenza: se paghi un esperto è per *ricevere* il suo parere. Se sei in grado di risolvere il problema da solo, allora non cerchi neanche aiuto!», mi spiego con veemenza.

«Va bene, allora faremo così. Propongo un periodo di osservazione, un periodo predecisionale, durante il quale avremo modo di valutare attentamente Beverly e il suo modo di ragionare e poi ridiscuteremo di questa fondamentale questione. Perché tutte le soluzioni che saremo in grado di individuare non saranno niente se non sapremo presentarle nel modo giusto».

«Non osare insinuare che io non sappia fare il mio lavoro!», gli intimo.

«Non insinuo proprio niente, è un dato di fatto che tu abbia la sensibilità di un rinoceronte!».

«Io? E cosa dovrei dire di te? Caspita, la perspicacia e la sensibilità fatta persona!», ribatto a mia volta sporgendomi minacciosamente nella sua direzione.

«Be', sempre meglio di te! Ti hanno scolpita nel granito il giorno in cui sei nata!».

«Geloso del mio carattere Ian? Bastava dirlo...».

E chissà quanto avremmo continuato a insultarci, se Colin non avesse fatto irruzione nella sala riunioni. Appena in tempo, a quanto pare.

«Per inciso, ho bussato prima di entrare. Ma d'altronde, come fate a sentirmi se urlate in questo modo?».

Colin è veramente furioso, lo si capisce dal movimento frenetico delle sue narici. Nell'aria c'è elettricità e tensione, e non proviene tutta da Ian e me.

«Avete due minuti per riprendervi e presentarvi felici e sorridenti nel mio ufficio. E quando dico sorridenti vuol dire che voglio vedere persino i denti del giudizio mentre passate lungo quel corridoio», ci dice minaccioso.

E con ciò esce, sbattendo rumorosamente la porta dietro di sé.

«Ops…». Questa volta abbiamo combinato un casino.

«Già…», annuisce Ian.

Raccogliamo in fretta le nostre cose e ci sbrighiamo a uscire. Nel corridoio sono tutti fermi ad aspettarci; è chiaro che hanno origliato e hanno sentito tutto.

Cercando di sorridere affrettiamo il passo per raggiungere l'ufficio di Colin. Ian apre la porta e mi fa segno di entrare, e per una volta eseguo senza discutere. Lui mi segue a ruota.

Sempre in silenzio ci sediamo nelle due poltrone di fronte a Colin, che batte sulla sua tastiera, ancora arrabbiato. Dopo un minuto di silenzio funereo si decide finalmente ad alzare gli occhi su di noi.

«Pensavo di avere a che fare con persone adulte, ma a quanto pare siamo all'asilo, e quindi vedrò di trattarvi di conseguenza. D'ora in avanti voi vi incontrerete fuori di qui. Uscirete alle sei e vi farete un bell'aperitivo lavorativo da qualche parte, lontano da questo ufficio. Lontanissimo, avete capito? Non vi deve vedere nessuno! Suggerisco un posto malfamato e in incognito. Vi proporrei quasi di trovarvi una sera a casa di uno dei due, ma poi, senza testimoni in giro, temo che l'incontro si trasformerebbe in una carneficina, quindi per il momento mi astengo dal formulare ipotesi simili».

Sto per replicare qualcosa quando Colin mi blocca con un deciso gesto della mano.

«La mia pazienza è finita con voi due. Dopo quell'anno assurdo pensavo che sareste stati in grado di mostrarvi più adulti e superare certi conflitti, ma scopro di essermi illuso. Siete due idioti, e credetemi, vi sto facendo un complimento. Comunque, se volete mandare a puttane la vostra carriera, liberissimi di farlo. Ma non mi trascinerete con voi. Sono stato chiaro?».

Non ho mai sentito Colin parlare in questo modo. Mi vergogno come una ladra.

«Sei stato chiarissimo», gli rispondo rossa in volto.

«Perfettamente chiaro», conferma Ian, cupo.

«Bene, allora fissate un dannatissimo appuntamento per domani sera e scannatevi quanto volete fuori da questo ufficio. Quando avrete finito, vi pregherei però di parlare di lavoro. In maniera seria e costruttiva. Perché Beverly vi aspetta sabato mattina nella sua tenuta scozzese per trascorre un meraviglioso fine settimana con i suoi due consulenti patrimoniali preferiti. E, detto sinceramente, non lo invidio per niente».

Terminata la frase riprende a battere con forza sulla tastiera.

Siamo stati liquidati in un minuto, una lezione che fa male. L'espressione di entrambi non è affatto di sollievo, una volta usciti dall'ufficio di Colin. Non stupisce quindi che ognuno di noi torni nella sua stanza senza proferire parola.

*****

Quando apro la porta di casa, il giorno seguente, Laura e Vera sembrano quasi spaventate. In effetti hanno ragione, sono solo le sei, e io non sono mai tornata a casa così presto dal giorno in cui mi hanno assunto.

«Ti senti poco bene?», si informa Laura preoccupata, non appena le saluto.

«Tranquille ragazze, sto benissimo, ma ho un appuntamento di lavoro tra mezz'ora e mi devo cambiare. Qualcosa d'informale». E mentre lo dico m'infilo in camera mia alla ricerca di qualcosa di adatto. Cielo, cosa s'indossa in occasioni simili?

Ian mi ha mandato un'email oggi pomeriggio con un indirizzo e l'orario. Non conosco il posto ma l'ho già sentito nominare. Quando lo ripeto a Laura, che mi ha seguito in camera, lei strabuzza gli occhi.

«E chi dovresti incontrare in un posto tanto fighetto?», chiede sospettosa.

«È solo lavoro...», mi difendo mentre afferro un paio di jeans e una maglietta nera.

«Quella maglietta è piuttosto scollata», mi fa notare Vera, che è entrata a ruota in camera mia. «Non cercare di glissare, chi devi vedere?».

Mi fermo un attimo prima di rispondere. «Se mi giurate che non vi farete strane idee...».

Annuiscono sempre più curiose.

«E va bene, devo incontrare Ian. Ma è un incontro strettamente lavorativo. In ufficio litighiamo troppo, quindi il capo ci ha suggerito, anzi, intimato, di trovare un terreno neutro».

«E dopo esservi quasi uccisi in ufficio avete deciso di farlo definitivamente fuori? Pensavo di averti insegnato qualcosa! Niente testimoni, Jenny!», mi punzecchia Vera.

«È lavoro! Punto e basta», preciso esasperata.

«Certo, come no...», le fa eco Laura, «e infatti sei tesa come una corda di violino proprio perché è solo lavoro...».

«Non sono nervosa!», ribatto decisa.

Ma invece lo sono, dannazione. Questa lotta con Ian mi sta sfinendo, mentalmente e fisicamente.

In pochi secondi sono pronta, non ho intenzione di rifarmi il trucco né di sciogliere i capelli. Oggi mi sono volutamente rifatta la coda nella speranza di ritornare alla normalità. Non vorrei correre il rischio che Ian si faccia idee strane.

Scarpe basse, rasoterra, non devo mica impressionare qualcuno.

Saluto le ragazze e in poco tempo sono in metropolitana. Certo, Ian ha proprio scelto un posto poco frequentato, rifletto ironicamente. Ma immagino che il ragazzo non conosca neanche un pub poco noto o in un quartiere che non sia extralusso. Tutto in lui sembra esserlo, dai capelli troppo lunghi ma sapientemente scolpiti dal suo stylist di fiducia, ai suoi costosissimi vestiti su misura.

Raggiungo facilmente il locale, che pullula di gente alla moda. Detesto snob simili.

Una ragazza che serve ai tavoli nota subito il mio sguardo perso e cerca di aiutarmi. «Cerca qualcuno?», chiede mentre mi osserva scrutare l'orizzonte.

«Be', sì, un ragazzo alto, moro, occhi chiari...», lo descrivo vagamente.

«Ah, ho capito», mi dice subito, «tu sei Jennifer!», conferma sicura di sé.

La guardo meravigliata.

«Seguimi, dietro c'è una sala più tranquilla».

Non mi rimane altro che obbedire, mentre si fa largo tra i tavoli. In effetti mi conduce in una saletta molto più intima, dove vedo poca gente. A un tavolo in un angolo mal illuminato c'è Ian, che sta leggendo le valanghe di email che continuano ad arrivare sui nostri BlackBerry. Non mi ha ancora notato.

«È lui?», chiede la ragazza.

«Purtroppo è lui», le confermo. Sembra sorridermi, come se mi capisse.

La ringrazio e mi avvicino al tavolo. Ian è in tenuta da lavoro: ha tolto giacca e cravatta, arrotolato le maniche della sua camicia, ma per il resto è sempre lui. Posa il telefono e mi guarda sorpreso: «Molto sportiva, vedo».

«Versione comoda in incognito», gli spiego.

«Niente vestito da vamp», mi dice quasi meravigliato.

«Io, da vamp? Cielo Ian, hai già bevuto?», domando preoccupata, sedendomi.

«Neanche una goccia di alcol», ribatte prontamente. «L'alcol rallenta i riflessi, e con te non posso rischiare».

«Grazie, lo considero un complimento», borbotto.

Per qualche istante rimaniamo in silenzio e ci guardiamo in cagnesco.

«Dobbiamo voltare davvero pagina», mi dice poi in maniera inaspettata, ma senza troppo entusiasmo.

«Lo so», gli confermo con lo stesso tono piatto, tipo visita dal dentista.

«Ieri le cose hanno preso di nuovo una brutta piega».

«Lo so», annuisco. C'ero arrivata anch'io.

«E rischiano di rovinarci la carriera…».

«Ian, possiamo tralasciare le ovvietà? Siamo qui perché abbiamo entrambi deciso di cambiare. L'ho capito, davvero».

«E sei pronta a impegnarti?», chiede alzando lo sguardo su di me.

Fisso i suoi occhi. «Se lo sei tu».

«Io lo sono, davvero». C'è un luccichio pericoloso in quell'azzurro intenso.

«Allora lo sono anch'io».

«Bene, anche perché la segretaria di Beverly mi ha appena mandato un memorandum per il prossimo weekend, e sarà davvero difficile uscirne vivi se non andremo d'accordo».

«Lo immagino», confermo. Voglio dire, era chiaro che le cose dovessero cambiare.

«Bene, direi che questo chiarimento è andato meglio di quanto pensassi», mi dice sollevato.

Lo guardo infastidita. «Ascoltami, io sono una donna estremamente ragionevole, con chi vuole ragionare».

«Tu non sei affatto ragionevole», mi accusa Ian facendo cenno alla cameriera di avvicinarsi. «Cosa prendi, Jenny?», chiede quasi galante, come se non mi avesse offeso un secondo prima.

«Vorrei un cappuccino», borbotto risentita.

«Bene, un cappuccino per la signorina e un bicchiere di vino bianco per me», ordina alla ragazza.

«Dobbiamo lavorare. Alcol?», lo punzecchio.

«Spero di potermi rilassare, ora. Il peggio dovrebbe essere passato».

«Continua a sperare», gli dico mentre tiro fuori dalla borsa un pesantissimo fascicolo con dentro tutto lo scibile su Beverly, le sue società e la sua famiglia. «Meglio non sapere a cosa stai andando incontro».

*****

Due ore dopo siamo ancora chini su quei fogli, io molto più nervosa perché ormai ho in circolo una massiccia dose di caffeina e Ian più rilassato, visto che si è scolato diversi bicchieri di vino bianco. Sembra più a suo agio, accenna qualche sorriso e ogni tanto cerca pure di sembrare simpatico. Con il solo risultato di riuscire a irritarmi.

Vedo che si sta sforzando, e questo mi fa infuriare, perché io non riesco davvero a voltare pagina con altrettanta disinvoltura. Lo vorrei davvero, ma è più forte di me. La sua vicinanza è pericolosa, so come agisce: cerca sempre di farti rilassare e poi ti colpisce quando meno te lo aspetti. L'ha fatto così tante volte in passato, quando lo conoscevo appena e lo reputavo un ragazzo brillante e intelligente. Per poi scoprire che era vendicativo e prepotente.

Meglio non dimenticarlo e non abbassare la guardia.

Ma tutta questa tensione mi ha sfinita e quindi alla fine getto la spugna.

«Direi che dovremmo continuare domani, sento la testa che mi scoppia», gli dico alzando gli occhi da un piano di cartolarizzazione dei debiti societari.

Ian mi osserva attentamente. «In effetti non hai una bella cera. Troppo stress».

E con un veloce movimento delle mani mi posa i suoi due pollici sulle tempie e inizia a massaggiarmi.

Il mio stupore dura qualche istante, prima che io mi ritragga. «Cosa diavolo fai?», gli chiedo brusca, forse più di quanto non fosse nelle mie intenzioni.

«Cerco di sciogliere il tuo stress», dice come se fosse del tutto normale.

Allontano le sue mani, come scottata dal tocco. «Per l'amor del cielo, non invadere il mio spazio, non ti avvicinare, e soprattutto non mi toccare! Tu sei la causa di una buona fetta del mio stress attuale, quindi stai fuori dal mio spazio vitale», gli intimo minacciosa.

Ian ride della mia frase. Penserà che io sia pazza, ma non m'importa.

«Ok, allora andiamo», mi dice alzandosi e facendo segno alla cameriera di voler pagare.

«Cosa fai?», chiedo mentre tira fuori la sua carta di credito platinum.

«Pago?», risponde sarcastico.

«Ah no, pago io!», ribatto aggressiva.

«Non se ne parla», ribatte deciso Ian.

«Se ne parla eccome, Beverly è un mio cliente», gli faccio notare.

«Beverly è un nostro cliente», precisa e porge la carta.

Ma io gliela strappo di mano e la poso sul tavolo. Poi prendo un paio di banconote dal portafogli e le do alla ragazza, che ci guarda ridendo.

«Nessuna ragazza paga il conto quando è con me», mi fa presente seccato.

«Infatti io per te non sono una ragazza, ma una collega. Mi hanno raccontato delle tue notti brave, e visto che la notte è ancora giovane, avrai tutto il tempo di portar fuori una delle tue solite bellezze vistose, che sicuramente non avranno alcun problema a farti pagare il conto».

La faccia di Ian è sgomenta, pare aver ingoiato un limone. Forse, ma solo forse, ho un po' esagerato.

La cameriera capisce al volo la situazione, afferra la carta di Ian, accettando però anche le mie banconote. Dopo pochi minuti di attesa riporta la carta e il mio resto.

Ci alziamo e ci avviamo all'ingresso. Ian è sempre silenziosamente offeso. Prima di andarmene mi volto nella sua direzione e gli sfioro un braccio per richiamare la sua attenzione.

«Volevo scusarmi, ho detto delle cose che non dovevo».

Lui non conferma e non smentisce.

«Dico sul serio, cosa ne so io di modelle o di PR, magari comportarsi così in quell'ambiente è normale…».

Ian mi stringe il braccio a sua volta, per impedirmi di pro seguire. La scena è abbastanza comica.

«Non peggiorare la situazione», mi dice infine. «Il modo in cui chiedi scusa fa abbastanza schifo».

«Poca esperienza», gli confesso, «in genere ho sempre ragione».

Questo commento lo fa stranamente rilassare e sorridere.

«In un modo piuttosto perverso sei anche ironica, te ne devo dare atto».

«Certo che lo sono. Un'ironia pungente, ma pur sempre ironia, no?».

Ian riflette. «Be', visto che siamo usciti vivi da questo aperitivo, cosa ne dici se alzassimo il tiro e domani sera azzardassimo una cena? Ho un disperato bisogno di nutrirmi in maniera decente».

E io di stare a dieta. Ma posso sempre ordinare un'insalata.

«Potremmo tentare. Ma niente posti vistosi per favore. E lo so che non ne conosci, quindi domani la scelta tocca a me».

«Ti sembro un tipo da posti vistosi?», mi chiede ironico.

Il mio sguardo è abbastanza eloquente.

«Va bene, va bene, scegli pure il posto, paga pure e se non è abbastanza scegli pure il vino», mi dice alzando le mani in segno di resa.

«Niente vino, solo acqua. Senza offesa, ma il vino ti rende strano. E poi ognuno paga la sua parte. O al massimo dividiamo alla pari», gli concedo.

«Magnanimo da parte tua», dice alzando le sopracciglia.

«Ora me ne vado», lo saluto indicando la direzione della metropolitana.

«Mi offrirei di accompagnarti, ma mi faresti senz'altro notare che non hai bisogno di una scorta e che sei perfettamente in grado di arrivare da sola alla metropolitana, quindi, come vedi, mi astengo!».

«Apprezzo il tuo non offrirti», gli confermo.

«Buonanotte», mi dice.

«E io non te la auguro perché per te la notte è ancora lunga. Ciao!», e facendogli segno con la mano me ne vado.

*****

Vera e Laura sono sull'attenti nel momento in cui varco la porta di casa.

«Allora?», mi chiedono all'unisono.

«Allora cosa? Non ci siamo ammazzati, se è questo che volete sapere», rispondo un po' sulla difensiva. Mi faccio spazio sul divano, tra loro due.

«Non puoi dirci solo questo. Sono ore che ci immaginiamo scene truculente. Tu che lo innaffi con il tuo drink, lui che ti risponde lanciandoti le noccioline… Insomma, questo genere di cose», mi dice Laura ridendo.

«È stata una serata *strana*», confesso indugiando sull'ultima parola. «Sono sincera, non saprei come altro descriverla».

«Strana in che senso?», chiede subito Vera.

«Be', anch'io mi sarei aspettata più animosità, che c'è stata, sia chiaro, ma siamo riusciti a contenerla in qualche modo. E abbiamo lavorato molto, quindi direi che tutto è andato bene».

«Sono contenta. Allora proporrei una serata di sole donne domani sera, così festeggiamo la tua *singletudine*, perché – diciamolo – perdere Charles è stato decisamente meglio che trovarlo. E poi brindiamo anche alla pace fatta con David!», ci dice con gioia Laura.

Tutti questi avvenimenti hanno almeno avuto l'indubbio merito di non farmi pensare troppo a Charles e non concedermi il tempo per commiserarmi. E in genere sono sempre d'accordo sul trovare una scusa per festeggiare, ma questa volta mi devo defilare. «E se facessimo dopodomani?», propongo. «Domani sera devo lavorare».

«Con Ian», dice Vera. Non lo chiede, lo afferma e basta, ridacchiando.

«Sì, con Ian, ma conosco quel tono cara mia…», la minaccio.

«Chi l'avrebbe detto che la nostra amica ci avrebbe snobbato per un conte», mi punzecchia Laura.

«Già, e pensare che i suoi l'hanno educata a certi valori... Guarda come l'ha ridotta la City...», le fa eco Vera.

«Ehi, voi due, la volete finire!», dico indignata.

Ma loro ridono di gusto.

«C'è da dire che il soggetto è interessante», riprende Laura. «Hai visto il giornale sul tavolino?».

Vera lo prende in mano e inizia a sfogliarlo velocemente.

«Eccolo!», esclama trionfante, mostrandoci le foto che ritraggono Ian con la solita bellona tutta gambe e niente cervello.

«Però», mi dice poco dopo, «ha del potenziale il ragazzo».

«Eh no cara, il ragazzo ha già sviluppato potenziale a sufficienza, come pure presunzione e antipatia», la correggo mentre l'occhio mi cade su una delle foto. Devo ammettere che gli rendono giustizia.

«Dici che è colpa del titolo, dei soldi oppure dell'aspetto?», si informa seria Laura.

«Probabilmente un buon mix dei tre ingredienti. Sai, se cresci in un certo modo, dai per scontato che tutto ti sia dovuto».

«Peccato», dice dopo un po' Vera.

«Già», conferma anche Laura.

Io invece prendo il telecomando per cambiare canale, perché sono davvero stanca di parlare di Ian. Meglio pensare ad altro.

Capitolo 6

Sono seduta al tavolo del ristorante brulicante di gente. Niente di troppo vistoso, una normalissima pizzeria in un quartiere non particolarmente esaltante. Sono sicura che Ian odierà il posto e questo mi procura un piccolo brivido di soddisfazione. Piccolo, però, sono pur sempre politicamente corretta.

Approfittando del suo ritardo, chiamo mia madre.

«Ciao mamma», la saluto sentendola rispondere al primo squillo.

«Jenny cara, stavamo proprio parlando di te», mi informa solennemente.

Magnifico. «Riguardo a cosa?», cerco di informarmi.

«Tuo padre e io stavamo proprio dicendo che speriamo tanto di vedere Charles questo sabato. Gli è piaciuto il minestrone?», chiede premurosa.

«Ma certo», mento spudoratamente. «A proposito di sabato, questa volta dovrò darvi buca».

«Come mai?», chiede secca mia madre.

«Sarò in Scozia per lavoro», le svelo. Questo viaggio ha almeno un aspetto positivo: quello di salvarmi dai miei.

«Davvero Jennifer? Lavorerai anche durante il fine settimana. Ormai non sei più una ragazzina. Ci avevi assicurato che sarebbe successo solo i primi anni, ma ormai sono secoli che questa storia va avanti!».

Grazie mille mamma per aver sottolineato che sono vecchia, penso rassegnata.

«E infatti ormai non capita *quasi* mai. Si tratta di un'eccezione», puntualizzo spazientita. Michael può andare in giro per il mondo e non presentarsi per mesi interi a casa, mentre a me non è permesso saltare neanche un appuntamento settimanale.

«È sempre un'eccezione», mi fa notare dura.

Preferisco non risponderle. Rischierei davvero di mandarla al diavolo.

«Ma magari Charles potrebbe venire lo stesso», mi propone con voce entusiasta.

«Ha da fare anche lui...», rispondo nervosa. Questa bugia sta iniziando a crearmi qualche problema.

Chiaramente Ian sceglie proprio il momento migliore per apparire in sala. Si dirige verso di me e, una volta arrivato al tavolo, si china con l'intenzione di darmi un bacio sulla guancia.

Ma che diavolo fa? Riesco a scostarmi appena in tempo per vedere l'espressione beffarda che mi rivolge.

«Buonasera, chiedo scusa del ritardo», mi dice alla fine sedendosi di fronte a me.

«Chi c'è con te?», chiede subito mia madre, la donna con l'udito più fino e selettivo del pianeta.

«È il cameriere», dico poco convinta.

«Sei fuori a mangiare?», chiede ancora sospettosa. «Con chi?», insiste la nuova Poirot in gonnella.

«Con Vera e Laura», mento.

«Me le passi?», mi chiede, come se fosse una cosa normale.

«Perché?», domando agitata.

«Come perché? Perché voglio salutarle. Ma che domande mi fai Jennifer... Sei strana questa sera».

Con lo sguardo intimo a Ian di chiudere la bocca. Potrebbe rovinarmi.

«Allora, me le passi?»

«Non posso, sono andate in bagno». Mento di nuovo chiudendo gli occhi disperata.

«Entrambe?», domanda incredula.

«Ebbene sì, insieme! Ma cos'è questo terzo grado? Te le saluto io! Buonanotte mamma!», e riattacco. Ma perché mai mi sono fatta prendere da uno scrupolo e l'ho chiamata?

Ian sta cercando di trattenersi dal ridere, ma non ci riesce del tutto.

«Ridi, ridi pure. Adoro dar vita a spettacoli così divertenti», gli dico spezzando minacciosa un grissino e ficcandomelo in bocca. Al diavolo la dieta, non perderò mai un etto in questo periodo, tanto vale mangiare come si deve.

«Ho un solo dubbio che mi assale: perché mentire?», chiede mettendosi a suo agio.

«Perché diventa stressante quando insiste sul fatto che lavoro troppo», spiego vaga.

«Dovevi dirle che eri con me. Le madri mi adorano», dice pomposo. E mentre lo fa sfoggia il suo ben noto sorriso.

Lo fisso seria. «La mia no».

«Credimi, tutte. Ho trentun anni di esperienza alle spalle», insiste spocchioso.

«Credimi, la mia no», ribatto con altrettanta spocchia.

Vedo una luce di sfida accendersi in quegli occhi blu. «Vogliamo vedere?», propone.

Sì, certo, come se nella mia vita non ci fossero già abbastanza disastri.

«Direi proprio di no». Cosa sono, la nuova martire da sacrificare sull'altare della presunzione di Ian?

«Sono uno che non molla», dice fiducioso. Come se non lo avessi capito.

«Credimi, lo dico per il tuo bene», lo avviso sentendomi anche molto magnanima.

E qui sbaglio, perché è chiaro che per lui questa sta diventando una vera sfida. Lo percepisco dall'espressione testarda che gli si sta dipingendo sul volto. Ho imparato a conoscerla, mio malgrado.

«Vogliamo fare una scommessa?», chiede sporgendosi pericolosamente nella mia direzione.

Signore, mi sei testimone che ho davvero fatto tutto quanto era in mio potere per evitare una cosa simile.

Sai che ti dico, Ian St John? Accomodati pure. E l'idea mi fa talmente sorridere che non riesco a dissimulare la sensazione.

«Va bene», gli concedo gettando la spugna. «Uno dei prossimi fine settimana puoi passare casualmente alla fattoria dei miei, il sabato dopo pranzo».

«Potrei passare anche durante il pranzo. Le signore anziane adorano le mie maniere affabili».

Vieni, vieni pure, così la mia famiglia ti sistema per le feste. L'idea è improvvisamente così ghiotta che afferro decisa un altro grissino. Per festeggiare, mi dico.

«Ok, se ci tieni tanto». Cerco di non svelargli con la mia espressione il guaio in cui si sta ficcando. Da solo, sia chiaro.

«Perfetto». E mentre lo dice mi porge la mano per siglare l'accordo.

L'afferro velocemente e mi godo la sensazione di calore e fermezza che emana.

Avverto un lievissimo senso di colpa che però scaccio subito dalla mente: quest'uomo si merita tutto quello che la mia deliziosa famiglia antimonarchica potrà offrirgli.

Capitolo 7

Il volo da Londra a Edimburgo è abbastanza tranquillo. Ian e io siamo immersi ognuno nelle proprie carte. Poche chiacchiere, pochissimi convenevoli. Eccellente, direi.

Il tragitto in macchina è decisamente più problematico perché litighiamo per decidere chi dei due dovrà guidare (e vinco io dopo trattative estenuanti), leggere la mappa (e vince lui) e infine per capire di chi sia la colpa per esserci persi. Di chi guida o di chi legge la mappa?

Due ore dopo stiamo entrando nella proprietà di Beverly, una grande villa di dubbio gusto. D'altronde Beverly è il figlio di un marchese che ha sposato la figlia di un duca, ma a quanto pare nessuno dei due ha ereditato antichissime proprietà. Solo ville finto antiche.

Il giardino è immenso e curatissimo. Il lago di fronte degno della migliore versione BBC della casa di Mr Darcy. La villa però è davvero discutibile. E sono stata gentile…

Ian esce dall'automobile e scuote la testa.

«Hmm…», bofonchio a conferma della sua espressione.

«Puoi ben dirlo», borbotta perplesso.

Non facciamo in tempo a proferire altro, perché dal nulla compaiono almeno cinque domestici che ci accolgono calorosamente. O almeno uno di noi.

Non può certo mancare il maggiordomo, come nella migliore tradizione inglese. Qualcuno dovrebbe dire a Beverly che da allora sono passati due secoli. Se mia madre fosse qui, adesso, le verrebbe un infarto.

«Lord Langley», salutano tutti Ian con grande reverenza. Mi stupisco che non gli abbiano steso un tappeto rosso per evitare che la polvere minacci i suoi bei mocassini italiani.

«Miss Percy», mi dicono, con enfasi molto più contenuta.

Il maggiordomo mi lancia pure un'occhiataccia. Ok, non sono nobile, e allora?

In pochi attimi compare anche Beverly, maestoso, sul portone d'ingresso, sguardo come al solito soddisfatto e pomposo. Che bello non avere sorprese: questo modo di fare è esattamente quello che mi aspettavo dal mio cliente.

«Ian caro! Avete fatto un buon viaggio?», domanda premuroso mentre stringe la mano del mio collega e ignora del tutto la sottoscritta.

«Tutto bene, grazie Lord Beverly».

«Be', dato che ti occuperai ufficialmente dell'organizzazione del mio patrimonio e delle mie società, sarebbe meglio che mi chiamassi Charles», gli dice affabile. Ma a chi pensa di darla a bere?

Per la cronaca, il fatto che si chiami come il mio ex fidanzato è molto indicativo. Sulle labbra mi compare un sorrisetto di derisione.

Beverly impartisce velocemente istruzioni al suo personale perché scarichi le nostre valigie dalla macchina, mentre Ian mi si avvicina.

«Qualcosa degno di risate?», domanda a bassa voce per non farsi sentire. Io gli lancio un'occhiata eloquente.

«Volevo dire, qualcos'altro a parte la casa, i domestici e l'ambiente?», chiede con ironia pungente.

Ian è una persona insopportabile, ma se proprio devo trovare un suo lato positivo, allora è l'ironia. Ha un modo molto diretto e tagliente di prendersi gioco delle cose, e ammetto che si tratta quasi sempre di cose che meritano eccome di essere derise.

«Si chiama come il mio ex fidanzato», gli sussurro. «Non trovi che ci siano troppi Charles in giro per il mondo?», domando innocente.

Sul volto di Ian si dipinge un'espressione furbetta. Forse vorrebbe aggiungere qualcos'altro ma si trattiene perché vede Beverly tornare verso di noi.

«Vi faccio strada. La mia governante vi indicherà le vostre stanze».

E così entriamo nella casa-cattedrale, anche perché non saprei come altro definirla. Una totale schizofrenia di stili ed epoche mischiate da un architetto a cui dovrebbero revocare la laurea. Come si dice, *honoris causa*, per aver edificato o almeno aver permesso un orrore simile.

L'atrio d'ingresso è più che imponente, è volutamente folle, rifletto tra me e me. Da qui partono due immense scalinate stile neoclassico che si ricongiungono al primo piano proprio di fronte a una statua, che potrei solo definire interessante, visto che sono una persona educata.

La "governante" – una signora sulla sessantina dai capelli grigi e sguardo cattivissimo – si ferma e ci indica la scultura. «È stata fatta di recente e ritrae Miss Elizabeth, la figlia di Lord Beverly», dice fiera. Ok, ora si spiega tutto.

Mi volto verso Ian e vedo che la sua faccia è a dir poco perplessa. Non sa bene cosa dire, fatto alquanto inusuale.

«Miss Elizabeth deve essere davvero bellissima», commento, non sapendo bene cosa inventarmi. È chiaro che sto mentendo ma questa gente si aspetta che lo si faccia.

«Non ha idea di quanto lo sia. Comunque avrete modo di conoscerla questa sera a cena e giudicherete di persona. Una bellezza rara», ci dice quasi sognante.

Ian e io ci guardiamo preoccupati.

La governante, alias Miss Rottenmeier, imbocca un corridoio seminascosto, dietro le scale. Dopo pochi metri si ferma di fronte a una porta e mi indica la mia stanza. «Miss Percy, il suo alloggio». Poi si rivolge a Ian: «Lord Langley, per lei abbiamo pensato a una stanza al primo piano. Da questa parte, prego».

E con questa frase mi molla senza ulteriori spiegazioni di fronte alla porta, per tornare verso la scalinata.

Per un istante Ian rimane sbalordito quanto me e non sa bene se lasciarmi in quel corridoio buio e correre dietro alla governante oppure aspettare di vedere se la stanza che mi è stata assegnata sia una sorta di trappola come quella delle mogli di Barbablù.

«Seguila», gli dico rassegnata, «se la perdi sei rovinato».

«A quanto pare», mi dice preoccupato.

«A dopo», lo saluto e afferro la maniglia.

«Ok, a dopo», mi dice, deciso a lasciarmi entrare.

Il mio primo pensiero appena entrata è che Beverly lo abbia fatto apposta. Probabilmente fa ancora parte della punizione per l'attesa di un'ora la settimana scorsa.

Ora, la stanza non può certo definirsi brutta, ma è essenziale, asettica come un ospedale e grigia, anche se in mille tonalità diverse di grigio.

La scena mi fa sorridere, perché io sono una combattente nata e Beverly non sa ancora con chi ha a che fare.

*****

Poche ore dopo sono seduta su un maestosissimo divano stile finto Luigi XVIII, intenta a sorseggiare un aperitivo, e in attesa che arrivi la tanto sospirata figlia di Beverly. Che, per inciso, è scandalosamente in ritardo. Ed è troppo persino per una bellezza tanto rara.

Quello che tengo in mano è il mio terzo Martini e, se continuerò a bere a stomaco vuoto, della mia lucidità rimarrà ben poco.

Anche Ian deve aver pensato la stessa cosa perché, seduto accanto a me su un secondo divano altrettanto orrendo, mi lancia occhiate tese.

Alzando un sopracciglio cerco di comunicargli che deve stare tranquillo, ma il messaggio pare non giungere a destinazione.

Beverly ci sta dilettando con un monologo sulla caccia e sulle sue conquiste. Dal momento che sono totalmente contraria alla caccia, cerco di concentrarmi su Ian per non ascoltare i truculenti dettagli. Sono pur sempre la figlia di ambientalisti e pacifisti convinti!

Ian si è accorto del mio sguardo allarmato e mi sta osservando teso come una corda di violino. Non lo invidio affatto: da una parte Beverly, dall'altra la tanto odiata Miss Percy. Probabilmente ha passato weekend migliori di questo.

Finalmente, quando ormai abbiamo esaurito tutti gli argomenti possibili e non potendo «parlare di lavoro a stomaco vuoto», per citare il padrone di casa, fa il suo ingresso la stella della serata, ovvero Elizabeth Beverly.

Mi basta guardarla un istante per capire perché Beverly abbia tanto insistito per avere Ian come consulente.

Non si tratta affatto della fiducia verso di me o delle mie capacità. In cuor suo, Beverly deve sapere benissimo che so fare bene il mio lavoro. No, lui ha preteso di avere anche Ian perché quello che vuole è avere un futuro duca come genero.

Sul mio volto, per la prima volta da molti giorni, si dipinge un vero, profondo, sentitissimo sorriso. Ragazzi, qui la cosa si fa divertente.

Capitolo 8

Elizabeth è di una bellezza piuttosto appariscente. Lo ammetto, molto appariscente.

Capelli vaporosi e rosso fuoco (non naturali), occhi azzurri incorniciati da tanto di quel mascara che probabilmente la sera impiega almeno due ore per struccarsi. Sempre che ci riesca. Anche il resto del trucco è pesante, davvero troppo, persino per una cena elegante, e questa non credo lo sia…

Ma quello che stordisce più di tutto è il vestito: indossa un abito leopardato svolazzante, che lascia scoperti chilometri di gambe toniche e abbronzatissime. È mezza nuda e calza dei sandali di grande effetto, ma estivi. Non posso proprio definirla una tenuta adatta al benedetto mausoleo della Scozia. In questa stanza ci saranno sì e no diciotto gradi. Fuori al massimo cinque.

Per la cronaca, io indosso pantaloni e camicia e un maglione nero, ampio e caldo.

Ian è impallidito in un batter di ciglia. Ben gli sta.

«Elizabeth, cara, vieni a conoscere i nostri ospiti. Ti presento il conte di Langley», le dice suo padre. E finalmente capisco chi è che decide in questa famiglia. La figlioletta prediletta, mi pare più che evidente.

Elizabeth si avvicina a Ian, che nel frattempo si è alzato dal divano, e con fare da diva gli stringe la mano. Presa assai poco decisa, rifletto maligna, osservandoli.

«Sono onorata Lord Langley, ho sentito molto parlare di lei», dice con finto pudore. Perché, una che si è conciata in maniera simile *può essere mai pudica*? Non scherziamo.

«Immagino basti aprire le pagine di un qualsiasi giornale di gossip», commento alzandomi a mia volta e porgendole la mano. «Jennifer Percy», dico decisa, mentre mi dà la sua. Io gliela stringo forse con troppa enfasi.

«Mi scusi?», chiede sbigottita, e non so se per la frase o per la stretta.

Ian sbuffa al mio fianco. «A Jenny piace scherzare», dice a denti stretti, e mi lancia un'occhiataccia.

Cielo, come se fosse colpa mia se si fa fotografare in giro con certi fenomeni da baraccone.

«Che bello che deve essere avere un rapporto così scherzoso e schietto con il proprio collega», ci dice.

«Oh, Jenny è la schiettezza fatta persona», conferma Ian. Il tono è tagliente come una lama.

«Anche Ian non è da meno», le dico.

«Oh, e non usi neanche il suo titolo!», riflette meravigliata a voce alta Elizabeth.

«No», confermo sicura. Cosa dovrei fare secondo lei, chiamarlo lord e inchinarmi al suo passaggio?

«Non lo uso mai», la rassicura Ian. In questo modo sembra una sua concessione e non una mia decisione.

«Sì, ma io non lo farei nemmeno se tu lo usassi», ribatto puntigliosa.

«Jenny è… come dire…», si blocca il nostro piccolo lord.

«Sono?», gli domando curiosa.

«Un tantino irriverente», mi dice infine sfoggiando un falso sorriso per il pubblico.

«Questo e molto altro», rispondo sicura, mentre Elizabeth ci guarda sospettosa.

Beverly è abbastanza disinteressato al nostro discorso.

«Cosa ne dite di accomodarci a tavola?», suggerisce invece.

«Certo», gli dico rapida. Finalmente ci servono qualcosa che non sia alcol.

Beverly mi porge il braccio e Ian fa altrettanto con Elizabeth.

In questo modo pomposo arriviamo fino alla sala da pranzo, dove ci sediamo, di fronte a un tripudio di argenteria e piatti antichi che brillano alla luce dell'imponente candelabro. Spero veramente che Beverly abbia fatto rinforzare il soffitto prima di appendere una cosa simile. Deve pesare tonnellate. E io ho ancora troppe cose da fare prima di morire tramortita dall'eccesso di opulenza.

«Allora Ian», si informa Beverly, «come sta tuo nonno?»

«Abbastanza bene, l'età si fa sentire ma è sempre l'uomo che tutti temono».

«Per forza, è un duca», gli fa notare Elizabeth ridacchiando.

Giuro, non capisco cosa ci sia di tanto divertente. «Infatti», le ribatto, «è un duca, e non una divinità egizia».

Per un istante tutti mi guardano lievemente sbigottiti. Bene.

«No, mio nonno non amerebbe certo essere paragonato a delle mummie», conferma Ian ridendo della mia osservazione. Anche gli altri si rilassano di fronte alla sua battuta.

Nel frattempo in tavola compaiono una serie di portate, una dopo l'altra. In maniera abbastanza difficoltosa cerco di trovare qualcosa adatto a una vegetariana come me.

Elizabeth nota in fretta la mia titubanza nei confronti del cibo. «Tutto bene, Miss Percy?», chiede da perfetta padrona di casa.

«Assolutamente, ho solo poca fame», la rassicuro. Falsissimo, sto morendo di fame, ma non è educato dire al proprio ospite che sulla sua tavola non c'è nulla che possa andarti bene. «Comunque ti prego, chiamami pure Jenny, lo fanno tutti», le dico sorridendo per sviare il discorso dal cibo.

«Volentieri Jenny», mi dice sinceramente contenta.

Sconvolgente. Questa ragazza così vistosa in realtà è una creatura insicura e banale. Niente arguzia, niente ironia tagliente. Peggio. Assenza completa di ironia. Ma è proprio sicura di volere un tipo cinico e spietato come Ian?

«Di cosa ti occupi?», le domando cercando di fare conversazione.

«Sono una PR!», esclama tutta fiera.

«Ma davvero?», e lancio un'occhiata molto significativa a Ian. «In che settore?»

«Mi occupo dell'organizzazione di eventi e feste, sai, insomma, cose simili», mi spiega in maniera molto sbrigativa, come se non lo sapesse bene neanche lei.

Ovvero non fai niente, penso cattiva. Certo, lo so eccome.

«E il lavoro ti lascia parecchio tempo libero?», domando curiosa.

«Ma certo! Una montagna di tempo libero da dedicare allo shopping, per fortuna», mi conferma deliziata.

Cielo, è persino troppo facile, giuro che non c'è gusto.

«E comunque non lavorerò di certo tutta la vita, una volta sposata smetterò», si affretta a precisare. E lancia un'occhiata eloquente a Ian.

«Ma certo. E quanti anni hai?», mi mostro interessata mentre afferro una pagnotta di pane. Ecco finalmente qualcosa senza carne.

«Ho ventiquattro anni e lavoro da ben nove mesi!», sospira come se fosse già stufa marcia.

Ian rimane per un attimo con la forchetta sospesa in aria. Gli occhi azzurri sono piuttosto scossi.

«E tu Jenny, da quanto tempo ti occupi di questioni patrimoniali?», chiede per ricambiare, non certo perché le interessi.

«Da nove anni», le rispondo serafica.

«Caspita! Nove anni sono tanti! Se posso permettermi, quanti anni hai?», domanda, preoccupata di ferirmi in qualche modo.

«Certo che puoi chiederlo. Ho trentatré anni», le dico serena. Non ho mica problemi a rivelare la mia età.

«E non sei mai stata sposata?», chiede. Il tono è lievemente allarmato.

Appena sente questa frase, Ian vorrebbe scoppiare a ridere e per non farsi scoprire inizia a tossire. Gli lancio un'occhiataccia mentre lo vedo asciugarsi le lacrime dovute allo sforzo.

«No, mai sposata», confermo.

«Io spero proprio di essere sposata alla tua età. O almeno di esserlo stata», chiarisce la ragazza.

«Mai stata tipo da matrimonio», le dico tranquilla.

Elizabeth è visibilmente scossa dalla cosa, tanto che suo padre si preoccupa subito di rassicurarla.

«Ma è chiaro che sarai sposata», le dice, riuscendo però solo in parte a farle tornare il sorriso vuoto di poco prima.

Il contatto con una trentatreenne in carriera non sposata deve averla turbata parecchio. Poverina.

Ma poi si ricorda in fretta della sua missione e riprende a lanciare sguardi seduttivi in direzione del suo conte, futuro marchese, e futuro duca. Perché è questo il suo obiettivo, è chiaro a tutti.

Ian cerca di far finta di nulla, ma si tratta di un desiderio talmente evidente che non potrà davvero dire di non averlo capito.

La cena scorre tranquilla e senza ulteriori tensioni, finché non ci rimane che affrontare il tema degli affari. O almeno, noi cerchiamo di farlo, perché in realtà Beverly non ne ha molta intenzione.

«Questo fine settimana deve servire soprattutto a conoscerci», ci dice mentre ritorniamo in salotto. «Ci occuperemo di affari una volta tornati a Londra».

Cosa??? E noi cosa diavolo siamo venuti a fare in questa fredda e remota parte della Scozia? Lancio uno sguardo piuttosto preoccupato a Ian, che evidentemente deve aver pensato la stessa cosa.

«Lascio voi giovani ai vostri discorsi», ci dice infine congedandosi. E mentre se ne va, mi lancia uno sguardo eloquente. Mi è chiaro, vorrebbe che lasciassimo soli i due piccioncini.

Anche Ian l'ha capito, perché d'un tratto mi afferra la mano mentre siamo seduti sul divano e si sporge nella mia direzione.

«Mollami qui da solo e te la faccio pagare», mi sussurra minaccioso, il panico nello sguardo.

Per un secondo sono quasi tentata di rimanere per aiutarlo. Sfortunatamente per lui, quel *quasi* non basta a trattenermi.

Mi libero della sua presa e mi alzo decisa. Poi mi avvicino e con la scusa di dargli un bacio sulla guancia, bisbiglio: «La prossima volta ti consiglierei di non minacciarmi, prova invece a supplicare. Magari funziona».

E con un ghigno cattivo m'incammino verso la mia triste stanza.

*****

Sono seduta da sola di fronte all'immenso tavolo da pranzo, desiderosa di godermi la mia colazione. Ma le uniche cose che riesco a mangiare sono pane e burro: la frittata è con bacon, e delle salsicce con lenticchie è meglio non parlare. Ci sono dei muffin, ma sono salati, con del prosciutto cotto al posto dei soliti mirtilli. Peccato, mi sarei volentieri mangiata un semplice uovo.

Sono immersa nelle mie riflessioni tanto da non sentire Ian che entra di soppiatto nella stanza. Mi tocca una spalla per salutarmi, facendomi sussultare.

«Ehi, non volevo spaventarti», mi dice sedendosi accanto a me.

«Ero sovrappensiero», mi giustifico mentre osservo la sua faccia stanca. «Dormito male?», gli chiedo.

«Diciamo…», conferma solo stirandosi.

«E io che pensavo che avresti trovato compagnia», lo punzecchio ironica.

«Per favore. E per la cronaca, questa me la paghi», dice servendosi della frittata.

Lo guardo con totale innocenza. «Cosa vuoi dire? Non capisco proprio…».

«Per favore, sono riuscito a stento a liberarmene. E poi ho temuto che potesse infilarsi nel mio letto. Chiaramente la mia stanza era senza chiave, quindi ho dormito tutta la notte con un orecchio teso. Diciamo che non è stato un sonno molto riposante», si lamenta rabbrividendo alla sola idea di ricevere visite.

«Poco male, cosa vuoi che sia una notte senza sonno per uno come te…».

Mi lancia uno sguardo esasperato, poi si concentra sul mio piatto mezzo vuoto.

«Vuoi spiegarmi perché non stai mangiando niente da quando siamo arrivati?», chiede serio.

«Perché sono vegetariana, e qui si parla solo di caccia e si mangia solo carne», gli rispondo seccata.

«Ah…», dice sorpreso, «non l'avevo capito».

«Non è colpa tua, la perspicacia non è mai stato il forte di voi uomini».

Ce ne stiamo tranquilli a mangiare commentando quanto sia piacevole la campagna scozzese, quando improvvisamente squilla il mio cellulare.

Lo prendo dalla tasca e vedo che si tratta di Vera.

«Ciao cara», la saluto, «come si sta a Londra?»

«Dove hai detto che ti trovi?», mi chiede tutta agitata.

«Da qualche parte in Scozia, perché?»

«È evidente che non hai visto l'edizione odierna del "Sun"», esclama.

«Hmm, no, anche perché *io* non leggo mai giornaletti simili», le ricordo. Solo giornali finanziari, pensavo fosse chiaro a tutti.

«Per tua fortuna noi li leggiamo», mi comunica Vera.

Poso il pezzo di pane sul piattino, un po' stufa. «Vorrei continuare a parlare del nulla con te ma sai com'è, vorrei che arrivassi al punto…».

«Ci sono foto di te nella sezione del gossip!», esclama.

Ceeerto, come noooo…

«Quanto hai bevuto ieri sera?», le chiedo preoccupata. In genere Vera riesce sempre a riprendersi per la domenica mattina, ma evidentemente oggi è un'eccezione.

«Non ho bevuto niente!», esclama offesa. «Sono rimasta a casa perché ho avuto mal di pancia».

Allora deve esserci qualcosa di strano.

«Be', è chiaro che non posso essere io. Deve trattarsi di qualcuno che mi assomiglia», le dico sicura.

«Jennifer, credimi, sei tu quella nelle foto. Ti hanno fotografato con Ian».

Appena lo dice alzo gli occhi verso il soggetto tirato in ballo. Lui mi fissa a sua volta con fare interrogativo.

«Ok, cerco un giornale e ti richiamo», rispondo sentendo montare la paura.

«Ok. E non ti agitare», si raccomanda Vera. Con il risultato di farmi agitare ancora di più.

Ian mi guarda preoccupato. «Cattive notizie?», chiede.

«Non so, la mia amica dice che siamo sulla sezione gossip del "Sun". Ma è chiaro che deve essersi confusa».

«Sì, è chiaro...». Ma chissà come mai, mentre lo dice non sembra particolarmente convinto.

Mi alzo in fretta da tavola in cerca della governante. La trovo nell'atrio insieme a Elizabeth. La poverina ha un'espressione abbastanza scossa, e tiene in mano il giornale. Oh cielo!

«Buongiorno», dico a entrambe.

La governante grugnisce una sorta di risposta mentre Elizabeth mi guarda smarrita. «Buongiorno», risponde con voce appena udibile.

«Vieni a fare colazione con noi? Ian è di là che ti aspetta». Ma lei non abbocca. Allora è grave.

Finisce di scendere le scale e porge il giornale alla governante. Ora mi toccherà strapparlo al rottweiler che mi guarda come se volesse mordermi. Qualcosa mi dice che non sarà facile.

Ian compare improvvisamente sulla porta. «Oh, il giornale! Proprio quello che cercavo», dice furbescamente.

E la signora non può fare altro che consegnarglielo. Anche se è infastidita, e non fa nulla per nasconderlo.

Ian afferra l'edizione domenicale e inizia a salire le scale diretto verso la sua stanza. E io lo seguo, incurante delle facce inacidite delle altre due.

Lo raggiungo velocemente e gli sfilo il giornale.

«Se permetti, vorrei vederlo», gli dico agitata.

«Non permetto, perché vorrei vederlo prima io», mi risponde riprendendosi il giornale.

Arriviamo litigando fino alla sua stanza. Ian s'infila dentro, e io lo seguo.

«E io che pensavo di non dover temere simili aggressioni da parte sua, Miss Percy», mi prende in giro.

Gli strappo di mano il giornale. «Ma non diciamo cretinate!».

Ian stranamente sorride mentre cerca di difendersi dai miei colpi.

«Forza, troviamo queste pagine incriminate», mi dice e si siede al tavolo. Perché la sua stanza è in pratica un appartamento di lusso, qualcosa di sconvolgente. Il tavolo a cui si è seduto questa volta è un vero pezzo Luigi XVI.

«Dove si trova la sezione dei gossip?», mi chiede mentre inizia a sfogliare le pagine.

«E io cosa diavolo ne so?», ribatto. Voglio dire, questo non è certo il mio genere di letture!

Ian sbuffa. «In teoria sei un esemplare del genere femminile. Che razza di donna sei se non leggi le pagine dei gossip?», mi accusa.

«Sono una donna che non legge il gossip, è evidente. Ne esistono in giro, sai?»

«Scioccante», mi dice solo.

«Sì, immagino».

Dopo poco arriviamo alla tanto agognata sezione, ed eccoci, lì, un po' sfocati ma chiaramente noi. Il titolo dell'articolo è *La nuova fiamma dell'erede del duca di Revington* e ci ritrae fuori dal locale mentre ci salutiamo. Io sto afferrando il suo braccio e lui tiene la mia mano.

«Cielo…», dico solo inspirando forte.

Ian preferisce non commentare.

Inizio allora a leggere il testo. «"Misteriosa ragazza a noi sconosciuta, che evidentemente non deve appartenere al solito giro di amicizie del conte…"», dico ad alta voce.

«Dio me ne scampi», commento e poi proseguo, «"...stranamente non è una bellezza appariscente, ma è evidente che il giovane nobile tiene molto a lei..."».

E qui scoppio a ridere. Una risata sonora e davvero molto poco elegante.

«Cosa?», esclama infastidito Ian.

«Qui dicono che mi guardavi con aria sognante...». E inizio a ridere a crepapelle. Immagino che di solito, in sua presenza, le fanciulle non osino mai abbandonarsi a modi così sgraziati.

Ian continua a leggere l'articolo cercando di non farsi distrarre. «In ogni caso niente di compromettente», sentenzia una volta arrivato alla fine.

«È chiaro, l'unica cosa compromettente a cui potrebbero assistere è un litigio», gli ricordo cercando di farmi seria.

«Non pensavo che l'avrei mai detto, ma per fortuna...», concorda criptico.

«Anche se io avrei preferito non finire sul giornale. Sai com'è, ho una carriera e una credibilità da difendere, a differenza delle signorine che in genere frequenti», mi sento in dovere di precisare.

«Non le frequento», si difende Ian. «Si tratta di una cena ogni tanto. Sono single in fondo...».

Alzo la mano per interromperlo. «Non me ne frega niente con chi esci e cosa fai. Affari tuoi. Mi dispiace solo che anche un dannatissimo incontro di lavoro con te finisca per far notizia».

«Capisci ora a cosa vado incontro ogni volta?», m'incalza.

Lo guardo seria. «Capisci che sei tu che ti ficchi in situazioni simili? A forza di gridare al lupo al lupo, dopo un po' nessuno ti crede più».

«Certo, miss fidanzamenti perfetti e miss convivenza seria», mi dice, punto sul vivo.

«Mai convissuto», preciso.

«Appunto!», commenta incrociando le braccia sul petto.

«Comunque, questa volta non è successo niente di serio. Solo un giornaletto domenicale», dico ad alta voce per convincermi.

«Il "Sun" un giornaletto? Quella fotografia a colori occupa mezza pagina, nel caso non l'avessi vista», insiste mostrandomela di nuovo. Ma da che parte sta?

«Chiudi quel maledetto giornale», esclamo con voce lievemente annoiata. «Anzi, perché non lo butti?».

Glielo strappo di mano e lo appallottolo ben bene prima di lanciarlo nel cestino. E riesco anche a fare centro.

«Comunque, qualcosa di positivo c'è», mi dice serio.

«Ovvero?»

«Elizabeth probabilmente ci avrà creduto e quindi avrà deciso di lasciarmi stare». Questa constatazione lo illumina, mannaggia.

«Certo, aver offeso la figlia del nostro cliente è stata una mossa geniale... Chissà perché non ci ho pensato prima», dico cinica. Elizabeth è stata insopportabile, ma Ian non deve mica sapere a tutti i costi che la penso come lui.

«Già, avrei dovuto pensarci prima!», esclama il signorino ignorando del tutto la mia evidente ironia.

«Ma per favore...», dico cercando di riportarlo alla realtà. Mi alzo dalla sedia decisa ad andarmene.

«E ora che anche questa cosa è chiarita gradirei parlare di lavoro con Beverly. Abbiamo già perso troppo tempo», dico solenne.

Ian decide di seguirmi. «Non pensavo che l'avrei mai detto, ma sono d'accordo con te».

E così dicendo apre la porta.

*****

Parecchie ore dopo Beverly ci sta salutando soddisfatto, mentre entriamo in macchina pronti a raggiungere Edimburgo prima, e Londra poi. Siamo stranamente riusciti a lavorare per circa due ore prima di trovarci per l'ennesima volta trascinati in discorsi mondani e vuoti, abilmente condotti da Elizabeth.

Beverly è stato contento delle nostre proposte e forse una volta rientrati riusciremo a delineare un piano d'azione convincente.

Sto per salire in macchina, quando sento Elizabeth rivolgersi tristemente a suo padre: «E poi non riuscivo a crederci. Perché papi, lei è così vecchia!!!».

Ehm, vecchia a chi???

Capitolo 9

È chiaro che tutti nel nostro ufficio hanno letto il giornale della domenica, anche se nessuno osa dirlo apertamente. Nessuno a parte George, che ha dalla sua una notevole faccia di bronzo. E così lunedì mattina, mentre siamo chiusi nel mio ufficio a lavorare su una pratica, improvvisamente tira fuori l'argomento.

«Tra l'altro, non ho ancora avuto modo di dirtelo, ma sono contento che tu e Ian abbiate chiarito…», mi dice non riuscendo a reprimere del tutto un piccolo ghigno.

Il suo tono vorrebbe essere serio, ma non lo è affatto. Gli lancio un'occhiataccia.

«Non abbiamo chiarito proprio un bel niente», preciso cercando di non farmi distrarre.

«E le foto allora?», domanda insistendo e scoppiando questa volta in una sonora risata. Probabilmente deve essersi ricordato della nostra gigantografia.

«Ridi, ridi pure», gli dico sbuffando. «Davvero, essere così crudele con il tuo capo…».

«Scusa, ma trovarmi davanti un articolo simile… Mi sono quasi ustionato con il caffè ieri mattina!», mi informa come se fosse colpa mia.

«Non faccio fatica a crederlo», gli dico sincera. «Allora, cosa si dice in giro delle foto?», domando decidendo di cambiare tattica. Se c'è qualcuno che ha il polso della situazione, allora quello è George, e tanto vale sapere come stanno davvero le cose.

Lui si rilassa sulla sua sedia. «Allora sei preoccupata!», mi dice stranamente soddisfatto.

«No, caro, sono solo parecchio infastidita. È una cosa ridicola, anche perché è stato Colin che ci ha costretti a lavorare fuori dall'ufficio per non turbare gli animi con i nostri litigi. Vi turbavamo, a proposito?»

«Non hai idea di quanto», conferma con la sua solita ironia. «Quindi solo lavoro?», chiede notevolmente deluso.

«George!», esclamo oltraggiata. «Ma certo! Cosa diavolo vuoi che me ne faccia di uno come St John?».

George inizia a sorridermi in un modo che non mi piace affatto.

«Va bene, va bene!», dice alzando le mani. «Non te la prendere. Io te lo dovevo chiedere. Perché, cara mia, questo sarà il tema del mese tra queste mura. Senza contare che adesso tu sei single, lui è single… Sai come vanno queste cose», cerca di insinuare.

«Davvero non c'è proprio niente di meglio di cui sparlare in questo maledetto ufficio?». Mi rendo conto che dovrei prenderla a ridere, e fingere disinteresse, ma per qualche motivo non ci riesco del tutto.

«No, è un mese un po' piatto questo. E voi due fate notizia», mi comunica.

Fin qui c'ero arrivata anch'io.

«Certo che facciamo notizia, e da almeno cinque anni, ma nel senso opposto a quello che intendete voi. Potremmo ammazzarci a forza di competere e litigare!», mi lamento gesticolando forse troppo nervosamente.

«Sì, ma dove ci sono tanti litigi c'è anche tanta passione…», sentenzia imperturbabile George, che oggi sembra essersi alzato convinto di essere uno psicologo invece che un economista.

Lo sguardo che gli rivolgo potrebbe gelare i pinguini del Polo Sud.

Il mio vice capta che è ora di cambiare aria. «Peccato», mi dice alzandosi. «Le segretarie erano tanto desiderose di qualche vero movimento, se capisci cosa intendo…». E azzarda un gesto non troppo raffinato.

Lo guardo esterrefatta. «Se non fossi una mente così brillante, George, mi sarei già trovata un altro vice. Sei davvero un gran pettegolo!».

Lui ride per nulla intimorito dalla mia piccola minaccia. «Ma è proprio questo il mio fascino!», ribatte convinto.

«Fascino? Altro che fascino!».

George sta per andarsene quando si scontra sulla porta con Ian. I due si salutano in maniera un po' imbarazzata. Poi George esce facendomi l'occhiolino.

«Ma cosa hanno tutti oggi?», mi lamento con Ian, che se ne sta in piedi accanto alla mia scrivania.

«Tutto bene?», mi chiede lui. Devo avere l'aria di una pazza, con i capelli tutti arruffati e la faccia rossa.

«Sì, grazie. Perché me lo chiedi?». Il mio tono vorrebbe essere molto professionale, spero quindi che non si accorga del mio strano turbamento.

Negare, negare, sempre negare. Senza contare che Ian non mi ha mai chiesto come sto da quando mi conosce. La cosa dunque è piuttosto destabilizzante.

«Non posso chiedertelo?», domanda basito.

«Non è che non puoi. È che non lo fai mai. Perché iniziare adesso?», gli dico un po' rabbiosa.

Ian decide saggiamente di non dar molto peso al mio umore. «Meglio tardi che mai, non trovi?»

«No, con te non trovo. Perché adesso, mi chiedo?», gli ripeto il mio dubbio.

Dal suo sguardo intuisco che è in difficoltà. Evidentissima difficoltà. «Potrei offrirti un caffè? Avrei una cosa da chiederti», butta lì come se fosse una cosa normale.

Tutto questo non promette niente di buono.

«Ti prego Ian, questa è già una giornata difficile. Ho davvero bisogno delle mie certezze, capisci?», lo imploro sapendo bene che rischio di sembrare davvero pazza.

«Certo che capisco», mi dice con la faccia di chi invece non riesce a comprendere il motivo della mia stranezza.

«E allora, per favore, togliti dalla faccia quell'espressione quasi colpevole, perché non ti si addice davvero», lo supplico.

Ian mi guarda quasi offeso e io mi trovo controvoglia a posare la penna sul tavolo e ad alzarmi dalla sedia.

«Ok, ok, un caffè, ma alla macchinetta. Dopo questa storia del giornale io con te non vado più neanche da Starbucks».

Mentre camminiamo lungo il corridoio non posso fare a meno di notare che tutte le teste si voltano nella nostra direzione. L'atrio, solitamente brulicante di voci e persone, è invece silenziosissimo. Ottimo, proprio quello di cui avevo bisogno oggi.

Ian e io ci avviciniamo alla macchinetta, dove lui inserisce meccanicamente le monetine e seleziona i nostri due caffè, senza neanche domandarmi cosa prendo. Il fatto che lo sappia già m'indispone ancora di più, se possibile.

«Forza, sono tutta orecchie», gli dico tenendo in mano il mio bicchiere fumante. «Come d'altronde tutti in questo ufficio», gli faccio notare un tantino acida.

«Infatti, è proprio questo il punto. Vorrei poterti parlare da solo», sussurra abbassando il tono della voce.

Dietro di noi si è sentito un tonfo. Credo che la segretaria di Colin sia appena svenuta.

«Non mi sembra una buona idea», rispondo secca. Vedo altre orecchie tendersi, e non solo metaforicamente, in avanti.

«Potrei anche parlartene qui, ma poi lo saprebbe tutta Londra», insiste Ian. Si sporge in avanti e mi dice con voce suadente: «Forza Percy, ti sfido ad accettare il mio invito».

Bastardo, lo sa che non resisto mai a una sfida.

Ci rifletto per un attimo. Cosa è peggio? Dare altro materiale su cui sparlare alle serpi dell'ufficio, oppure incontrare il signorino da qualche parte fuori?

«Potrei considerare anche l'ipotesi, ma questa volta niente posti modaioli», preciso determinata.

Lui pare essere d'accordo. «Assolutamente. Scegli tu, un posto anonimo, uno di quelli che solo tu potresti conoscere».

L'idea che mi stia offendendo non lo sfiora nemmeno. Figuriamoci!

«Va bene, ho in mente un pub che fa proprio al caso nostro», gli dico ragionandoci attentamente.

Gli comunico l'indirizzo e specifico la zona. Devo dargliene atto, non batte neanche ciglio sentendo nominare una parte della città tutt'altro che centrale e rinomata.

«Ok», mi dice alzando le spalle. «Ci sarò, allo otto».

Quindi mi lascia lì da sola e ritorna nel suo ufficio, mentre altre teste curiose si voltano nella sua direzione.

*****

Seduta al bancone del pub, bevo un whisky cercando di rilassarmi. Sento che questa sera avrò bisogno di tutto l'aiuto possibile e immaginabile.

Sono stanca, stressata e sinceramente l'ultima persona che vorrei dover incontrare a breve è Ian. Davvero l'ultima persona. Credo che preferirei persino vedere mia madre, il che è tutto dire.

Paul, il barista, m'intrattiene con le sue solite storie, provando a distrarmi dal mio evidente umore funereo.

«Come mai questo muso lungo?», mi chiede non resistendo alla curiosità.

Paul conosce molto bene Vera, Laura e me. Abitiamo a pochi passi dal suo pub e ci veniamo spesso. Si tratta di un posto buio, anonimo, per nulla alla moda e quindi molto adatto per rilassarsi. Perfetto per noi tre.

«Stress, stress e ancora stress», gli dico rassegnata, osservando sognante il bicchiere ormai mezzo vuoto che ho in mano.

«Allora eccoti altro alcol», mi dice riempiendolo. Sembro davvero così disperata?

«Grazie». Alzo il bicchiere alla sua salute mentre faccio scendere un altro goccio di liquido ambrato lungo la gola.

«Le ragazze arrivano più tardi?», chiede cercando di far apparire casuale la domanda.

«Hmm, no. Spiacente».

A Paul è sempre piaciuta Vera, ma non ha ancora trovato il coraggio di invitarla a uscire.

«Questa sera devo incontrare un collega. È una specie di appuntamento di lavoro», gli spiego cercando di giustificare l'assenza della sua preferita.

Paul mi guarda come uno che la sa lunga.

«Be' cara, se il tuo "appuntamento" è quello che è appena entrato, non capisco il perché di quel muso lungo».

Mi volto in direzione dell'ingresso e vedo Ian varcare la soglia. Si sta guardando intorno cercando di identificarmi, ma il buio deve creargli qualche difficoltà.

«È lui», confermo e sospiro rassegnata. Speravo che si perdesse cercando di arrivare fin lì. Mi è andata male.

«Caspiterina Jenny», esclama invece Paul senza neanche finire la frase, perché è chiara a entrambi l'insinuazione nascosta.

«Già...», gli confermo solo. Capisco il suo stupore, e come dargli torto? Ian indossa il solito completo d'ufficio, senza la cravatta, e in mano tiene un cappotto che probabilmente costa più di cinque stipendi di un normale barista londinese. E si vede.

Meno male che non voleva farsi notare, rifletto alquanto seccata.

Alla fine mi vede, mi fa un cenno con la mano e avanza nella mia direzione.

«Buonasera Jenny», mi saluta poco dopo. Mi pare un po' rigido, non proprio a suo agio in questo ambiente.

«C'è qualcosa di buono in questa serata?», gli rispondo invece io, fregandomene di risultare scortese.

«Ci sediamo a un tavolo?», prova a propormi, guardando in direzione di Paul. È chiaro che preferirebbe non avere un pubblico.

«Se proprio dobbiamo», gli dico alzandomi dallo sgabello con il mio bicchiere in mano. Ian ordina in fretta una birra e mi segue al tavolo.

«Forza, sono stanca morta e me ne vorrei andare a casa il prima possibile. Se non ti dispiace, vediamo di arrivare in fretta al punto», gli dico senza mezzi termini.

«Certo, certo», si mostra d'accordo, «ma prima una piccola curiosità: è sicuro parcheggiare in questa zona?».

Lo guardo allarmata. «Perché, con che diavolo di macchina sei venuto qui?», chiedo con un misto di nervosismo e irritazione.

«Con la Porsche», lo sento rispondere con voce colpevole.

«Ian!», lo rimprovero battendo le mani sul tavolo. «Una cosa così stupida!».

Nel suo sguardo colgo un certo fastidio. «E sentiamo un po', con che razza di macchina sarei dovuto venire? Con la Bentley di mio nonno? Possiedo una Porsche e uso la Porsche!», dichiara inviperito. Un classico: a un uomo puoi toccare tutto, ma non la sua macchina.

«Mai sentito parlare dei mezzi pubblici, piccolo lord? Mai preso uno in vita tua?»

«Ma certo! Solo che non ero sicuro di poter arrivare in questa landa desolata senza una macchina e senza un navigatore, cara la mia "so tutto"!», si difende.

«Scusami tanto se non siamo vicini a Regent's Park...», rincaro la dose.

Per un momento tra di noi si crea il solito antagonismo. Quel silenzio sembra non dover mai finire.

«Ok, stiamo deragliando», mi dice alla fine Ian, passandosi nervosamente una mano tra i capelli neri.

«Come sempre. E visto che la diatriba è destinata ad andare per le lunghe, sarà meglio che mi faccia portare qualcosa da mangiare», gli dico rassegnata, facendo un gesto a Paul, che mi vede subito e annuisce.

«Mangiare qui? Sei sicura?», domanda Ian scrutando guardingo il locale.

«Sicurissima. Io mangio, tu parli. Quindi, stavi dicendo...», lo incalzo a proseguire.

«Vorrei mangiare anch'io», ribatte troncando la mia frase. Lo dice come se la sua fosse una decisione incredibilmente coraggiosa.

Sbatto la mano sul tavolo. «Oddio, ma questo inferno avrà una fine prima o poi?», mi lamento. Quindi faccio di nuovo segno a Paul indicando la persona di fronte a me. Vedo il nostro barista ridacchiare e annuire.

Riderò anch'io quando lui cercherà di invitare fuori Vera, penso vendicativa.

«Ok, ora che anche questo è fatto, possiamo cortesemente passare al motivo per cui siamo qui?».

Ho alzato un po' troppo la voce, ma non m'importa. Sono irritata, nel caso non lo avesse capito.

«Il motivo per cui siamo qui è che ti rifiuti di farti vedere in un posto troppo per VIP insieme a me», ribatte saputello il conte da strapazzo, sbattendo quelle sue lunghissime ciglia con fare da divo. Giuro, se non la finisce lo ammazzo.

«Signore, ti prego, dammi la forza», borbotto esasperata.

La faccia di Ian è divertita. Sto facendo proprio il suo gioco a quanto pare.

«Ok, allora, torniamo a noi», ripeto ancora una volta scostandomi nervosamente i capelli dalla faccia.

«Allora, si tratta dell'articolo...», inizia Ian.

«Eh no, l'articolo no!», lo blocco, esclamando esasperata e sbattendo ancora la mano sul tavolo.

«Scusami tanto, ma come faccio a finire se non riesco neanche a iniziare?», domanda cosciente di avere la logica dalla sua.

Mi rendo conto che siamo di nuovo a un punto morto, quando ecco arrivare Paul con la nostra cena.

«Ecco a voi», ci dice, e mi porge il mio abituale piatto di verdure grigliate e una bistecca con patatine per Ian, che assaggia subito e annuisce stupito e soddisfatto. Basta guardarlo un secondo per comprendere che è un tipo carnivoro, di quelli che amano la bistecca poco cotta. Paul ha avuto gioco facile nell'indovinare i suoi gusti.

«Davvero buono», mormora masticando, senza riuscire a nascondere il suo stupore.

«Sono contenta che il regale palato approvi la nostra umile cena».

«Approvo, approvo, anche se non so come farò a sopravvivere alla mancanza di posate d'argento», mi prende in giro. Per una volta decido di ignorare la sua provocazione e far finta di niente; questa serata si sta prolungando decisamente troppo. Meglio non peggiorare le cose.

«Comunque, non per sembrarti ripetitiva, ma possiamo tornare al motivo vero per cui siamo qui questa sera? Intendo, a parte l'eccellente compagnia...».

Ian mi guarda ridendo. «Possiamo, anche se è un vero peccato. Mi stavo divertendo parecchio».

Lo fisso sconcertata. «Ian, fatti una vita. Capisco che l'alta società sia un tantino noiosa, ma io avrei altro da fare a parte dilettarti fuori orario lavorativo. Non mi pagano a sufficienza per sopportarti tutte queste ore», gli faccio notare.

Mi lancia uno sguardo davvero molto ambiguo; non mi è facile decifrarne il significato.

«Ok, allora tornando a noi, devo ammettere che grazie al famoso articolo mi sono reso conto di una cosa molto interessante: farmi fotografare con una ragazza normale ha allentato parecchio l'assillo di molte altre fanciulle... Presentarmi con la solita bellona non è più di tanto credibile, ma con una ragazza non eccessivamente attraente... questo sì che è geniale! Le altre sono portate a credere che se ti frequento, allora deve essere per forza una cosa seria». Mi espone così il suo ragionamento contorto.

La mia forchetta rimane sospesa a mezz'aria con un peperone grigliato infilzato, che inizia a scivolare pericolosamente per poi ricadere sul mio piatto. Se solo mi sono schizzata, giuro che lo decapito.

«Scusami?», chiedo, sperando di aver capito male.

Ma Ian è in vena di discorsi inutili. «Negli ultimi tempi la cosa è diventata insopportabile. Una serie di ragazze mi sta letteralmente dando il tormento...», continua inesorabile, incurante della mia espressione. Per la cronaca, di solito ritengo di avere una mimica facciale abbastanza eloquente.

«Poverino, così irresistibile...», borbotto schifata.

«Esatto, non è colpa mia, è chiaro. È questa sciocchezza del titolo», conclude.

Non è solo "questa sciocchezza del titolo", rifletto. Dico, ma si è visto recentemente allo specchio? È chiaro che il giorno in cui gli lascerò intendere una cosa simile, sarà il giorno in cui i marziani saranno sbarcati su questo pianeta, ma il fatto comunque resta: schifosamente, fastidiosamente, oggettivamente attraente.

«E quindi?», domando, ma ho quasi paura di pentirmene.

«E quindi tu saresti davvero perfetta!», esclama convinto. Per un attimo avevo persino sperato che l'epilogo potesse essere diverso.

Devo aver capito male. È chiaro che non può chiedermi quello che penso mi stia chiedendo. «Hai iniziato a drogarti, vero Ian?», domando serissima. Non ci sono altre spiegazioni. O quello o un momentaneo vuoto di memoria. Ha presente a chi sta chiedendo di fingere di essere la sua fidanzata?

Lui se la ride mentre mangia una patatina ricoperta di ketchup. La vista è quantomeno destabilizzante.

«L'unica sostanza che può avermi influenzato è lo smog londinese», ammette. «Fa di sicuro male, ma non credo che annebbi del tutto le facoltà mentali. Perché, la mia ti sembra un'idea così insensata?». Lo dice sperando di risultare simpatico?

Ok, il mio stomaco si è definitivamente chiuso.

Poso la forchetta sul piatto e lo guardo serissima. «Prova allora a ripetere, perché sono sicura che non mi chiederesti mai, e dico mai, quello che sto immaginando tu mi stia chiedendo».

Il furbetto mi sorride in una maniera talmente innocente che quasi ci casco. Ho detto *quasi*, non sono mica nata ieri.

«Davvero, per quanto scioccante sia ammetterlo, tu sei l'unica donna che conosco che potrebbe fingere di avere una relazione con me senza desiderare di averla davvero. Senza tener conto che ci hanno già fotografati insieme…».

Afferro il bicchiere di whisky davanti a me e mando giù un sorso particolarmente deciso.

«Ehh???», è l'unica cosa che riesco a dire, felice di essere un po' stordita dall'alcol.

«Sì, e poi non sei assolutamente la solita bellona, per cui sarebbe davvero ingegnoso».

Inizio a essere piuttosto seccata.

«Quest'ultima potevo evitarla, vero?», chiede intuendo al volo il perché della mia espressione.

«Probabile…», gli confermo sibilando tra i denti.

«Comunque, sarebbe perfetto!», ripete non dando molto peso all'affermazione di poco prima.

Ok, il gioco è bello finché dura poco. E questo ha superato qualsiasi limite.

«Non avrei davvero nulla da guadagnare da un accordo simile», gli faccio notare, cercando con molta difficoltà di mantenere la calma. «E poi chi mi conosce sa benissimo che in genere ho molto più gusto…».

Non è assolutamente vero, ma la frase suonava così bene che non ho resistito. Per un attimo la faccia di Ian assume persino un'espressione scoraggiata, prima di ritornare del tutto neutra. Si è trattato al massimo di cinque secondi, ma sono stati comunque attimi preziosi.

«Invece, pensaci Jenny, potresti essere vista a fianco dello scapolo più ambito della città. E questo rilancerebbe parecchio le tue quotazioni…».

Certo, come se ne avessi bisogno.

«Sono sicuro di riuscire a rendermi simpatico anche agli occhi dei tuoi amici e della tua famiglia. Quando voglio so farmi amare», continua a blaterare il cretino.

Lo fermo con uno sguardo assassino.

«Ti reputo una persona abbastanza intelligente», dico decisa, riuscendo a sopportare l'idea che gli stia facendo un mezzo complimento, «quindi, dimmi, pensavi davvero che ti avrei aiutato? Che-io-avrei-aiutato-te?». Scandisco piano la domanda come si fa con i bambini. Il mio tono è incredulo.

«Perché no?», osa persino domandarmi, come se niente fosse.

«Ian, non mi provocare!», lo avverto sperando di non dover dare altre giustificazioni. Potrei non rispondere delle mie azioni.

Voglio dire, si presenta come se nulla fosse dopo avermi reso la vita un inferno per anni e si aspetta pure che io lo aiuti? Che mi faccia vedere in pubblico con lui?

«Cosa avresti da perdere?», insiste cercando di cambiare tattica. Ma casca male, perché per sua sfortuna tendo ormai a riconoscere tutti i suoi giochetti. Credo di padroneggiare bene la materia.

«La faccia, l'amor proprio, la dignità. Vuoi che continui con l'elenco? Ti assicuro che posso stare qui fino a mezzanotte», è la mia pronta risposta.

«Giochi duro», constata dopo una piccola pausa di riflessione.

Io mi sporgo in avanti e incateno il mio sguardo al suo: «Ed è qui che casca l'asino: io non sto affatto giocando, a differenza di te».

Rimaniamo qualche momento a scrutarci. Nessuno vuole distogliere lo sguardo per primo, perché nessuno vuole perdere. La solita, noiosa, vecchia storia.

«Ok, cosa vuoi?», mi chiede a bruciapelo. Deve aver gettato la spugna per quanto riguarda il tentativo di ammaliarmi con quei suoi occhioni azzurri. Peccato per lui: ancora qualche minuto e forse avrei finito per capitolare. In fondo sono pur sempre umana!

«Ti vorrei fuori dalla mia vita. Dici che si può fare?», provo a suggerirgli.

Alza gli occhi al cielo, irritato dalla mia mancanza di collaborazione. «Intendevo qualcosa di realizzabile. E se puoi evitare il sarcasmo, te ne sarei grato».

«Sarcastica io? Ma per chi mi prendi?», gli chiedo facendo finta di non capire.

«Non ci casco, e non cambiare argomento. Cosa vuoi in cambio di questo piccolo favore?», insiste ancora.

Piccolo, certo, come no.

«Se pensi che io possa acconsentire a un piano simile, sei davvero folle», gli dico forte e chiaro.

Lui non si scompone di fronte all'accusa. «Solo determinato. E pronto a negoziare. Sono sicuro che possiamo trovare un accordo soddisfacente».

«Ne dubito…».

«Forza, rifletti. Deve pur esserci qualcosa a cui tieni. Qualcosa come per esempio il mio nulla osta sul caso che stiamo seguendo. Potrei diventare molto puntiglioso, se solo me ne fosse data l'occasione…», mi minaccia implicitamente.

«Vediamo di chiarire un concetto: non ti voglio tra i piedi. Il caso di Beverly è mio e lo voglio seguire come dico io. La tua presenza si è resa necessaria per cause di forza maggiore, ma cerchiamo di limitarci a quello. Non voglio il tuo parere, non voglio i tuoi consigli e soprattutto non voglio dovermi confrontare con te», gli dico tutto d'un fiato. Le frasi escono così velocemente dalla mia bocca che non faccio in tempo a fermarle.

«Lo vedi? C'è qualcosa che desideri anche tu. Vuoi poter lavorare senza la mia interferenza. E io sarei ben felice di concedertela in cambio di un piccolo, minuscolo, trascurabile aiuto».

Preferisco non aggiungere altro. Temo davvero che finirei con l'impiccarmi da sola.

Ian mi osserva attentamente e riflette a lungo prima di parlare: «Lo so che abbiamo avuto parecchi dissapori in passato, ma pensavo anche che fosse vero quello che tutti dicono di te». Per un attimo ha abbandonato il solito tono e si è fatto invece più serio.

«Ovvero?»

«Dicono che sei *anche* una persona gentile che cerca di aiutare gli altri».

«Ho sentito bene il tuo *anche*», rimarco non sapendo più a cosa appigliarmi. C'è una fastidiosa parte di me che inspiegabilmente preme per accettare. Non oso nemmeno prendere in considerazione il perché.

«Sì, ma ho detto pure *gentile*. E stavo parlando di te. Vorrei che cogliessi tutta la mia buona volontà nelle parole che ho usato».

Rialzo gli occhi per guardarlo e vedo che mi riserva uno di quei sorrisi che generalmente fanno capitolare le persone. L'ho già visto sfoderarne di simili mille volte, ma solo verso altre persone. Trovarsi a essere la destinataria di un tale gesto fa l'effetto di un pugno allo stomaco.

«Ti prego...», osa dirmi con fare suadente, abbassando pericolosamente la voce.

Sbatto incredula gli occhi cercando di togliermi di dosso il calore che sento avvolgermi. Devo interrompere questa scena, costi quel che costi.

«Ok», sento sfuggirmi dalle labbra quasi contro la mia volontà.

Ok? Ho detto sul serio ok??? Sono forse impazzita? Il panico mi assale facendomi quasi mancare il respiro.

Ian si rianima soddisfatto e mi afferra persino la mano. «Ti sarò davvero molto, molto grato!», mi dice cercando di infliggermi il KO decisivo.

«Basta, per carità, ne ho abbastanza!». Sottraggo la mano e mi libero dalla sua presa. Un gesto un po' drastico, ma indubbiamente efficace.

«Allora è un sì definitivo?», chiede solenne. Come se avesse bisogno di sentirmelo ripetere. Ho detto sì, purtroppo.

«Ho alternative?», chiedo con l'entusiasmo di un condannato a morte che sta per salire sul patibolo.

«Certo che no!», esclama tutto soddisfatto. «Sai bene che non ti darei tregua. Sarei in grado di insistere fino allo sfinimento».

«Ottimo, lo immaginavo», sospiro.

«Non te ne pentirai», mi dice pure.

«Impossibile, me ne sono già pentita e sono passati solo trenta secondi da quando ho deciso di aiutarti. E ti aiuterò il minimo indispensabile, sia chiaro! E niente foto sui giornali!», lo ammonisco prima che possano venirgli in mente altre strane idee.

«Ma le foto sui giornali servono!», mi fa notare.

«Bene, allora *poche* foto sui giornali».

«Il minimo indispensabile», conferma, ma già sorride.

«E niente nomi alla stampa», mi affretto ad aggiungere.

«Tanto lo scopriranno comunque…».

«Nel mio caso non lo scopriranno», sottolineo con una certa convinzione.

Ian mi osserva ridendo.

«Pochi, pochissimi appuntamenti in giro...», insisto.

«Certo», conferma lui solenne. Ma l'ennesimo sorrisetto soddisfatto minaccia di comparire sul suo volto.

«E in cambio tu giri lontano dai miei progetti e su Beverly mi lascerai carta bianca», gli ricordo.

Vedo che desidererebbe continuare a discutere le condizioni dell'accordo, ma decide di mollare.

«Esattamente come da accordi», promette mettendosi una mano sul cuore.

«Bene, quindi per questa sera possiamo anche finirla qui», gli dico, allontanando il mio piatto, felice di potermela filare.

«Non hai più fame?», mi domanda stupito, osservando l'abbondante porzione di verdure.

«Chissà come mai, ma mi è del tutto passata. Sarà meglio che mi incammini verso casa», dico alzandomi.

«Ti accompagno», ribatte pronto. «Questo non è un quartiere da grandi passeggiate».

Mi sento in dovere di precisare alcune cosette. «Questo è il *mio* quartiere e, per la cronaca, non si corrono affatto rischi camminando per cinquecento metri...».

«Insisto comunque...».

Odioso. Sbuffo visibilmente, perché deve essergli chiaro che la sua compagnia non è affatto gradita.

«Aspetta solo che vada a pagare», mi dice allontanandosi.

Sento un fastidio immenso all'idea che saldi anche il conto della mia cena, ma nello stesso tempo è lui il motivo per cui mi è andata di traverso, quindi che vada al diavolo e paghi pure, se ci tiene tanto.

Con la coda dell'occhio lo vedo porgere delle banconote a Paul. Grazie al cielo ha evitato di tirar fuori la sua carta platinum. Quello sì che sarebbe stato imbarazzante.

«Sono pronto. Andiamo pure», mi dice ritornando al mio fianco.

Alzo un braccio in segno di saluto a Paul che sogghigna soddisfatto. Ride bene chi ride ultimo, penso tra di me.

«Puoi lasciare la macchina qui, sono solo due isolati», gli spiego. Ormai sono rassegnata a dover sopportare la sua compagnia per qualche altro minuto.

«Va bene, una camminata è proprio quello che ci vuole».

«Dobbiamo stabilire alcune regole però», e ritorno sull'argomento.

«Ok», mi risponde mentre si infila il suo costosissimo soprabito. Ma guarda quanto spirito di collaborazione ora che si tratta di fare qualcosa che gli interessa!

«Sono sicura che me ne verranno in mente altre, ma per il momento totale indifferenza al lavoro, tra di noi», lo istruisco.

«Se proprio insisti», mi dice non molto convinto.

«Certo che insisto. Sarebbe meglio non far parlare tutta la sezione fiscale della banca della mia vita privata. Anche se è una finzione», aggiungo agitata.

Annuisce in segno di approvazione.

«E come dicevo, pochissimi appuntamenti. Solo l'essenziale...».

In pochi minuti siamo di fronte al mio palazzo.

«Ok, eccoci giunti a destinazione. Abito qui». Gli indico il portone e tiro fuori le chiavi dalla borsa.

«Ce l'hai un abito da sera?», mi domanda.

«Certo che ce l'ho!». Ma per chi mi ha presa?

«Ottimo, perché venerdì devo partecipare a una serata di beneficenza a cui sarà presente la ragazza più insistente fra tutte. Una che devo assolutamente togliermi di torno».

«Ok, venerdì sera», gli confermo annuendo. La voce non è delle più gioiose, ma ormai sono rassegnata. E poi, via il dente via il dolore.

«Bene, allora buonanotte», mi dice, e rimane a fissarmi in maniera strana. Oddio, e adesso cosa vuole?

«Buonanotte», rispondo con un'espressione dubbiosa.

Vedo Ian avvicinarsi verso di me, e istintivamente indietreggio.

«Posso salutarti?», chiede notando la mia ritirata.

«Non l'hai appena fatto?», domando.

«Volevo solo darti un bacio sulla guancia, anche tu l'hai fatto in Scozia. Pensavo fosse permesso», si spiega.

«Era solo perché dovevo parlarti senza farmi sentire da Elizabeth», gli ricordo.

Lui continua però ad avvicinarsi e io ad allontanarmi, finché non mi trovo con il portone d'ingresso alle spalle. Niente vie di fuga. Lo sento incombere su di me e darmi un rapidissimo bacio sulla guancia. Nelle narici mi rimane il suo profumo, e improvvisamente mi sento ubriaca. Spero sia per il whisky di poco prima.

«Grazie di tutto. E buonanotte», mi dice congedandosi e scomparendo in fretta dalla mia visuale.

Salgo le scale che portano al mio appartamento, ed entrando trovo Vera come sempre distesa sul divano a leggere.

«Ciao bella», mi dice come al solito, non appena mi vede.

«Houston, abbiamo un problema», esclamo senza neanche salutare.

Lei mi guarda con fare interrogativo.

«Vera, dove diavolo posso trovare un vestito da sera?».

Capitolo 10

«Forza Jenny, esci da quel benedetto bagno!», grida Laura dall'altra parte della porta.

«No!», le rispondo arrabbiata. «Ora mi chiudo qui dentro e butto la chiave!».

«Certo che per essere una che deve andare a un appuntamento, si comporta in modo davvero strano, non trovi?», la sento chiedere a Vera.

«È tesa, ecco tutto», le risponde sicura l'altra.

«Sì, ma vergognarsi di farsi vedere? Con noi, poi? Deve farsi vedere da mezza Londra, dici che ce la può fare?», domanda preoccupata Laura.

È chiaro che non ce la posso fare, mi dico osservandomi per la centesima volta allo specchio. L'immagine riflessa è davvero inquietante: ecco davanti a me una perfetta sconosciuta. Lo sapevo che non avrei dovuto mettermi nelle mani delle mie amiche.

«Non osare cambiare nulla!», mi grida Vera. «Abbiamo patito le pene dell'inferno per conciarti così!».

Oh sì, mi hanno proprio conciato per le feste. Sinceramente l'unica nota positiva della mia immagine è che se questa sera dovessero fotografarmi e chiunque dei miei amici o conoscenti dovesse vedere le foto, nessuno, dico nessuno, potrebbe mai neanche lontanamente sospettare che si tratti di me.

Una vera benedizione, ora che ci penso.

Indosso un vestito nero, corto, un tubino aderente senza maniche, ricoperto di pizzo, che mi ha gentilmente prestato Vera. Cerco di allungare l'orlo che invece risale ostinatamente, sempre più in alto.

È chiaro, sono alta un metro e settanta mentre Vera qualche centimetro in meno! Ora quei centimetri di differenza si vedono eccome sulla porzione di gambe lasciate scoperte.

Mi hanno costretta a indossare dei sandali neri dal tacco vertiginoso, che avevo comprato anni fa e saggiamente mai messo. Voglio dire, c'era un motivo se li avevo buttati in fondo all'armadio, no?

In mano ho una borsetta nera essenziale ma molto "stilosa", gentile prestito da parte di Laura. Riesce a contenere metà delle cose di cui avrei bisogno, ma a che servirebbe lamentarsi?

Il problema vero però è il trucco molto accentuato e i miei capelli arricciati. I miei capelli, più mossi del solito, mi ricadono sugli occhi impedendomi quasi di vedere.

Questa non sono io.

Sto per mettermi a piangere disperata, quando sento il citofono suonare. Pochi istanti dopo Vera mi chiama: «Esci, il tuo cavaliere sta per arrivare!».

«Non c'è speranza di farlo fuggire?», chiedo depressa.

«Bellezza, ho già fatto presente il mio punto di vista: non avresti mai dovuto acconsentire a una follia simile. Ben ti sta. Ora devi patirne le conseguenze. Avanti, esci!», tuona minacciosa.

Rassegnata, mi costringo quindi ad aprire la porta.

«Sta salendo!», mi conferma Laura.

Pochi attimi ancora e la porta d'ingresso vibra, non appena lui bussa. Le mie amiche mi lanciano un'occhiata d'incoraggiamento.

«Ok, apro». Mi avvicino mesta alla porta.

Ma forse era meglio non farlo, mi dico tra me e me, mentre osservo l'immagine di Ian che mi sorride stupefatto.

«Non osare dire niente», lo avverto facendolo entrare.

Lui è a dir poco uno spettacolo. Indossa uno smoking che sembra gli abbiano cucito addosso, scarpe nere lucide e di certo costosissime, e porta i capelli scompigliati come sempre, ma con stile.

«Per carità, non dirò assolutamente niente!», ribatte entrando nell'atrio. Ha portato con sé una ventata di quel suo profumo che tanto mi solletica il naso.

Vera e Laura stanno di sicuro per avere un attacco di cuore. Posso capirle, davvero, se non fossi così abituata a vederlo e immune al suo fascino, forse sarebbe venuto anche a me.

«Ciao!», lo salutano goffe.

Lui ricambia sorridendo e stringendo la mano a entrambe. Ammetto che quando vuole sa come far colpo.

Lancio un'occhiataccia a Vera che sta blaterando qualcosa su come mi hanno preparato a dovere.

«Allora devo ringraziare voi. È bellissima, grazie. Ma non ditele niente», dice Ian ridendo e facendo l'occhiolino.

Ridi, ridi pure, penso arrabbiata con me stessa per aver acconsentito a una pagliacciata simile.

«È bellissima, ma un po' di cattivo umore», lo avvisa Vera, come se io non fossi neanche presente.

Ian si volta a osservare la mia espressione: «A questo sono perfettamente abituato».

Ok, ora stiamo davvero esagerando.

«Vorrei ricordarti che sono conciata in questa maniera infame per farti un favore! Allora, vogliamo andare o no?», gli chiedo seccata.

«Ma certo», mi dice imperturbabile e mi porge il braccio.

Guardo prima lui, poi il suo braccio, e ignorando entrambi esco salutando le ragazze.

Poco dopo siamo fuori, in strada. La sua Porsche nera è parcheggiata davanti a noi.

«Prego signora», mi dice aprendo la portiera.

Io alzo gli occhi al cielo ma poi mi decido a entrare, cercando di coprire in qualche modo le mie gambe eccessivamente in vista. Queste macchine cosiddette sportive sono così scomode!

Ian fa finta di non notare le mie difficoltà e mette in moto. Durante il tragitto fino alla festa, nessuno dei due osa dire niente. Ogni tanto vedo che mi osserva con la coda dell'occhio e ridacchia.

Per fortuna il traffico londinese scorre fluido questa sera e, venti minuti di sottofondo radiofonico dopo, siamo arrivati a destinazione.

«*Show time*», mi dice Ian ed esce dalla macchina. Non mi rimane che seguirlo.

Questa volta, quando mi porge il braccio, sono costretta ad accettarlo e sorridere forzatamente. Abbiamo fatto sì e no dieci metri e ci hanno scattato almeno dieci foto. Ottimo.

Una volta entrati dentro l'edificio tiro un sospiro di sollievo.

«Rilassati», mi suggerisce Ian, accompagnandomi verso il bar. «Forse un drink potrebbe farti bene».

«Lo spero, perché sono davvero nervosa», ammetto malvolentieri.

«È normale, questa gente ama mettere gli altri in soggezione».

«Cosa vuoi dire, tu *sei* questa gente!», gli faccio notare seccata.

«Spero davvero che tu sia in errore», mi dice, porgendomi un bicchiere di vino bianco.

Ma non abbiamo nemmeno iniziato a bere che già vedo schiere di fanciulle precipitarsi nella nostra direzione. Sembrano una mandria impazzita che corre verso il cibo.

Ian le nota con la coda dell'occhio e mi afferra prontamente per la vita, cercando di farsi schermo con la mia presenza. Cosa sarei, il suo scudo umano?

«Lord Langley!», sento una voce civettuola.

«Ian!», dice invece un'altra, che azzarda subito maggiore confidenza.

«Buonasera signore», Ian saluta tutte come se niente fosse, «posso presentarvi la mia amica Jennifer?».

Improvvisamente la cavalcata delle valchirie si blocca e le fanciulle assetate di sangue iniziano a scrutarmi. Sento una ragazza sussurrare preoccupata: «È quella della foto». E poi nel gruppo cala un silenzio di tomba.

Ian si fa strada tra di loro senza mai togliere il braccio intorno alla mia vita.

«Se volete scusarmi, vorrei presentare alcune persone a Jennifer», dice invitandomi con lo sguardo a seguirlo.

«Più facile del previsto», mi sussurra all'orecchio dopo qualche metro.

Io sono ancora un po' stordita. «Cielo, è sempre così?», gli chiedo costernata. Non c'è da stupirsi che l'ego di quest'uomo sia così ipertrofico! È letteralmente assalito da giovani e avvenenti fanciulle disposte a tutto!

Ian ridacchia. «Direi di sì».

«Non ti invidio per niente. Quello era un gruppetto davvero impressionante di giovani donne disperate…».

«Non disperate. Donne con un obiettivo», mi fa notare Ian. «Dài, vieni, così ti presento a un po' di persone».

Per tutta la sera non faccio altro che stringere mani e scambiare convenevoli. Se mia madre mi vedesse ora, conciata in questo modo e circondata dalla cosiddetta alta società, mi toglierebbe davvero il saluto. E farebbe bene. Anch'io sto per dissociarmi da me stessa.

Sono abituata a queste persone, sia chiaro. Li incontro tutti i giorni al lavoro, sono loro e le loro società i miei clienti. Fin qui niente di strano. Ma quando incontro questo tipo di persone lo faccio sempre in un ambiente a me favorevole e si parla solo di argomenti tecnici e di lavoro. Questo generico frequentarsi e parlare del tempo, invece, mi innervosisce non poco. Tutti mi osservano e mi scrutano in modo diverso dal solito. Io sono abituata a essere giudicata per il mio lavoro, non per il mio aspetto.

Non senza una certa ammirazione, sono invece costretta ad ammettere che Ian sa decisamente come muoversi. È gentile con tutti, sempre sorridente, ma allo stesso tempo inaccessibile e distante quanto basta. Se concedi troppo a queste persone finiscono per schiacciarti, me ne rendo conto.

«Ecco invece qualcuno che sono davvero contento di vedere», mi dice infine, indicandomi un ragazzo biondo che sta venendo verso di noi. I due si salutano calorosamente.

«Jenny, ti presento l'unica persona sana di mente qui dentro, ovvero il mio amico Jeremy», mi dice contento Ian.

«Piacere, Jennifer», mi presento sorridendo. Vedendo che Ian si rilassa, mi sento anch'io autorizzata a essere un po' meno tesa.

Jeremy contraccambia sorriso e stretta di mano. Ha una presenza che molti giudicherebbero "rassicurante", capelli biondo scuro e occhi chiari, di un colore che direi tranquillizzante. Non come gli occhi di Ian che ti trapassano sempre da parte a parte.

«Il piacere è davvero tutto mio», mi dice galante. «Vi state divertendo?», ci domanda poi ironico.

«Oh, immensamente», gli rispondo con il tono di chi la sa lunga.

Jeremy alza lo sguardo e mi fissa a lungo. «Hmm, non sei davvero quello che mi aspettavo».

Spero che questo sia un bene.

«E lo capisci dopo una sola frase?», lo prendo in giro.

«Oddio, in genere lo capisco anche da meno», confermando il mio sospetto sulle abituali frequentazioni di Ian.

«Hai ragione, è meglio che le ragazze di St John non aprano bocca», commento.

E qui Jeremy scoppia in una risata fragorosa, tanto che qualche testa si volta persino nella nostra direzione. Ian ci guarda un po' offeso.

«Non puoi arrabbiarti, mio caro! Sei tu che le scegli», gli faccio notare con una punta di supponenza.

Alza solo un sopracciglio, quello che in genere usa con fare interrogativo, in segno di monito e rimprovero.

«Mi spiace, ma ha perfettamente ragione», conferma Jeremy. «Ma direi che ti sei riscattato alla grande questa sera. Dove hai scovato Jennifer?».

Il volto di Ian è del tutto inespressivo mentre gli risponde. «Jenny è un avvocato fiscalista. È una mia collega», gli spiega, svelando solo l'essenziale.

«Ah, un cervellone. Che scelta inusuale per te», commenta Jeremy, mentre ci osserva piuttosto interessato.

L'unico momento divertente della serata viene però presto interrotto da una ragazza biondissima, che occupa la scena fasciata da un abito rosso fuoco davvero succinto e con ai piedi tacchi vertiginosi. Quello che si dice "impossibile da non notare".

«Finalmente ti ho trovato!», si rivolge indispettita a Ian, e si sporge a dargli un bacio sulla guancia. Lui non si scosta, ma d'un tratto è diventato come di ghiaccio.

«È un'ora che ti sto cercando. Davvero Ian, non potevi passare a prendermi?». Il tono è addirittura petulante. È chiaro che la signorina in questione non è molto abituata a sentir rifiutate le sue richieste.

Lui le sorride acido. «Come ti ho già detto, questa sera sono in compagnia. A proposito Katie, questa è la mia amica Jennifer. Jenny, questa è Kathrine».

Io e Katie ci lanciamo un'occhiata molto eloquente. L'antipatia è reciproca e istantanea, e nessuna delle due intende fare nulla per dissimularla.

«Piacere», mento senza nemmeno tendere la mano in segno di saluto. Katie non si scompone e continua il suo attacco a Ian, come se io non esistessi.

«Per farti perdonare potresti farmi ballare un po'», prova a suggerirgli indicando la pista da ballo.

«Spiacente, ma non posso». È evidente a tutti che non gli dispiace affatto. «Devo ancora presentare delle persone a Jenny e poi ho promesso di farla ballare».

Il volto truccatissimo di Katie si contrae visibilmente. È chiaro che per questa ragazza la serata sta prendendo una piega inaspettata.

«Va bene. Forza Jeremy, visto che il tuo amico è così impegnato l'onore questa sera tocca a te. Portami a ballare», gli ordina perentoria.

E così dicendo trascina via il poveretto, che ci saluta rassegnato. Ecco un altro che non ha avuto modo di dire la sua.

«Però...», commento guardando nella loro direzione. «Era lei quella di cui parlavi, quella che ti dà parecchio filo da torcere?».

Spero davvero che lo sia, non riuscirei a sopportarne un'altra simile.

«È proprio lei», conferma Ian pensieroso.

«Sembra un tipo deciso», commento ad alta voce. L'eufemismo della serata. «E non credo che si farà intimidire dalla mia sola presenza. Non è come le altre».

«Sì, con lei ci vorrà un pizzico di finzione in più», concorda massaggiandosi la mascella.

«Ovvero?»

«Vieni, balliamo», mi propone trascinandomi sulla pista. Data la mia grande fortuna qui si ballano solo lenti.

«Dobbiamo proprio? L'ultimo lento che ho ballato risale a quindici anni fa. E se ho lasciato passare così tanto tempo senza rifarlo un motivo ci sarà, non credi?», lo supplico.

Ma Ian sembra non curarsi delle mie lamentele e mi stringe a sé. Improvvisamente mi sento al centro dell'attenzione di tutta la sala.

«Stai esagerando», gli faccio notare, cercando di ristabilire un minimo di spazio tra di noi. «Devi farmi respirare».

Ma riesco ad allontanarmi solo di qualche millimetro, di più non mi viene concesso.

Katie e Jeremy stanno ballando poco distanti da noi; lei non ci toglie gli occhi di dosso, lanciandoci in continuazione occhiate molto seccate.

Allora Ian si avvicina al mio orecchio e mi sussurra: «Ora è il momento del colpo di grazia».

«Cosa vuoi dire?», faccio in tempo a chiedere, ma al posto di una risposta vedo il suo volto indecifrabile avvicinarsi sempre di più al mio. Non starà mica pensando di…

In un attimo la sua bocca è sulla mia e per i primi secondi rimango totalmente pietrificata.

Questo è solo un bacio finto, ripeto dentro di me. Non è un bacio vero, non è un bacio vero, non è vero…

Ma deve essere credibile, mi ricordo a un tratto.

Così quando Ian apre leggermente le labbra, io faccio altrettanto. E quando mi stringe tra le sue braccia, lo lascio fare.

Anche perché, quali alternative avrei in una sala gremita di gente, che ci sta osservando dal momento in cui abbiamo messo piede qui dentro?

Il vero problema è che sento le ginocchia cedere; anche il cuore batte più veloce. Senza contare che avrei voglia di aprire di più le labbra… Insomma, tutto questo è davvero grottesco!

Ancora un ultimo istante e mi staccherò, dico fiduciosa a me stessa.

E quando sento la lingua di Ian toccare la mia, allora mi scosto, come bruciata dal fuoco. Ok, quel che è troppo, è troppo.

Lo guardo disorientata. Anche lui ha un'espressione quasi scossa. Bene, almeno non sono l'unica. Seguono secondi di grande imbarazzo.

«Direi che potrebbe bastare», mi dice con le guance velate da un leggero colore.

«Decisamente», confermo a mia volta, sentendo il viso in fiamme.

Poco distante da noi Katie ha quasi avuto un mancamento. Non è l'unica.

«Ok, ora leviamo le tende», mi propone, tenendomi per mano.

Annuisco mentre gli permetto di condurmi fuori dal salone. Cerchiamo di non fare troppo caso agli sguardi curiosi e al brulicare di voci intorno a noi.

Risaliamo in fretta sulla macchina che Ian aveva lasciato nel parcheggio vicino, schivando con non molto successo una serie di fotografi delusi. Cercando di mantenere lo sguardo basso, m'infilo molto velocemente nell'abitacolo.

«Filiamo via?», chiede.

«All'istante».

Capitolo 11

Ho dormito davvero molto male questa notte. Tutta colpa dell'alta società londinese e della serata di gala. Senza contare che ho impiegato un'ora prima di riuscire a struccarmi e infilarmi nel letto. E la giornata che ho davanti non promette niente di meglio.

Laura e Vera osservano preoccupate la mia espressione smarrita di fronte alla tazza.

«Allora, hai fatto il tuo dovere ieri sera?», si informa Vera infilandosi un gustoso biscotto in bocca.

«Più o meno», le confermo assonnata. Sono troppo stanca per fare conversazione questa mattina.

«Comunque te lo devo proprio chiedere: ma come fai a resistere a un tipo simile?», domanda ancora la mia amica. «Perché giuro, io non so cosa gli farei…».

La verità è che quel bacio inaspettato mi ha turbato non poco. Ieri sera ero così nervosa che una volta arrivati di fronte al mio portone sono letteralmente scappata dalla macchina salutandolo a malapena. Che figura. Ma in fondo, per un uomo che probabilmente bacia chissà quante ragazze ogni mese, una in più o in meno non deve fare alcuna differenza.

Appoggio disperata la testa sul tavolo.

«Allora, vuoi raccontarci tutto prima che apriamo il giornale oppure dobbiamo venire a sapere i dettagli dalla stampa?», mi chiede Laura minacciosa, tirando fuori il giornale di oggi.

«Aprilo», mugugno, con la testa ancora sul tavolo. Non ho davvero molta voglia di raccontare la mia serata.

Laura esegue stendendolo davanti a lei e Vera. Alla sezione eventi mondani ecco comparire una nostra foto, seguita da un'altra, più piccola, della settimana scorsa, e da una didascalia.

«Ieri sera si è svolta la serata per la raccolta fondi in favore della ricerca sul cancro», legge Vera, «e il conte di Langley si è presentato elegantissimo in compagnia della stessa ragazza con cui era stato fotografato la settimana scorsa, fuori da un noto pub londinese. L'identità della ragazza rimane ancora sconosciuta, ma alcuni testimoni ci hanno raccontato che l'erede del duca di Revington non si è separato mai dalla sua compagna e che l'ha addirittura baciata durante un lento».

«Cosa???», esclama Laura. «Ti ha baciata?».

Alzo lo sguardo e vedo la loro espressione sconcertata.

«Un bacio di scena», rispondo con una voce affaticata.

«Ma che bacio di scena! Ti ha baciata!», ribatte sicura Vera.

«Allora», chiede Laura, cercando di arrivare al sodo, «com'è stato?»

«Non lo so, davvero...», rispondo sincera, «non me l'aspettavo. E poi non è stato esattamente un bacio-bacio...».

«E cosa sarebbe un bacio-bacio?», mi chiede Vera indispettita.

«Be', sarebbe un bacio con la lingua...», spiego.

«Jennifer!», mi riprende Laura. «Non è proprio da te! L'unica cosa a cui pensi è la sua lingua?»

«Certo che no!», ribatto decisa, ma la verità è che ho davvero pensato troppo alla sua lingua nelle ultime dieci-dodici ore, e non va bene. Devo iniziare a pensare a qualcos'altro! Io sono una donna giovane, serena, tranquilla... e – devo ammettere – un po' repressa sessualmente. Il che non è affatto strano, se si pensa che sono stata insieme a un professore di filosofia, che era al di sopra di certe pulsioni così banali. Ma perché diavolo ho aspettato tanto a piantarlo? E la cosa più deprimente, a pensarci bene, è che *lui* ha piantato *me*... Grottesco.

«Ok, lingua a parte, com'è stato?», insiste ancora Laura.

E a questo punto non ho molto da inventarmi o, almeno, non ho la forza di mentire: «Bacia dannatamente bene. E non dirò altro!», mi affretto ad aggiungere agitata.

«Non te l'ho mai confessato prima perché non volevo infierire, ma ora, vedendoti così nervosa, mi sento in dovere di tirar fuori l'argomento: non è che quel ragazzo ti piace?», domanda a bruciapelo Vera, sollevando lo sguardo dal giornale.

«Cosa? Nooooo!!!!!», cerco di convincerla, mentre il mio volto si trasforma in una maschera di terrore.

«In effetti è strano», riflette Laura, «dici di detestarlo tanto ma poi accetti di fingerti la sua ragazza. Non trovi che ci sia in tutto ciò qualcosa di illogico?».

L'argomento mi riscuote dal mio stato comatoso. Mi risolleva con forza sulla sedia. «Ma che illogico e illogico! Abbiamo fatto un patto, che reputo molto vantaggioso per me. Voglio dire, ci esco in tutto due volte e in cambio lo tengo fuori dai piedi in ufficio. Sinceramente mi sembra una cosa molto, molto sensata! È proprio perché non lo posso sopportare che ho accettato una cosa simile», affermo enfatica nella vana speranza di riuscire a convincere qualcuno. Almeno me stessa, non chiedo di più.

Vera mi guarda quasi con compassione. «Se lo dici tu...».

Riprendo a sorseggiare il mio caffè. Forse questa mattina sarebbe stato più saggio optare per la camomilla.

«Allora, pranzi dai tuoi oggi?», mi chiede ancora, accettando con magnanimità di cambiare argomento.

«Purtroppo», confermo tristemente.

«E se i tuoi avessero visto il giornale?», azzarda a un tratto Laura, indicando le foto sul quotidiano.

Per un istante cerco d'immaginarmi la scena, ma per fortuna allontano in fretta l'idea dalla mente. «Impossibile, l'ultima volta in cui un giornale socialmente inutile come questo è entrato in casa mia eravamo nel pieno della seconda guerra mondiale. E immagino che lo avessero permesso solo perché cercavano dei messaggi in codice».

*****

«Ti senti bene Jennifer?», mi chiede per la decima volta mia madre.

Cosa ci posso fare, sto letteralmente sudando freddo da circa due ore. Ovvero dal momento in cui sono entrata e ho visto una copia del giornale più socialmente inutile del mondo appoggiata sul tavolo della sala da pranzo dei miei genitori.

Se questo è un maledetto incubo voglio essere svegliata! Ora!

«Sto bene mamma», la rassicuro per la decima volta. E per la decima volta non riesco a convincerla. Mi guarda dubbiosa non nascondendo il suo disappunto per non essere ancora riuscita a strapparmi il motivo di tanta frenesia.

Michael mi osserva con un'aria annoiata dall'altra parte del tavolo. Hannah invece mi lancia sorrisi d'incoraggiamento. In momenti come questo sono persino disposta a dimenticarmi che provenga da un popolo maniacalmente ossessionato dal controllo inflazionistico, anche se a discapito della crescita dell'intera regione europea!

«Cara, sei proprio sicura che tra te e Charles vada tutto bene?», mi chiede la mamma. «Ormai sono secoli che non lo vediamo, state per caso attraversando una *crisi*?».

Il tono è di quelli che riserva ai funerali oppure allo scoppio di nuove rivolte in giro per il mondo.

Ecco l'occasione giusta servita su un piatto d'argento.

«Sì, in effetti ci siamo presi una piccola pausa di riflessione. Siamo entrambi molto impegnati con il lavoro al momento».

Alle mie parole, tutti smettono di mangiare e cominciano a osservarmi. Paiono passare lunghissimi minuti di silenzio assordante, il che è un controsenso, lo so, ma cosa ci posso fare?

«Ma non è niente di grave…», mi affretto ad aggiungere con voce flebile.

Stacey deve dire subito la sua, come al solito. «Ma certo che è grave! Charles è l'uomo perfetto per te! Non devi fartelo scappare!», mi espone con veemenza la sua opinione.

Se le piace così tanto può anche sposarselo lei…

Decido di non rispondere e continuo a mangiare l'insalata di farro nel mio piatto. Persino peggiore dell'ultimo minestrone, per la cronaca.

Michael continua a guardarmi male.

«C'è qualcosa che non va?», gli chiedo io questa volta.

Vedo che è titubante sul da farsi. «No, perché?», mi risponde, ma è palese che invece c'è qualcosa di molto grosso che lo preoccupa.

Dopo pranzo aiutiamo i nostri genitori a sparecchiare e lavare i piatti. Poi io e Hannah asciughiamo i bicchieri.

«Sai cos'ha Michael?», le chiedo preoccupata.

Dalla sua espressione mi rendo conto che c'è qualcosa per cui valga la pena esserlo. «Oh Jenny, è tutta colpa mia!», esclama rassegnata.

«Di cosa stai parlando?», le chiedo cercando di non apparire troppo allarmata.

«Delle tue foto sul giornale! Io leggo sempre la sezione eventi mondani, a noi tedeschi piacciono tanto le notizie sulla famiglia reale...», si giustifica. «Sai, noi non ne abbiamo una».

«E sei incappata nelle mie foto», concludo al posto suo.

«Sì, e Michael le ha viste prima che io riuscissi a cambiare pagina. Non sai quanto mi dispiace».

«Non fa niente», la rassicuro mentre cerco di ragionare sul da farsi. Accidenti, questa non ci voleva proprio.

«È una cosa seria?», mi chiede premurosa Hannah.

La guardo senza comprendere bene il senso della sua domanda, ma poi mi si accende una lampadina.

«Certo che no!», le rispondo subito. «Sono uscita con lo scapolo più ambito di questo benedetto Paese. È evidente che non è nulla di serio». Almeno questo è vero.

Hannah posa un bicchiere sul tavolo e mi guarda con quei suoi bellissimi occhi verdi. «Lo so che la tua famiglia non vede di buon occhio i nobili e i ricchi, ma a me puoi dirlo. Se ti piace davvero e se vuoi parlare con qualcuno, con me puoi farlo. Michael non lo verrà mai a sapere. Te lo prometto».

Ora capisco perché mio fratello ami tanto questa ragazza, mi fa quasi venire le lacrime agli occhi per quanto è dolce.

«Ti ringrazio, ma davvero, non c'è proprio niente di serio».

Lei sta per aggiungere altro ma poi si blocca. «Ok, ma se dovessi cambiare idea Michael e io saremo a Londra ancora per qualche giorno, prima di ripartire».

«Ti ringrazio Hannah», la rassicuro.

E poi, appena possibile, decido di squagliarmela. Nel caso a qualcuno venisse in mente di aprire per sbaglio il giornale.

Capitolo 12

Il telefono in ufficio suona minaccioso. Non ci voleva, devo finire di leggere questo report sulle novità introdotte di recente in campo fiscale. In epoca di crisi economica s'inventano una novità al minuto. I politici le sfornano a caso mentre sono sotto la doccia, quando se ne vanno a spasso con il cane… e quindi non c'è da stupirsi che anche le leggi siano fatte a caso.

«Sì?», rispondo stizzita, perché voglio che sia chiaro che sono molto occupata.

«Jenny, c'è tuo fratello all'ingresso», mi comunica la receptionist, per nulla impressionata dal mio tono.

«Chi?», chiedo stupita. In nove anni che lavoro qui, mai nessuno della mia famiglia è venuto a trovarmi. Pensavo che ignorassero del tutto il posto, che l'avessero cancellato dalla loro mappa.

«Tuo fratello Michael. Posso farlo salire?», domanda come se stesse parlando con una cretina.

«Certo, lo aspetto all'ascensore. Grazie mille Emily».

Cerco di riprendermi velocemente dallo stupore e mi avvio in fretta verso l'atrio. In pochi secondi eccolo lì, il mio fratellone, in tutto il suo splendore.

«Ciao Michael!», lo saluto sorpresa, perché questa è davvero una visita che non mi aspettavo di ricevere.

«Ciao Jenny», contraccambia uscendo dall'ascensore e baciandomi sulle guance. Vedo qualche sguardo curioso su di noi. A quanto pare negli ultimi tempi sto contribuendo parecchio al gossip aziendale.

«Come mai da queste parti?», chiedo diretta, visto che mio fratello mi conosce bene e sa che con me è inutile fingere.

«Domani Hannah e io partiamo e volevo passare a salutarti».

Michael non passa mai a salutare nessuno, sia chiaro. Ha sempre troppo da fare o qualche vita umana da salvare.

«Posso offrirti un caffè?», gli chiedo, perché non voglio continuare questa strana conversazione proprio di fronte a tutti.

«Va bene», acconsente lui.

E Michael non beve caffè. Questa sua visita sta iniziando a incuriosirmi sul serio.

«Allora, quanto tempo starete via questa volta?», gli chiedo mentre lo conduco nell'area relax.

Lui alza le spalle rassegnato. «E chi può saperlo. Tre-quattro mesi...».

«Non che non apprezzi questa visita, Michael», gli confesso mentre schiaccio il pulsante della macchinetta, «ma muoio dalla voglia di sapere perché sei qui. Perché se non ricordo male, ci siamo già salutati domenica», gli faccio presente.

Lui mi fissa imbarazzato. Bene.

«Ho visto l'articolo di sabato», dice a bassa voce, come se questo potesse spiegare tutti i misteri dell'universo.

«Buon per te che trovi il tempo di tenerti informato. E quindi?», gli chiedo innocente. Non ho la minima intenzione di rendergli le cose facili.

«E quindi mi sono preoccupato! È normale, sei la mia sorellina e trovo una tua foto su un giornale... tutta truccata, vestita in un modo che francamente...».

«Sì, mi è chiaro il concetto», lo fermo subito. «Ma quanti anni ho?», gli chiedo piccata.

«Trentatré», risponde tra i denti, sapendo bene dove voglio andare a parare.

«Bene, e tu pensi davvero che io, alla mia età, debba dare delle spiegazioni su cosa faccio?».

Michael non ama essere preso in contropiede. «Non si tratta di dove vai, e sinceramente nemmeno come ci vai. Ma con *chi* ci vai», mi dice deciso, enfatizzando le parole.

Forse è meglio non infierire troppo. «Non ho voluto farvi preoccupare, ma la verità è che sono single da settimane e quindi ho il diritto di uscire con chi voglio». Lo dico con fare un po' seccato, perché non posso davvero sopportare altre ingerenze da parte della mia famiglia, a cui voglio un gran bene, ma da cui è sempre meglio prendere le distanze in tema di vita sentimentale.

«Certo, se non fosse che quello in foto non è affatto il genere di uomo con cui esci di solito. Quella è gente che non vale la pena frequentare», mi dice improvvisamente triste.

E mi dispiace davvero, perché so che in realtà Michael è qui con le migliori intenzioni. Lui l'alta società l'ha conosciuta davvero quando stava insieme a Linsey, la ragazza di cui è stato perdutamente innamorato per quasi tutta la vita. L'epilogo fu tragico, perché quando due mondi troppo diversi si scontrano, in genere non finisce mai bene. Il padre di lei iniziò a fare pressioni quando capì che la storia stava diventando troppo seria, e Linsey, di fronte alla scelta tra i conti pagati dal padre e Michael, optò per quella più facile. E tutti sapevamo che l'avrebbe fatto, o meglio, tutti tranne Michael, che la prese davvero malissimo. Credo ci abbia messo anni a riprendersi. Hannah è stata la manna dal cielo. Quando è comparsa nella sua vita mio fratello è finalmente riuscito a far rimarginare quella profonda ferita.

Mi ricordo ancora molto bene di Linsey: vivere del proprio lavoro? Secondo lei significava essere poveri! Una perla di saggezza che tutti ricorderemo per sempre.

La tragedia è che la gente della sua cerchia non può che pensarla come lei. In genere il loro unico lavoro è curare il proprio patrimonio. E pretendono anche che venga considerata un'occupazione difficile e impegnativa!

«Lo so che hai sofferto e non vuoi che mi capiti una cosa simile», gli dico sincera, «ma devi fidarti di me. Non c'è assolutamente niente tra me e Ian St John. Non sono così stupida. A dire la verità, lo trovo anche molto antipatico».

E lo penso davvero, non lo dico solo per rassicurare mio fratello. Il signorino non rientra certo tra le mie persone preferite solo perché ho passato qualche ora in sua compagnia. Costretta, per giunta.

Ed ecco che, non appena concludo la frase, da dietro il muro fa capolino il volto perfetto di Ian, in tutto il suo splendore. Michael lo vede subito e lo osserva dubbioso.

«Hai un minuto, Jenny?», mi chiede il piccolo lord sfoderando il suo miglior sorriso, quello che in genere usa per ottenere tutto quello che desidera.

«Non ora», rispondo brusca, perché vorrei tanto convincere mio fratello che può partire tranquillo per il terzo mondo senza doversi preoccupare anche di me. E perché Ian dovrebbe conoscermi abbastanza bene da non adottare la tecnica del sorriso mellifluo con me.

Il tono va a segno perché la sua espressione si fa seccata.

«Ok, allora quando puoi...», mi dice glaciale prima di scomparire.

Michael ride divertito alle mie spalle.

«Ho captato vibrazioni interessanti...», mi prende in giro, continuando a rigirare un caffè che chiaramente non berrà mai.

«Te lo dicevo fratellone. Non c'è proprio niente di cui preoccuparsi».

Mi si para davanti e mi guarda diritto negli occhi, a lungo, cercando chissà quali risposte.

«Mah, questo lo vedremo... Tra qualche mese, quando sarò tornato, andremo fuori a pranzo e tu mi informerai su tutto quello che mi sono perso. D'accordo?», mi propone.

«Affare fatto!», confermo. Anche perché non ci sarà proprio nulla di cui doverlo informare.

Prendo il caffè che tiene in mano e spinta da un'improvvisa generosità lo butto via. Sarei quasi tentata di berlo, ma sono fin troppo nervosa oggi e non ho bisogno di ulteriori dosi di caffeina.

Quindi lo accompagno all'ascensore e lo abbraccio promettendo di scrivergli al più presto.

Una volta che Michael se ne è andato via non mi rimane altro che sentire cosa vuole Ian. La giornata era già pesante, ma è evidente che può peggiorare.

Arrivo alla porta del suo ufficio passando di fronte a una stupita Tamara. Dimenticavo, sono in territorio nemico e vedermi entrare qui dentro è un fatto inusuale. Busso con decisione e senza attendere risposta entro nella stanza.

Certe abitudini non vanno cambiate.

L'ufficio di Ian è una copia del mio, fatta eccezione per la scrivania che è di certo antica e di inestimabile valore. Deve essersela portata da casa.

È al telefono e il mio ingresso a sorpresa lo irrita. Non è una novità, ma oggi le piccole certezze fanno bene al mio umore.

Con una mano copre la cornetta mentre mi dice: «La prossima volta non bussare neanche, ti prego».

Io lo guardo con aria sorpresa, come se non comprendessi affatto il messaggio, e mi siedo senza troppa grazia sulla poltrona di pelle.

«Posso richiamarti?», dice veloce al telefono sorridendo acido.

Bene, quello di cui avevo bisogno, perché non voglio dover pensare al bacio e alle sensazioni che ha scatenato in me. Molto meglio concentrarsi su emozioni più utili, come la rabbia, per l'appunto.

Lui saluta e riattacca brusco. Il solito esagerato.

«Volevi parlarmi?», gli chiedo con la massima innocenza, decisa a non farmi toccare dal suo atteggiamento.

Per un secondo mi sembra quasi che Ian sia tentato di sbattermi fuori dall'ufficio, ma evidentemente, almeno per oggi, la ragione avrà la meglio sui suoi desideri.

«Non desideravo affatto parlarti, ma purtroppo ne avevo necessità».

Ecco un discorso e un tono che mi rassicurano. È chiaro che tra di noi c'è stato un rapporto un po' troppo amichevole nei giorni scorsi. Almeno per i miei gusti.

«Allora, avevi *necessità* di parlarmi?», riformulo la domanda per nulla colpita dal tono.

«Sì. Colin te l'ha già detto?», si informa freddo.

«Oggi non ho ancora incrociato Colin», gli riferisco.

Ian ha uno sguardo abbastanza abbattuto. «Certo, mandiamo pure il messaggero a farsi trucidare dalle truppe nemiche...», borbotta.

«Suvvia, non sono sempre così assetata di sangue», mi difendo.

«Se il voodoo fosse ancora di moda sarei morto da tempo».

Non smentisco e mi limito a sorridere. Mi sto sentendo così bene in questa solita routine litigiosa che farei quasi un balletto per la gioia.

«Comunque», mi dice cambiando discorso, «abbiamo un impegno questo fine settimana. In parte ha a che fare con il nostro lavoro, e in parte con il nostro accordo».

Mannaggia a me e a quando ho acconsentito ad aiutarlo. «Di cosa si tratta?», chiedo sospettosa.

«Di lavoro, perché anche Beverly è tra gli invitati e ha espresso in modo perentorio il desiderio di vederci e parlarci», mi spiega appoggiandosi alla sedia. «In parte legato all'altro tema, perché la battuta di caccia si svolge nella tenuta di mio nonno, e chiaramente io devo essere presente».

«Una battuta di caccia?», ripeto con un tono inorridito.

«Sì, la solita battuta di caccia annuale del duca di Revington», sottolinea annoiato colui che un giorno porterà quel titolo.

«Io di certo non parteciperò a una battuta di caccia...», mormoro, come se questo bastasse a risolvere tutto.

Ian mi guarda accigliato. «Certo che lo farai. Senza contare che devi».

È evidente che non ci siamo capiti. «Io sono vegetariana e anche animalista. Gli animalisti non partecipano alle battute di caccia. Gli animalisti cercano di sabotare le battute di caccia».

Probabilmente devo avere un'aria minacciosa, perché Ian arretra con la sedia. «Allora fai finta di partecipare alla battuta di caccia», mi propone.

E pensare che lo reputavo intelligente. «Tu sei completamente impazzito: la mia famiglia mi toglierebbe il saluto se mettessi piede nella zona di caccia del duca di Revington! E farebbe bene!».

Ian sbuffa seccato. «Quindi acconsenti che sia io a occuparmi di Beverly? *In toto*? Perché lui vorrà discutere di lavoro proprio durante quella dannatissima battuta di caccia», mi ricorda. Il suo tono è petulante e astioso.

«Non puoi occuparti di Beverly! Hai promesso di farti da parte in cambio del mio aiuto! E accidenti, io ti ho persino baciato pur di non averti tra i piedi con il mio cliente!».

Mentre lo sto dicendo, alzandomi di scatto dalla sedia, mi rendo conto che la frase non suona proprio come un complimento alle sue doti di seduzione, ma dannazione, quando ci vuole ci vuole!

Anche Ian salta su dalla sedia e si sporge con fare minaccioso verso di me: «Sia chiaro che la repulsione è stata reciproca!».

Durante quello scontro a dividerci c'è solo l'antica scrivania e le nostre mani si sfiorano accidentalmente. In quell'attimo è come se una scossa da un milione di volt mi attraversasse tutto il corpo, dalla punta dei piedi fino al collo. Sulle braccia sento comparire la pelle d'oca.

Quando sposto lo sguardo dal mio braccio al suo viso, rimango però catturata da quel dannato azzurro dei suoi occhi. Aiuto! Ma perché quest'uomo ha un effetto così destabilizzante su di me?

Non mi rimane altro che allontanare in fretta la mano dalla sua e arretrare. Ci vuole spazio tra di noi. Ci vorrebbe un continente di distanza per come mi sento in questo momento.

L'unica piccola soddisfazione è che anche il suo viso rivela un certo turbamento. Ben gli sta, rifletto con un pizzico di gioia.

«Ok. Allora, cercando di riprendere a ragionare», continua Ian, «e dimenticandoci delle ultime frasi pronunciate – perché è meglio dimenticare certe cose – possiamo tornare al problema? Se vuoi seguire Beverly devi rinunciare agli scrupoli animalisti e accettare di venire ospite da mio nonno, che è sicuramente un soggetto minaccioso e non ha incontrato mai un animalista in vita sua, ma che non ha neanche mai obbligato nessuno a partecipare a una battuta di caccia. Rimani in giardino, leggiti un libro, fai un po' quel che ti pare, insomma», dice seccato.

Ammetto che in questi termini potrebbe anche essere fattibile, ma io davvero non ci tengo a mischiarmi alla nobiltà di mezzo Paese per un intero fine settimana.

«Potrei venire…», azzardo, «ma solo se davvero non fossi costretta a partecipare. Voglio la tua parola».

Ian pare rasserenarsi di fronte alla mia resa.

«Lo prometto. Puoi fare quello che ti pare», sottolinea, «come d'altronde hai sempre fatto».

Colpo mancino, ma forse questa volta ha ragione.

«Ok, qual è il programma?», chiedo rassegnata, risedendomi sulla poltrona con fare stanco.

«La battuta di caccia si tiene al castello di Revington. Dista circa due, tre ore di macchina da Londra, a seconda del traffico. Direi che possiamo partire venerdì sera. Alcuni ospiti arriveranno venerdì, altri sabato mattina, ma è meglio fare tutto con calma», mi spiega. «Il sabato è dedicato alla "socializzazione" e Beverly vorrebbe sfruttare la giornata per lavorare con noi. La sera ci sarà una cena formale e il ballo».

Ho sentito male oppure ha davvero detto "ballo"? Ancora? Ma perché sono così sfortunata in questo periodo!?

«La battuta di caccia vera e propria si tiene domenica, dopodiché c'è una specie di pranzo nel primo pomeriggio e poi si ritorna a Londra. Tutto chiaro?», chiede Ian, che invece non si è mai riseduto e troneggia ora accanto alla mia poltrona.

Annuisco rassegnata. «Tutto chiaro».

Ma poi mi ricordo di una cosa non proprio secondaria. «E la nostra recita? La abbandoniamo durante il fine settimana?».

Ti prego dimmi di sì… ti prego!

Ian è in evidente difficoltà. «Be', no, anche Katie e i suoi genitori sono stati invitati».

Ma che male ho fatto per meritarmi tutto questo? Mi abbandono sulla scrivania e nascondo il viso tra le braccia.

«Stai pensando di buttarti nel Tamigi?», chiede ironico Ian.

«Esatto, è quello che sto pensando…», mugugno rifiutandomi di sollevare del tutto la testa.

«Forza, potrebbe andarti peggio», sussurra ridendo.

Alzo di scatto la testa. «Difficilmente. E non osare contraddirmi!», gli intimo con un dito.

«Non oserei mai», cerca di convincermi. Ah!

«Certo che oseresti. Oseresti tutto, ti conosco. Allora, adesso che mi hai servito questo colpo mancino, torno a lavorare».

Mi alzo dalla sedia e m'incammino mesta verso la porta. «È stato un piacere, come sempre», lo saluto ironica.

Ian ride divertito. «Il piacere è tutto mio».

E il cretino fa pure un inchino.

Capitolo 13

«Forza ragazze, spingete! Dobbiamo assolutamente chiudere questa maledetta valigia!», imploro le mie amiche.

«Cara, se ti fossi portata meno cose…», mi fa notare Laura seccata.

Le guardo indignata. «Ma se siete voi che mi avete costretto a portare tutta questa roba!».

Vera osa anche ridere. «In effetti non ha tutti i torti. Siamo state davvero noi».

Laura però non sembra convinta. «Noi le abbiamo solo selezionato gli abiti strettamente necessari. Lei si sarà portata una marea di cose del tutto inutili».

«Per esempio?», chiedo per nulla convinta.

«Le tue maledette circolari fiscali! E non osare negarlo!», mi dice determinata la mia amica.

«In effetti mi sembra di aver schiacciato della carta», conferma Vera infierendo.

Alzo le mani per difendermi. «Sono solo cose strettamente necessarie. E ora avanti, spingete!».

«I vestiti *sono* strettamente necessari, le circolari si leggono in ufficio», ribatte ancora Laura. Oggi è molto nervosa.

«Hai litigato con David?», le chiedo, perché è chiaro che la mia valigia non può essere la causa di tutta la sua rabbia repressa.

«Certo che ho litigato con David!», risponde cupa. «Quando mai non ho litigato con David!».

Ora tutto torna.

Dopo altri lunghi e faticosi minuti riusciamo a chiudere il mio trolley.

«Oh, finalmente», sospira Vera mettendosi a sedere per terra, stravolta dallo sforzo. «Devi proprio comprarti una valigia più grande».

«Questa valigia mi è sempre bastata e continuerà a bastarmi!», le faccio notare.

Ma anche Laura è d'accordo con lei. «No, non basta, se frequenti il conte di Langley e devi andare al castello di Revington».

«Punto primo, io non frequento affatto Ian», inizio decisa.

«Certo, lo baci soltanto!», mi interrompe Vera.

Le tiro un cuscino in faccia e cerco di riprendere il filo del discorso. «Allora, come stavo dicendo, non frequento Ian. E punto secondo, che razza di castello vuoi che sia Revington? Sarà una casa di campagna solo un po' più grande».

Laura scoppia a ridere a crepapelle. «Fammi un favore, donna che non ha aperto una rivista di gossip in vita sua e si ostina a ignorare la realtà di questo Paese: quando arrivi e vedi il castello di Revington, puoi cortesemente telefonarmi per dirmi le tue prime impressioni?».

Proprio quello che ci voleva per farmi stare tranquilla. «È davvero un castello?», chiedo titubante.

«È un grandissimo castello», mi conferma sadica la mia amica.

Il mio viso si contorce in una maschera di dolore. «Se mia madre lo venisse a sapere credo che rinuncerebbe per una volta alla sua regola che le impedisce di mangiare carne. Temo che mi farebbe al forno direttamente».

«Perché, cosa le hai detto per giustificare la tua assenza?», chiede Vera.

«Cosa vuoi che le abbia detto? Che parto per lavoro. Punto. A proposito, se dovesse telefonare qui cercando di carpire qualche informazione, voi non sapete niente, mi raccomando!», supplico.

«Ma certo che non sappiamo niente! Stai tranquilla», mi rassicura.

«È una parola... Sapessi come sono tranquilla! Per qualche strana ragione ho un brutto presentimento riguardo a questo fine settimana. Come se qualcosa di davvero molto, molto brutto dovesse capitarmi. E, devo essere sincera, me ne sono già successe abbastanza... gradirei una piccola tregua».

E continuerei ancora a lamentarmi se il mio cellulare non avesse emesso un breve squillo.

«Sono sotto. Scendi», leggo ad alta voce il messaggio. «Poteva anche aggiungere un "per favore", non pensate?». Persino i suoi messaggi in teoria asettici riescono a farmi arrabbiare.

«Non farci caso», mi avverte Vera, che si alza per accompagnarmi alla porta, «è stato cresciuto così. È abituato a dare ordini».

Come se questo lo giustificasse. Ai miei occhi peggiora solo la sua situazione.

«Cercate di non litigare», mi saluta Laura. Ma poi vede la mia espressione e aggiunge: «...troppo. Litigate solo il giusto».

«Cercheremo», rispondo non molto convinta, mentre le bacio.

Appena chiudo il portone noto la Porsche di Ian parcheggiata di fronte al mio ingresso.

«Ti darei una mano con la valigia, se tu fossi una donna normale. Ma visto come stanno le cose, fai pure da sola». E così dicendo schiaccia un pulsante che fa aprire il cofano.

Sistemo velocemente il mio trolley e mi affretto a salire a bordo.

«Non ti preoccupare, io faccio sempre da sola», gli rispondo allacciandomi la cintura.

«Pronta?», domanda, infilandosi degli occhiali da sole all'ultima moda.

«Assolutamente no, ma partiamo pure».

*****

Quando arriviamo a Revington è quasi mezzanotte. Il viaggio è stato abbastanza stancante, non tanto per il traffico, quanto per la difficile compagnia. Tre ore di conversazione continua con Ian sono davvero troppe e andrebbero vietate per legge.

Abbiamo più o meno litigato su qualsiasi cosa, e pensare che abbiamo parlato solo di sanità pubblica e riforma della scuola! Per il ritorno credo che sarà meglio rimanere su argomenti più neutri, tipo la musica e la pace nel mondo. Anche se ho il sospetto che potremmo finire per scannarci anche su quello.

«Benvenuta Miss Percy», mi accoglie un premurosissimo maggiordomo dall'aspetto impeccabile, aprendo la portiera.

Abbiamo a malapena fatto in tempo a spegnere il motore che siamo già serviti e riveriti. Alle mie spalle vedo che qualcun altro ha pensato a prelevare la mia valigia. Non ho dovuto muovere nemmeno un dito.

«Grazie», mi limito a dire imbarazzata, uscendo dall'abitacolo. Non sono abituata a questo tipo di trattamento.

«Sono James, Miss», si presenta il maggiordomo.

«Grazie James», ripeto, perché sono totalmente stordita. Mi trovo di fronte uno dei castelli più grandi che io abbia mai visto. Torri, torrette, mura e un ingresso di marmo bianco che sembra una cattedrale. Cielo, sto per sentirmi male.

«Buonasera James», si affretta a salutarlo anche Ian.

«Lord Langley, è un piacere come sempre averla a casa».

È vero! Questa è "casa" per Ian. La cosa è piuttosto destabilizzante.

«Grazie. Sono già arrivati molti ospiti?», si interessa.

«Qualcuno, ma il grosso è atteso per domani mattina», conferma diligente il domestico.

«Non dovevate attenderci in piedi se la sveglia per voi sarà all'alba, James. Avrei fatto io gli onori di casa», gli dice Ian, facendomi strada nell'immenso ingresso del castello.

«Io ho la camera di sempre, immagino. Dove avete sistemato Jennifer?», si informa girandosi per capire dove andare.

Ed ecco che accade qualcosa di strano, perché il maggiordomo si blocca e arrossisce. Visibilmente. Non lo avrei mai detto. Sembra il tipo sempre e comunque impassibile.

«Abbiamo un'intera ala del castello in ristrutturazione», spiega James imbarazzato. «C'è stato un terribile temporale il mese scorso e siamo stati costretti a chiudere numerose camere. E con così tanti ospiti in arrivo, il duca ha pensato che non ci fossero problemi per lei e Miss Percy nel dividere la sua camera».

«Cosa???», mi lascio sfuggire in maniera davvero poco signorile.

Tutti si voltano a guardarmi e Ian mi lancia un'occhiataccia. È chiaramente un avvertimento.

«Volevo dire, "cosa"?», riformulo la domanda con un tono di voce molto più basso.

«Ci sarebbero dei problemi? Il duca ha visto le vostre foto sul giornale e ha pensato che avreste preferito così...», mi spiega James, sempre più rosso in faccia e sempre più nervoso.

È evidente che parlare di camere in comune per un maggiordomo con più di sessant'anni è un problema di etichetta.

«Niente affatto», conferma Ian e mi fulmina con lo sguardo.

Certo, se lui dorme per terra, penso tra me.

«Allora, se siamo entrambi nella mia camera non c'è bisogno di rubarvi altro sonno. Andate pure a dormire», li congeda Ian.

Il maggiordomo e il silenzioso aiutante ringraziano e scompaiono velocemente, lasciandomi da sola con Ian, che, per nulla stupito, s'incammina per la scalinata bianca davanti a noi. Questa deve essere stata l'uscita di scena più veloce a cui io abbia mai assistito. Povero James, evidentemente era davvero troppo per lui.

«Vieni o pensi di dormire qui?», mi domanda senza neanche voltarsi a guardarmi.

Afferro arrabbiata la mia valigia e lo seguo. «Vengo, vengo», rispondo sbuffando.

Attraversiamo un lungo e scenografico corridoio al primo piano fino ad arrivare a una porta bianca antica.

«Benvenuta nella mia umile dimora», dice Ian ironico, perché di umile in quella stanza non c'è proprio nulla. Neanche l'aria.

Questa "stanzuccia" è grande quanto il mio appartamento, senza contare che sui muri è tutto un gioco di stucchi e oro. Il gusto è chiaramente neoclassico e la mia attenzione è subito catturata dal parquet più bello che io abbia mai visto, in parte coperto da un tappeto immenso. Non oserei mai camminarci sopra! Il soffitto deve ispirarsi alla reggia di Versailles, penso tra me, mi pare di cogliere qualche somiglianza.

Al centro della stanza si trovano due grandi divani antichi e un tavolo intarsiato. Noto subito nell'angolo una scrivania di cristallo moderno con un computer e una stampante. Evidentemente è l'angolo da lavoro.

Dall'altra parte della stanza è stato sistemato un letto immenso, antico ma semplice. In fondo a destra si intravede una porta che deve condurre in bagno.

Credo che Ian non ami il lusso ostentato. Questa è una camera stupefacente, ma in qualche modo funzionale e dai toni tutto sommato sobri.

«È di tuo gusto?», domanda il padrone di casa.

«Certo. Soprattutto sono di mio gusto i divani su cui dormirai», ribatto prontamente. Meglio passare al nocciolo della questione e non perdere tempo in convenevoli.

L'ora tarda può avere anestetizzato e limitato molto le mie capacità di ribellione, ma questo non vuol dire che gli farò passare liscia la brillante idea della camera in comune. Anche se, in effetti, c'è spazio per due famiglie intere!

«E io che pensavo che ti saresti offerta di dormirci tu», mi stuzzica Ian.

«Pensavi male», gli dico tranquilla. «Le foto sul giornale sono tutta colpa tua, ergo il divano è tuo».

«Pazienza», sospira, «vorrà dire che prenderò una coperta dall'armadio. Certo che far dormire una persona della mia altezza sul divano è davvero una cattiveria».

Mi fermo in mezzo alla camera cercando di decidere come e dove disfare la valigia. «Pensi davvero di impietosirmi in qualche modo?», gli domando per nulla toccata dalla cosa.

Ian non risponde nemmeno, ridacchia solo.

Mi siedo sul letto e inizio ad aprire il trolley. «Dove posso mettere le mie cose?».

Ian spalanca l'armadio e mi indica un cassetto. «Questo è libero se devi metterci delle cose piegate. Appendi invece qui quello che hai di lungo».

«Ho solo un vestito lungo», lo rassicuro.

«Non c'è problema. Lo spazio non manca. Ormai qui tengo pochissime cose, visto che non ci vengo molto spesso.

La mia base è Londra. Qui cerco di mettere piede il meno possibile».

Osservazione troppo interessante per non indagare. «Come mai?», domando curiosa, ma cercando di non darlo a vedere.

«Perché se mi faccio vedere troppo finisco per litigare con i miei genitori e mio nonno. E quindi evito».

La cosa mi lascia a bocca aperta. «Ma va?».

Ops, mi è scappato.

Ian ride della mia espressione. «Sì, cara, non sei l'unica che ha il vanto di farmi perdere la pazienza. Tutta la mia famiglia è molto dedita a questa missione. La mia è una vita *estremamente* difficile».

«Lo immagino: anche i minatori cinesi senza diritti sociali sarebbero d'accordo nel ritenere la tua una vita piena di stenti».

Vorrei indagare ancora, ma è mezzanotte e inizio a essere stanca, molto stanca. Anche lui ha l'aria di uno che avrebbe bisogno di una bella dormita.

«Lasciamo gli argomenti difficili a domani e ce ne andiamo a dormire?», propongo poco dopo, riponendo le ultime cose nell'armadio.

«Per una volta la tua mi sembra una buona idea», acconsente sbadigliando.

«Io ho solo buone idee», ribadisco.

«Farò finta di non averti sentito. Avanti, puoi usare il bagno per prima», e m'invita ad accomodarmi, indicandomi la porta in fondo alla stanza.

Io afferro il mio pigiama, che per fortuna è un banale due pezzi maschile, e mi dirigo in bagno. Mi lavo i denti e mi cambio in fretta. Quando rientro in camera, Ian si è già rivestito: indossa i pantaloni di un pigiama a quadretti con una normale maglietta bianca sopra. Quindi – mi dico – non c'è motivo per cui debba avere un'aria così maledettamente sexy! Eppure ce l'ha…

«Niente pizzi?», mi chiede vedendomi rientrare con il mio banalissimo pigiama.

«Ti sembro un tipo da pizzi?», gli chiedo davvero stupita.

Ian pare rifletterci e poi scrolla le spalle. «No, certo che no. Ma uno può sempre sperarci», dice ridacchiando.

«Sii serio», lo esorto per niente colpita dalla sua affermazione.

Mi dirigo verso il letto e con un balzo m'infilo tra le coperte. Davvero morbide, non c'è che dire. Credo che questa notte dormirò bene, nonostante la presenza ingombrante di Ian, che però sarà su un divano a debita distanza.

Il piccolo lord esce dal bagno e si accinge a spegnere la luce.

«Buonanotte», mi dice da qualche parte, lontano, nel buio.

«Buonanotte», rispondo, e in un minuto sono già tra le braccia di Morfeo.

Capitolo 14

«Non per insistere, ma sono quasi le dieci, Jenny», sento una voce che mi parla.

Strano, mi trovo in un letto morbido che non è il mio e una voce maschile sta cercando di svegliarmi. Ma io non voglio, sto bene qui al caldo.

«Forza Jenny, fra poco non avrai più niente da mangiare se non ti decidi ad alzarti».

Sempre questa voce noiosa, una voce che non mi è del tutto sconosciuta, ma che non riesco ad associare al mio solito risveglio.

Alzo a fatica prima una palpebra e poi l'altra. C'è troppa luce, non riesco a mettere a fuoco niente.

Sbatto ancora gli occhi e poi finalmente la nebbia inizia a diradarsi. Di fronte a me c'è un volto, quello di un uomo dai capelli neri e occhi intensamente azzurri. Ho visto questo stesso sguardo già molte volte… Oh cielo, Ian!

E in un battito di ciglia mi rendo conto di dove mi trovo, ma soprattutto del perché mi sia risvegliata nel castello di Revington.

«Ti senti poco bene?», mi chiede Ian, quasi preoccupato di fronte alla mia espressione smarrita.

Stropiccio gli occhi. «Non troppo. Che ore hai detto che sono?», domando con una voce resa molto profonda dal sonno.

«Sono le dieci», risponde guardandomi con sospetto. Devo avere un aspetto abbastanza sconvolto.

«Cosa!?», chiedo scossa. E sono perfettamente sveglia in men che non si dica. «Non possono essere le dieci! Io non ho mai dormito fino alle dieci in vita mia».

«Be', sono le dieci comunque», ribatte Ian incrociando le braccia sul petto e osservando lo spettacolo davanti a sé.

Non oso neanche immaginare il mio aspetto in questo momento: occhi gonfi dal sonno, capelli scompigliati, niente trucco. Come mai Ian non è ancora scappato urlando? Giuro, non mi sarei offesa se l'avesse fatto, anzi, lo avrei ritenuto del tutto logico.

«Non so se essere offeso oppure divertito», mi confessa allontanando il suo volto dalla mia faccia.

«Per cosa?», mugugno sempre con voce profonda e mi metto a sedere sul letto.

«In genere le donne fanno a gara per farsi vedere sempre al loro meglio da me, specialmente se è mattina e si trovano nel mio letto», insinua con fare sornione, e inizia a fissare con insistenza la scollatura del mio pigiama.

Classico: sono sveglia da un minuto e mi ha già indispettito. Senza contare che non posso essere provocata quando sono a stomaco vuoto. «Questo è il *mio* letto per il fine settimana, sia chiaro. E dell'aspetto che ho prima ancora di aver messo un piede fuori dalle lenzuola non me ne importa niente!».

«Sempre nervosa al risveglio?», chiede innocente.

Gli lancio un'occhiataccia davvero molto eloquente. Ian ride ma continua a fissarmi. «Non fraintendermi, è un piacevole cambiamento. Senza contare che struccata hai un'aria decisamente più bambina».

Gli uomini pensano davvero che questi siano *complimenti*? «Ti vuoi spostare così riesco a uscire?», gli dico arrabbiata.

Lui si scosta quel tanto che mi permette di alzarmi dal letto per filare dritta in bagno.

«Ti aspetto sotto, nella sala da pranzo!», sento urlare poco dopo essermi chiusa al sicuro, dentro il bagno.

Dio sia lodato, finalmente un attimo di pace! Che cosa terribile iniziare la mattina in questo modo: io sembro uscita da un film dell'orrore e lui è perfetto, senza un capello fuori posto, vestito di tutto punto.

Ma come diavolo ho fatto a dormire così profondamente sapendo che mi trovavo nel suo letto? Una vocina mi dice che forse l'ho fatto proprio perché era il suo letto, ma scaccio in fretta il fastidioso pensiero.

In pochi istanti mi lavo i denti e mi vesto, optando per un paio di pantaloni neri comodi ma d'effetto, e un maglione azzurro con collo ampio. Infine mi pettino lasciando sciolti i capelli ancora un po' scompigliati dal sonno e mi trucco più del solito. Altro che bambina!

Una volta uscita dalla stanza ecco il primo problema: non so dove andare. Decido di scendere le scale da cui siamo arrivati ieri sera e poi di iniziare l'esplorazione in cerca di cibo.

Per fortuna ai piedi delle scale trovo James insieme a una signora molto elegante che sta salutando alcuni ospiti appena arrivati.

«Buongiorno Miss Percy», mi saluta formale James.

«Buongiorno. La prego, mi chiami solo Jenny», rispondo cordialmente.

Sentendoci parlare la signora si volta subito. «James, vuoi presentarci?», chiede come se non fossimo in grado di farlo da sole. Credo che queste persone abbiano scambiato questo castello per il palazzo reale.

«Certo. Lady St John, questa è Jennifer Percy, è arrivata ieri sera con suo figlio. Miss Jennifer, le presento Lady St John».

Ah, ora si spiega tutto.

La madre di Ian è una donna alta, magra, impeccabile, capelli castani dai riflessi ramati e occhi verdi. Il portamento è perfetto, la pelle ancora quella di una ragazzina, e i gioielli che indossa devono costare un piccolo patrimonio. Diciamo che è una donna che non passa inosservata.

Lo sguardo che m'indirizza è prima diffidente, poi curioso. Immagino di non essere esattamente quello che si aspettava.

«Piacere», mi dice porgendomi la mano. Ma non è chiaro se lo sia davvero.

Io afferro la mano e la stretta è decisa. Non è facile intimidirmi. La signora l'ha capito subito e mi sorride ora con un po' di convinzione in più.

«Stavo cercando la sala da pranzo», spiego a entrambi, intenzionata a togliermi il prima possibile dall'imbarazzo. Non che la compagnia non sia gradevole, ma, come dire, c'è di meglio.

«Mio figlio avrebbe dovuto fare gli onori di casa», dice Lady St John come indispettita.

«Ma lo ha fatto», mi sento in dovere di precisare, poi però ho quasi voglia di mordermi la lingua, perché difendere Ian davanti a sua madre davvero non rientra tra i miei compiti. «Sono io a essere in ritardo questa mattina».

Lei mi guarda come una che la sa lunga. «Ti accompagno e ne approfitto per mostrarti la casa». E così dicendo mi guida decisa verso l'ingresso della prima stanza.

«Non per sembrarti impertinente Jennifer, ma cosa fai nella vita?». Ecco, è subito partita con le domande. Però, un perfetto interrogatorio a stomaco vuoto. Questa sì che è una sfida.

«Non c'è problema», le dico sorridendo, perché io sono bravissima in questi giochetti. «Sono un avvocato. Un avvocato fiscalista».

La madre di Ian si blocca e riprende a osservarmi, come se mi vedesse bene solo ora.

«Davvero?», chiede spiazzata.

«Certo. Così almeno c'era scritto sulla mia laurea l'ultima volta che ho controllato», dico con una risata a effetto.

Che evidentemente va a segno perché Lady St John ride divertita, ed è la stessa risata di suo figlio. «Ti chiedo scusa, ma sai... le frequentazioni di Ian in genere sono...», e si blocca, in difficoltà.

Decido di toglierla d'imbarazzo in maniera magnanima. «Più appariscenti?», azzardo appena.

«Oh, non solo», mi conferma molto più sollevata. «Oserei dire decisamente più vuote».

«Immagino però che l'essere passato dalle modelle alle PR sia un bel un passo avanti, no?».

Ok, forse ho esagerato.

La madre di Ian invece deve giudicarla una meravigliosa battuta, perché ride sincera. Immagino che a questa gente capiti raramente.

«Da quanto tempo conosci mio figlio?», mi chiede, perché è evidente che ho rivelato troppo.

Meglio la verità nuda e cruda. «Dal giorno in cui è stato assunto presso la nostra banca, ovvero da sette lunghi anni».

«Una collega quindi?», chiede sorpresa.

«Esatto», mi limito a confermare. Credo di aver già detto troppo. E chissà cos'altro mi avrebbe tirato fuori se in quel momento non fosse arrivato Ian.

«Avete fatto già amicizia?», ci chiede vedendoci ridere. Ha uno sguardo curioso, come di chi sia davvero sorpreso.

«Certo, caro», gli conferma sua madre. «La tua *collega* è una donna molto divertente».

È chiaro che sta pensando anche altro, perché in fondo sono appena scesa dalla camera di Ian, ma sarebbe scortese sottintendere troppo prima di colazione.

«Solo se lo vuole», le conferma suo figlio. «E in genere non vuole».

Cosa vorrebbe dire? «Solo con chi lo merita», aggiungo.

Ian si fa serio. «Dovevo immaginare che sareste subito andate d'accordo. Avete due caratteri molto simili».

Non è proprio chiaro se sia un complimento oppure no. Propenderei forse per l'ultima ipotesi.

Sua madre comunque non sembra affatto colpita dall'insinuazione. Il suo sorriso infatti non vacilla.

«Comunque non siamo qui per le relazioni sociali», puntualizza Ian, «siamo qui per motivi di lavoro. Beverly è un nostro cliente e voleva sfruttare l'occasione della battuta di caccia per discutere con noi».

La madre di Ian si volta nella mia direzione. «Lord Beverly? Quanto mi dispiace, cara».

«Non c'è problema, davvero», la rassicuro.

«Ma d'altronde immagino che tu sia abituata a muoverti in questi circoli. Magari anche la tua famiglia è così...».

Certo, l'interrogatorio continua: ora siamo al mio albero genealogico.

«Non proprio. Anzi, non potrei pensare a niente di più diverso. Anche se a modo loro tutte le famiglie, eccezion fatta per i castelli e la caccia, finiscono per assomigliarsi».

Colpito e affondato. La madre di Ian impallidisce appena, ma si riprende in tempo per salutarci, reclamata da una signora appena arrivata.

«Ci vai giù pesante», mi prende in giro Ian indicandomi finalmente la sala da pranzo, sulla cui immensa tavola è steso ogni ben di Dio. Io mi verso un caffè bollente in una tazzina che avrà almeno duecento anni e mi servo uova strapazzate e pane.

«Non avendo ricevuto indicazioni mi sono limitata alla verità. Fino a questo momento nessuno mi ha interrogato sulla natura del mio legame con te, ma immagino che ci arriveranno presto. Davvero Ian, non hai fatto un affare portandomi qui».

Lui mi guarda cinico. «Invece ti sbagli. Mezz'ora fa sono riuscito a malapena a liberarmi di Katie e di sua madre. La tua presenza in camera mia in quel momento è stata *decisamente* d'aiuto».

Il caffè è davvero eccellente, quindi me ne verso una seconda tazza.

«Perché non la sposi?», gli chiedo a bruciapelo guardandolo.

«Stai scherzando? E pensare che l'hai conosciuta».

«Appunto, e lo dico proprio perché l'ho conosciuta: siete entrambi pieni di voi stessi, fieri del vostro sangue blu e convinti di essere superiori a tutti. Mi sembrano delle buone basi per un matrimonio».

Ian non è molto felice del ritratto e si gira nervosamente sulla sedia accanto a me.

«Cosa ti fa pensare che io sia così classista?», domanda un po' seccato.

Sto masticando con un certo nervosismo il mio pane imburrato mentre lui mi fissa con un'intensità che non mi piace per niente.

«Rimandiamo questa discussione a un momento più adatto, se non ti dispiace. Odio farmi rovinare il pasto».

Ian scuote le spalle. «Come preferisci».

«E il resto della famigliola dov'è?», gli chiedo curiosa.

«Mio padre è assente per lavoro e mio nonno è fuori a controllare i cavalli per la battuta di caccia di domani. Te lo presento questa sera al ballo. Mi raccomando però, lui è molto formale».

Il suo è un avvertimento che suona come una minaccia.

«Guarda che so come ci si comporta», gli dico per nulla turbata dalla sua velata insinuazione.

Ian solleva un sopracciglio con fare dubbioso.

«Davvero», gli confermo.

Sospira rassegnato. E forse sta per aggiungere altro quando nella stanza entrano Elizabeth Beverly e Katie. Ah, questo può davvero definirsi un duetto perfetto.

Anche questa volta Elizabeth è più nuda che vestita, ma almeno sembra sincera quando sorride vedendoci.

«Buongiorno Ian, buongiorno Jennifer!», ci saluta, e io ricambio.

Katie invece è una perfetta statua di cera, o meglio, di ghiaccio. Dire che è infelice di vedermi è dire troppo poco. Il suo volto è talmente ostile che sono quasi preoccupata per lei. La rabbia fa invecchiare precocemente.

Indossa un vestito che mi sembra molto più adatto a un cocktail che a una colazione, ma se per lei questo vuol dire essere alla moda…

Comunque, se intende ignorarmi, posso benissimo fare altrettanto.

«Ciao Elizabeth», la saluta Ian e poi sorride a Katie. Dimenticavo, si sono già visti a colazione.

Per un po' nessuno osa dire niente. Ian ci osserva, Katie mi fissa senza abbassare mai lo sguardo, mentre Elizabeth vorrebbe scappare. Io invece mastico molto lentamente, prendendomi tutto il tempo di cui ho bisogno. Se questa biondina pensa di potermi intimidire, si dovrà ricredere.

Con un gesto all'apparenza casuale appoggio una mano sulle gambe di Ian, che con lo sguardo conferma di aver intuito le mie intenzioni.

«Ho finito con la colazione», gli dico tranquilla. «Possiamo tornare in camera, se vuoi».

Gli occhi di Ian brillano divertiti, Katie invece sta per sentirsi male. Giuro, è talmente antipatica e prepotente che sto pensando a come prolungare la sua agonia. Senza contare che ho cambiato idea: nessuno si merita una moglie simile, nemmeno Ian.

«Certo, andiamo». Si alza e mi porge la mano, che stringo senza troppi complimenti.

Salutiamo le ragazze e ci dirigiamo verso la nostra camera. Mentre camminiamo mi ricordo che la mia mano è ancora saldamente serrata in quella di Ian e allora cerco di liberarmi, ma lui non me lo permette.

«Potrebbero vederci, sopporta ancora un attimo».

La sua frase è così sensata che non trovo nulla da obiettare, io, che sono la regina delle discussioni.

Quando alla fine entriamo in camera la mia mano scotta, e una volta libera dalla sua stretta rimango sorpresa dall'effetto. Io sono una donna matura di trentatré anni che in genere non si scompone per un banale contatto. Eppure, mentre mi teneva per mano, sembrava tutt'altro che banale.

*****

Questa sarà una serata interessante, sempre che si arrivi vivi alla fine, cosa non troppo scontata visto l'andazzo della giornata.

Ian e io abbiamo sfruttato l'occasione e ci siamo lavorati Beverly ben benino e ora siamo d'accordo per vederci a metà della settimana prossima nel nostro ufficio, per chiudere la questione una volta per tutte.

Katie è scomparsa dalla circolazione, ma immagino che sia chiusa in camera sua cercando di prepararsi per il gran galà. In fondo questa sera si gioca il tutto per tutto e dovrà essere al massimo dello splendore.

Per il resto, il castello è gremito di gente, anche se i giovani scarseggiano. Qui sono tutti in qualche modo amici del duca di Revington e l'età media ne è un chiaro segno.

Io invece ho avuto poco tempo da dedicare alla preparazione della serata, quindi mi sono dovuta accontentare di una doccia veloce. Mi sono spalmata però la crema idratante che Vera mi ha costretto a portare e mi sono infilata un vestito, come al solito di Laura, che, lo ammetto, fa un certo effetto: è nero, perché io sono una donna "da nero", lungo e scollato sul davanti, schiena nuda. I capelli sono stati raccolti in uno chignon che miracolosamente appare ben fatto (non m'illudo, si è trattato di pura casualità), mentre il trucco è insolitamente acceso e il rossetto rosso fuoco.

Insomma, in altre parole questa non sono io. La ragazza che mi guarda dallo specchio non mi assomiglia neanche un po'.

Evidentemente deve pensarlo anche Ian, perché quando esco dal bagno la sua è un'espressione di totale smarrimento. Lui indossa uno smoking che gli calza a pennello e guardandolo mi viene quasi da chiedermi se sia vero.

«Stai... bene...», è l'unica cosa che riesce a dirmi, sempre a bocca aperta.

«Anche tu», gli faccio notare altrettanto imbarazzata. Non siamo molto bravi con i complimenti reciproci. Rimaniamo a guardarci qualche attimo di troppo.

«Andiamo?», mi chiede infine.

Annuisco e mi avvicino. Lui mi porge il braccio, a cui io mi appoggio cercando di non riflettere troppo sul significato del gesto.

Questa sera ho decisamente bisogno di un sostegno, morale e fisico, perché mi trovo in un ambiente che non è il mio, in un abito che non è mio e al braccio di un uomo che di sicuro non è mio. Non sono proprio messa bene.

Attraversiamo una serie di corridoi prima di arrivare a quello che deve essere il gioiello di questo castello, ovvero la sala da ballo. Nulla da eccepire, è tutto splendido e la gente elegantissima. Ma questo non mi sorprende.

Per un attimo penso a come deve essersi sentita Kate Middleton, che pure non mi è molto simpatica, una volta arrivata a corte. Immagino il panico e l'imbarazzo. Il mio stato d'animo non è molto diverso.

Per cercare di farmi forza continuo a sorseggiare champagne mentre Ian mi presenta tutta la nobiltà inglese; ho l'impressione che non manchi nessuno, nemmeno il più semplice dei baronetti.

«Ora tieniti forte, manca il pezzo grosso», mi avverte indicando un uomo anziano, poco distante da noi. La somiglianza è talmente evidente che non devo chiedere di chi si tratti.

«Nonno, vorrei presentarti Jennifer Percy», gli dice solenne. Spero vivamente che nessuno si attenda un inchino da parte mia.

«Buonasera duca», lo saluto con un tono formale.

Lui mi osserva a lungo e poi mi porge la mano destra; la stringo decisa nella speranza che la mia non sia troppo sudata.

Ora so da dove vengono gli occhi di Ian, perché suo nonno mi scruta con lo stesso azzurro intenso con cui mi guarda suo nipote.

«Non c'è bisogno di essere così formali Miss Percy», mi dice, ma in realtà non lo pensa. «Tutti leggiamo i giornali e in fondo ai suoi occhi io sono solo il nonno della sua attuale fiamma».

È subito evidente che gli vado molto a genio. Se solo sapesse quanto poco vado a genio anche al nipote, penso divertita.

«Ogni occasione richiede la sua forma, non trova?», rispondo sorridendo, per nulla intimorita.

«Probabilmente. Mia nuora mi ha riferito che lei è un avvocato», cerca di cambiare argomento.

«Un avvocato fiscalista, quindi non proprio un vero avvocato», specifico. Non ho nulla da nascondere a questa gente.

«Be', Ian non è un vero economista e lei non è un vero avvocato. Una coppia perfetta», commenta ironico.

«Una buona coppia in effetti», gli dico ignorando il suo sarcasmo. Ian mi guarda affascinato, come se non avesse mai visto nessuno tenere testa a suo nonno.

«Mi scuserà per la franchezza, ma perché pensa che lei sia destinata a durare?», mi domanda il duca. Che gran cafone, penso tra me. Ma ai duchi si tende a perdonare questo e altro da tante di quelle generazioni, che non possiamo farne una colpa a questo specifico soggetto.

«Già, potrei sempre trovare un rampollo più interessante», concordo astuta.

Revington ride nervoso. «Non sia sciocca. Non ci saranno occasioni migliori».

Sono riuscita a farlo cadere nella mia trappola in poco tempo. «Nessuno sta mettendo in discussione il valore di Ian», gli faccio notare, anche se l'unico ad averlo fatto questa sera è proprio lui.

«Chiaramente, anche perché un giorno sarà un duca».

«È un peccato giudicare una persona solo sulla base di quello che un giorno potrebbe diventare. Io preferisco di gran lunga concentrarmi su quello che è adesso».

Revington mi osserva per un secondo, quasi turbato. «La sua è di sicuro un'opinione diversa dal solito», mi dà atto, «perché in genere Ian non è altro che il mio erede agli occhi di tutti».

«Allora sono contenta di non essere "tutti". Lo conosco da molto tempo, quindi so quello che dico».

Vedo che Ian sta arrossendo, immagine abbastanza inusuale. Spero che il suo ego solitamente smisurato riesca a reggere ancora qualche minuto di questa bizzarra conversazione.

«Già, mi hanno riferito che siete colleghi», dice quasi con disprezzo.

«E la cosa non è di suo gradimento?», domando ora un po' seccata. Sinceramente ho finito le carinerie per oggi.

«È quel posto che non mi va giù. Non vedo l'ora che Ian si licenzi per lavorare in una delle tante aziende di famiglia. Potrebbe avere l'imbarazzo della scelta».

Se qualcuno mi avesse prospettato un tempo l'ipotesi che Ian si potesse licenziare, avrei fatto i salti per la gioia, ma ora, di fronte a quest'uomo presuntuoso, improvvisamente non sono più sicura di niente.

«Basta nonno», ci interrompe Ian. «Jennifer è mia ospite e gradirei che tu la trattassi con rispetto».

L'avvertimento è chiaro e va a segno. «Ma certo, non so come mai mi sia fatto trascinare da certi discorsi. Le chiedo scusa Miss Percy, ma il tema della carriera lavorativa di mio nipote mi rende sempre molto nervoso».

Penso che in realtà sia la consapevolezza che i suoi ordini non vengano ciecamente eseguiti a dargli fastidio, ma decido di tenermelo per me. «Non si preoccupi, ho trovato il nostro scambio di opinioni interessante», lo rassicuro.

Ian e io lo salutiamo e ci allontaniamo verso gli alcolici.

«Non si può certo dire che tu sia una che le manda a dire», mi confessa ridendo e offrendomi un bicchiere di vino.

«Come se non mi conoscessi», gli dico bevendo tutto d'un fiato. Posso essere sembrata forte, ma in fondo anch'io mi sento un po' scossa. «Inizio seriamente a pensare che tu mi abbia chiesto di venire qui non tanto per tenere a bada le tue spasimanti – perché con quelle sei in grado di cavartela da solo – quanto per dimostrare qualcosa alla tua famiglia. Qualcosa del genere "o rispettate le mie scelte senza intromettervi oppure sposerò una a cui non potrete mettere i piedi in testa". Quindi, per intenderci, io sono qui come una sorta di minaccia. O sarebbe meglio dire come monito».

Ian mi guarda per un istante e poi scoppia a ridere. «Non avevo mai preso in considerazione questa possibilità, ma ora che ci penso, potrebbe essere interessante…».

«È chiaro che inconsciamente l'hai pensato, eccome. Capisco che questo ambiente possa aver compromesso il tuo cervello, ma non ti sottovalutare, caro», gli dico canzonatoria.

«Possiamo bere per alzare la nostra autostima?», propone.

«Certo, ma non lo stiamo facendo già da un pezzo?». Alzo il mio calice vuoto a dimostrazione dell'impegno che ci sto mettendo.

«Lascia che ti sveli un segreto: in queste occasioni pompose il bere non è mai troppo. Sempre troppo poco».

«Ma io temo di stare già perdendo un po' della mia lucidità», gli faccio notare con una punta d'allarme. La sua invece inizia quasi a sembrare la saggezza tipica di chi è all'ubriacatura definitiva.

«Poco male, quando saremo ubriachi vedremo di scappare», mi risponde alzando le spalle per nulla preoccupato.

In effetti l'idea di sottrarmi a questa bolgia mi tenta non poco.

«Cosa ne dici se iniziamo con una boccata d'aria?», mi propone indicando una porta in fondo alla sala.

«Dài, voglio fare il giro nei giardini come una vera protagonista di un romanzo *regency*!», esclamo entusiasta. Pare che il mio personale limite alcolico sia già stato superato da un pezzo.

Ian mi offre di nuovo il braccio e si fa strada verso il giardino, che è illuminato e bellissimo, anche se gelido.

Devo tremare un po', perché Ian se ne accorge e si sta già togliendo la giacca per coprirmi le spalle.

«Non mi serve», protesto poco convinta.

«Sei praticamente nuda», mi fa notare il mio accompagnatore. In effetti si sta molto meglio avvolti in una giacca ancora calda, così decido di non lamentarmi troppo.

«Ok, se proprio insisti. Ma lo faccio solo per non contrariarti».

«E io che pensavo che contrariarmi fosse la tua missione». Ian è molto più rilassato ora che siamo lontani dagli sguardi dei suoi familiari.

«Hai ragione, ultimamente accadono delle cose singolari. Banche americane che saltano per aria, Paesi sviluppati che quasi falliscono, il rating degli Stati Uniti è in pericolo e, per chiudere in bellezza, io non voglio contrariarti. C'è senz'altro qualcosa di strano nell'aria».

Ian ride mentre passeggiamo nel parco.

«Katie a ore dodici», mi dice a bassa voce.

Effettivamente la signorina ha indosso un vestito rosso fuoco che non passa inosservato, persino al buio. Ma questa ragazza ha solo abiti rossi?

«Vuoi parlarci?», gli domando pensando a come cambiare velocemente direzione.

«Non ci penso neanche», mi conferma Ian. Devo ammettere che sono d'accordo.

«Ci ha visti», gli faccio notare, osservando il modo deciso in cui sta marciando proprio nella nostra direzione.

«Ho un piano», mi sussurra all'orecchio avvicinandomi a sé.

Ho come l'impressione che questo piano non mi piacerà molto.

«Gradirei un po' più di collaborazione della volta scorsa», mi dice serio. Quando abbassa deciso la sua bocca sulla mia non faccio in tempo a rimanere sorpresa.

È chiaro che ho bevuto troppo, perché sento davvero la testa girare. Mi stringo a lui per non cadere e chiudendo gli occhi mi lascio andare. La mia coscienza viene messa a tacere dall'idea che la vicinanza di Katie richieda che questo sia un bacio convincente. Quindi, quando la sua bocca preme sulla mia e quando la sua lingua mi invade, non posso far altro che lasciarlo fare. C'è un brevissimo momento di esitazione in entrambi, ma viene presto superato: io apro la bocca con una convinzione sconosciuta e mi abbandono completamente.

È probabile che passino dei minuti, perché una volta riaperti gli occhi non c'è traccia di Katie. Volatilizzata. Alla vista del nostro spettacolo deve aver reputato saggio tirare dritto.

Almeno questo bacio ha avuto un senso, rifletto rassegnata, sentendo il mio corpo come risvegliarsi da un lunghissimo letargo. Si è trattato di un bacio abbastanza scandaloso, penso arrossendo. In genere non sono il tipo da baciare la gente in modo simile, e sono quasi certa che il mio ultimo bacio così lungo risalga ai tempi del liceo.

Credo che anche Ian stia riflettendo, perché per alcuni minuti nessuno osa dire niente.

«Hmm...», è il mio unico commento. Non molto originale, ma il mio cervello pare avermi abbandonato per mancanza d'ossigeno.

«Già», mi conferma Ian, come se tra di noi fosse passata una forma di bizzarra conversazione non verbale.

«Temo che abbiamo bevuto troppo», provo a ipotizzare nella speranza di smorzare l'effetto del bacio.

Ma in testa mi frulla il pericolosissimo pensiero che vorrei baciarlo ancora così. Cosa mi prende?

«Evidentemente», mi dice infilando le mani in tasca, forse per sfuggire alla tentazione di toccarmi ancora.

«Che ore sono?», chiedo ad alta voce. «Di sicuro sarà tardi e forse sarà meglio andarcene a dormire», suggerisco pensando a un piano di fuga.

«Se vuoi, tu vai pure», risponde senza guardarmi in faccia. «Io preferisco rimanere ancora un po'».

È evidente che separarci mi sembra un'idea eccellente, quindi acconsento prima che qualcosa gli faccia cambiare idea. «Ok, allora buonanotte», gli dico restituendogli la giacca e incamminandomi verso il sentiero da cui siamo arrivati.

«Buonanotte», sento dire alle mie spalle. Vorrei voltarmi ancora una volta, ma è meglio tirare dritto. Decisamente meglio.

Capitolo 15

«Jeeennyyyy…».

Mi desto improvvisamente dal sonno cercando di capire la provenienza del rumore. La porta della camera si chiude con un botto che sveglierebbe anche un morto. Nel buio della camera sento un tonfo: qualcuno deve essere appena caduto sul pavimento.

Ormai ben sveglia e piuttosto allarmata, accendo la luce accanto al letto e vedo Ian sdraiato a faccia in giù sul tanto prezioso tappeto antico. Lo stato alcolico deve aver avuto la meglio su di lui da quando l'ho lasciato in giardino poche ore fa.

Mi alzo per soccorrerlo. «Forza Ian, dammi la mano, ti aiuto a tirarti su». Non sembra affatto sentirmi. Provo allora a scuoterlo, ma da quel corpo esce solo un gemito di dolore.

«Ben ti sta», lo rimprovero per nulla impietosita dalla scena. «Bere fino allo stordimento… complimenti… molto maturo da parte tua».

Ian riesce a sollevarsi solo in parte dal tappeto. «Anche tu avresti bevuto al mio posto…», biascica, «…se tuo nonno avesse ripetuto sempre gli stessi discorsi…».

«Ecco perché vieni poco a trovare la tua famiglia. Moriresti di cirrosi epatica prima dei quarant'anni con questo ritmo», commento seccata.

Ian riesce persino a ridacchiare. Ma si tratta di una di quelle brutte risate da ubriachi che non depone a suo favore.

«Non essere cattiva», m'implora mettendosi seduto.

«Te lo meriti», gli faccio notare. Ma vedendo il volto sofferente gli offro nuovamente la mano. Questa volta l'afferra, ma si blocca per osservare la scollatura del mio pigiama.

«Hai finito di fissarmi?», gli chiedo con voce squillante.

«Mi sento meglio in questo modo», e finalmente decide di sollevarsi da terra. Ma l'equilibrio ritrovato dura poco.

In maniera davvero poco elegante riesco a trascinare entrambi fino al letto, dove atterriamo con un colpo secco.

«Sei davvero ubriaco fradicio», dico stupita.

Lui mugugna qualcosa di incomprensibile.

«Ian, sei ancora in smoking, non puoi addormentarti così», gli faccio notare.

«Sì, che posso...», sospira chiudendo gli occhi.

«Dài, ti aiuto», gli dico iniziando a togliergli la giacca. Lui cerca di collaborare come può, ma l'impresa è comunque ardua. Provo a ignorare la strana sensazione sulle mie dita mentre gli slaccio e sfilo la camicia. Ha un corpo perfetto, ma lo sapevo già: i vestiti non ti calzano a pennello se non hai un sostegno degno di nota.

«I pantaloni», mi ricorda Ian.

No, di fare anche questo mi rifiuto. «Solo se te li slacci da solo», faccio notare alzando la voce. Io lì la mano non ce la metto. Al solo pensiero vengo invasa improvvisamente da un caldo anomalo.

«Pudica», mi dice il mezzo morto con fare accusatorio, ma poi in qualche modo riesce a slacciarseli. Mettendo giù dal letto prima una gamba poi l'altra, riesco a sfilarglieli.

Lo so che non dovrei guardare, ma non riesco proprio a distogliere del tutto gli occhi: ha indosso un paio di boxer aderenti. Oh mio Dio. Preferisco non commentare.

«Forza, infilati a letto», gli dico cercando di coprirlo in qualche modo. Prendo quindi il mio cuscino decisa a raggiungere il divano, quando una mano molto salda mi afferra. È un attimo. Plano sul petto nudo di Ian emettendo un suono di puro stupore.

«Cosa fai?!», chiedo terrorizzata dalla mia reazione alla sua vicinanza.

«Pshhh...», si limita a dire e mi avvicina a sé.

«Ian, devi avermi confuso con qualcun altro», gli dico cercando di divincolarmi, ma per essere in stato comatoso ha una presa davvero di ferro. «Ian!», grido ancora, adesso davvero agitata.

«Vuoi stare ferma?», mi dice all'orecchio. Ho la pelle d'oca, ed è davvero imbarazzante.

E lì, persa completamente nel suo abbraccio, mi rendo conto che non ho la forza fisica né psicologica per andarmene, quindi mi rilasso e chiudo gli occhi.

«Brava, così va meglio». Deve aver percepito la mia resa.

In pochi minuti il suo respiro diventa regolare e leggero. Deve essersi addormentato. Nonostante l'alcol, la pelle di quest'uomo profuma meravigliosamente, e i miei sensi sono tutti sveglissimi. Sento ogni cellula del mio corpo incredibilmente viva.

Così non va davvero bene.

Mi sforzo quindi di pensare ad altro, ma è così difficile.

«Questa me la paghi cara», dico sottovoce alla mummia che dorme beata abbracciata a me.

E alla fine, dopo un tempo che mi sembra interminabile, riesco anche io a rilassarmi abbastanza da addormentarmi.

*****

Questo fine settimana è davvero uno schifo, rifletto mentre il rumore di qualcuno che bussa deciso alla porta mi risveglia bruscamente.

«Ian!», si sente chiamare dall'altra parte della porta.

L'ho conosciuta solo ieri, ma la voce della madre di Ian è già inconfondibile. Lui invece non pare averla sentita, e dorme ancora profondamente, stretto a me. La scena è a dir poco grottesca.

«Ian», cerco di svegliarlo e insieme di liberarmi. «Ian c'è tua madre!», gli faccio notare, ma non ricevo risposta.

Dalla porta il tono di voce continua ad aumentare.

«Arriviamo subito!», rispondo quasi disperata. Poi, con un colpo di gomito, riesco a sfuggire alla stretta. Dal corpo accanto al mio si sente arrivare un gemito di dolore.

«Sorry, ma non ti svegliavi proprio».

Ian finalmente apre gli occhi. Ha la faccia più verde che abbia mai visto. E questo colore non gli dona molto, rifletto con un pizzico di rabbia, perché sono reduce dalle ultime ventiquattro ore più assurde della mia vita.

Cerca di sollevarsi mettendosi a sedere ma dopo pochi secondi, ecco arrivare l'ondata di nausea. Di bene in meglio.

Ancora completamente nudo, eccezion fatta per i boxer, si alza in fretta e corre in bagno. Ottimo! Quindi con la mammina devo parlarci io.

Quando apro la porta cerco di assumere l'espressione più naturale e calma possibile. Meglio non far agitare Lady St John.

I suoi occhi verdi sono spalancati e preoccupati, i capelli stranamente scompigliati.

«Buongiorno Jennifer», mi dice quasi ansimando.

«Buongiorno», le rispondo facendola entrare.

«Come sta Ian?», chiede scrutando la stanza in cerca del suo prezioso figliolo.

La risposta arriva sottoforma di strani rumori dal bagno. La signora St John impallidisce visibilmente.

«Non troppo bene?», azzarda.

«Direi di no», ammetto. Cos'altro potrei dire in un momento simile?

«Dobbiamo venire ad aiutarti?», chiedo a Ian alzando la voce per farmi sentire.

«No!». La risposta arriva pronta. Anche perché, nel caso avesse risposto affermativamente, giuro che avrei mandato sua madre.

«Almeno ha ancora la forza di rispondere», riesco a dire cercando di sollevare l'umore di sua madre.

«E adesso cosa facciamo?», mi chiede preoccupata.

«Aspettiamo che esca?», rispondo, correndo il rischio di apparire sarcastica.

«No, intendevo cosa facciamo con mio suocero. Ieri sera ha litigato di nuovo con Ian e ora siamo anche in ritardo sulla tabella di marcia. Stanno aspettando solo lui».

Nel frattempo dal bagno continuano ad arrivare rumori non proprio incoraggianti.

«Direi che è da escludere che Ian possa partecipare». Speravo fosse evidente, ma con questa gente non sai mai cosa bolle in pentola. Meglio essere del tutto espliciti.

«Oh cielo!», mi dice scossa la signora. In fondo al cuore spero davvero che sia turbata per suo figlio e non per la battuta di caccia. «Allora devi venire almeno tu!», mi dice. C'è un barlume di supplica nei suoi occhi.

«Io? Alla battuta di caccia?», chiedo rabbrividendo. «Io sono contraria alla caccia!».

La madre di Ian è quasi sull'orlo delle lacrime. «Suo nonno ne farà un dramma», mi implora.

Se c'è una cosa che questa famiglia riesce evidentemente a strapparmi è la partecipazione a imprese che ho sempre ritenuto impossibili per me.

«Suo nonno non si può offendere se Ian sta male!», le faccio notare cercando di salvarmi.

«Certo che può! Lui può tutto!», mi risponde, stupita che una cosa all'apparenza così banale possa non essermi chiara.

È evidente che il duca di Revington ha bisogno che qualcuno gli apra gli occhi, e pare che quel qualcuno debba essere io.

«Va bene signora St John», le dico rassegnata, «faremo a modo suo. Vengo io».

Ma perché tutte a me?

Nel frattempo uno Ian grigio-verde appare sulla porta del bagno. Sta talmente male che non sembra neanche imbarazzato di essere quasi nudo di fronte a me e sua madre. Si trascina barcollando fino al letto e si ributta dentro.

«Ian, ma cosa diavolo ti è successo?», gli chiede sconvolta sua madre.

«Non chiedere cose che non vuoi sapere», borbotta lui coprendosi la testa con un lenzuolo. «Sto per morire», aggiunge sofferente.

«Certo, magari fosse così facile liberarsi di te». Mi avvicino al letto e tiro giù il lenzuolo per accertarmi della situazione. I suoi occhi sembrano incredibilmente azzurri sul viso così pallido.

Sua madre ci guarda un po' imbarazzata. «Jennifer, dovresti prepararti. Se non ci presentiamo di sotto nel giro di pochi minuti qui si scatenerà la fine del mondo».

Mi alzo e mi avvicino all'armadio, scelgo un paio di jeans e una giacca marrone.

«Non ho gli stivali con me», dico alla madre di Ian.

«Te li presto io», si offre subito. «Dimmi solo il numero e vado a prenderli». E così, dopo aver scoperto che porto il trentanove, esce velocemente dalla camera lasciandomi da sola con il moribondo.

Prima di entrare in bagno per cambiarmi fisso con tutto l'odio possibile l'uomo che è stato in grado di creare tutto questo casino.

«Sia chiaro: dovesse anche essere l'ultima cosa che faccio, questa me la paghi. E cara. Buon per te che sei ricco».

Così dicendo entro nel bagno sbattendo rumorosamente la porta.

Capitolo 16

Il duca di Revington siede maestoso sul suo cavallo nero. Bellissimo, non c'è che dire, il suo aspetto incute timore quasi quanto il padrone. È evidente che si sono trovati.

Mi osserva con un pizzico di preoccupazione mista a sostanziale disapprovazione, mentre cerco di salire sul cavallo che mi hanno gentilmente affidato: è una femmina di nome Luna, e spero che sia davvero l'opposto del satellite che ricorda. Ha un muso molto dolce, ma chi può dirlo.

Salire in sella è più complicato del previsto: l'ultima volta che ho cavalcato avevo più o meno dieci anni. Spero sia come andare in bicicletta: una volta che hai imparato non lo dimentichi più. Sempre che possa dirsi che io abbia mai davvero imparato.

«Forza Miss Percy, stiamo tutti aspettando lei», mi dice minaccioso il duca, tanto per farmi sentire a mio agio. In effetti mi stanno guardando tutti, noto con un pizzico di rabbia, maledicendo Ian per la millesima volta. Se non muore nel frattempo per il post sbornia ci penserò io ad ammazzarlo una volta rientrata da questa assurda spedizione.

Al quinto tentativo riesco a salire in sella e lancio un'occhiataccia al duca, chiaramente dispiaciuto che sia riuscita nell'impresa.

«Vedo che è una cavallerizza con i fiocchi», mi prende in giro sollevando una risata generale.

Bene, aspetta un po' e vedremo chi riderà alla fine.

«Sì, non è tra i miei hobby preferiti», gli confermo afferrando tesa le redini. Luna sembra capire di aver a che fare con una poveretta alle prime armi e non si lamenta. Solidarietà femminile.

«Non si allontani da me», mi dice il nonno di Ian. «In mancanza di quel fannullone di mio nipote sono io a essere responsabile per lei».

«E io, illusa, che credevo di essere responsabile di me stessa», gli dico seria. «Pensare di essere nel XXI secolo e poi scoprire di trovarsi ancora nel XVIII».

La mia frase è accompagnata da un sorriso così sincero che chiunque altro potrebbe cascarci. Ma non il nonno di Ian. Probabilmente mai nessuno in vita sua ha osato essere ironico in sua presenza. Peccato.

«Continuo a stupirmi della scelta di mio nipote», mi confessa mentre iniziamo a muoverci. Noi due siamo a capo della comitiva, gli altri ci seguono a parecchia distanza. «Lei non è il tipo da Ian».

«Ovvero?», gli chiedo cercando di indagare sul senso della sua affermazione.

«Mio nipote in genere si circonda di gente che lo venera e non lo mette mai in discussione».

Quanto ha ragione, rifletto tra me…

«E lei non mi sembra un tipo capace di grande venerazione», aggiunge il duca, osservandomi per vedere l'effetto delle sue parole.

«Nella mia famiglia veneriamo solo Gandhi», gli faccio notare per nulla turbata.

Il duca ride a gran voce. «Lei non mi sembra un tipo da non violenza», precisa poco dopo.

«Sì, be', ma è una mia mancanza personale. La mia famiglia si è davvero impegnata, ma io sono sanguigna. E lei capisce che per una famiglia di vegetariani… questo è un vero problema!».

Ho optato per la simpatia, speriamo sia la strategia vincente.

«È vegetariana? Davvero?», mi domanda come se fossi arrivata da Marte.

«Assolutamente», confermo senza scompormi.

«E sta prendendo parte a una battuta di caccia?», domanda subito dopo.

«Spero che apprezzerà il gesto. Cosa non si fa per la sua compagnia!».

«Ah, una vegetariana con il dono dell'ironia! E io che pensavo che ne foste sprovvisti a forza di mangiare solo broccoli», mi dice divertito.

«Comunque sono vegetariana e non vegana, non mi privo proprio di tutto», gli spiego.

«Per quanto interessanti siano le sue abitudini alimentari, vorrei però arrivare a una questione molto più interessante, se non le dispiace». Il tono si fa serio. Inizio quasi a preoccuparmi.

«Mi dica».

«Perché Ian?», chiede guardandomi attentamente. «Voglio dire, è un bel ragazzo, di sangue blu e tutto il resto, ma ho come il sospetto che per lei questo non sia proprio un valore».

Chi l'avrebbe detto, l'uomo è capace di perspicacia. La sua frase mi fa quasi rilassare. Alla fine qualcuno lo ha capito.

«Pensi che Ian ancora non ci è arrivato», gli dico scuotendo la testa.

«Troppo concentrato su sé stesso», mi svela il duca.

«Sarà un vizio di famiglia?», azzardo.

Il vecchio scoppia a ridere ancora una volta. «Finirò per ricredermi su di lei entro la fine della giornata. Chi l'avrebbe mai detto. Poca gente mi sorprende, Miss Percy».

«La prego, non si ricreda. Ho una reputazione da difendere», lo imploro.

«Comunque, lei non intende sposarlo?», mi chiede improvvisamente serio.

Non so davvero come siamo arrivati a una domanda tanto improbabile.

«Ian, sposarsi? Stiamo parlando della stessa persona?», gli chiedo con occhi sgranati.

«Ian è imprevedibile, mi creda», mi avverte. «Una follia simile sarebbe nel suo stile».

«Non ho assolutamente intenzione di sposarlo», gli confermo. Non so perché desideri tanto essere rassicurato su questo argomento, ma con lui non ha senso mentire.

«Non mi fraintenda, lei è davvero simpatica ed effervescente, ma Ian rimane un futuro duca e un giorno avrà bisogno di una moglie abituata a un certo tipo di vita, non so se mi spiego…».

Era chiaro che prima o poi saremmo arrivati al nocciolo del problema.

«Perfettamente», confermo. In realtà sarebbe stupito di sapere che condivido le sue stesse idee.

«Quindi non si è offesa?», mi chiede con aria sollevata.

«Affatto», lo rassicuro.

«Bene, allora dovrebbe pensare a un modo per scaricare mio nipote», mi suggerisce.

«Perché?», gli chiedo stupita.

Il nonno di Ian mi guarda improvvisamente accigliato. È evidente che è abituato a un'ubbidienza che non ammette discussioni. «Perché lei gli piace parecchio e sarebbe il caso di non portare troppo avanti le cose».

Io piacere a Ian? Ma questo è matto. Sto quasi per dirglielo quando mi ricordo delle foto, della recita, del nostro accordo, insomma.

«Ian si stufa sempre delle donne con cui esce», gli faccio notare, «e sono sicura che molto presto arriverà anche il mio momento».

Il duca mi osserva preoccupato mentre cavalchiamo. «Pensavo che fosse un'osservatrice migliore. Ma immagino sia difficile essere obiettivi quando si tratta di sé stessi. Mi dia retta, meglio interrompere». Il tono è serio, imperioso e non ammette repliche.

«Ci penserò», mi limito a rispondere. Sinceramente inizio ad averne abbastanza di questa conversazione.

Per il momento le mie parole sembrano bastargli, perché annuisce. Poi si mette a scrutare l'orizzonte e nota qualcosa. «Un fagiano», mi sussurra entusiasta, indicando con la mano un punto davanti a noi. Il suo tono di voce è basso proprio per non far fuggire la preda. Oh no!

«Forza Henry, passami il mio fucile», ordina a un ragazzo che è comparso dietro di noi e che esegue all'istante.

Ci avviciniamo tutti alla preda e il duca scende da cavallo per prendere la mira. Lo vedo tendere il braccio per premere il grilletto e decido in un secondo il da farsi. Prima che il nonno di Ian riesca a premerlo mi sforzo di starnutire con tutta la forza che ho. Il fagiano, spaventato, si leva in volo proprio un secondo prima di venir colpito. Luna, sorpresa anche lei dal suono, si spaventa a sua volta e si solleva sulle gambe posteriori, scaraventandomi in aria e facendomi planare molto poco dignitosamente per terra.

Tutti si bloccano terrorizzati, non sapendo se soccorrermi oppure lasciarmi lì dove sono, visto quello che ho combinato. Prima che chiunque riesca a fare qualcosa decido di alzarmi da sola.

Il duca riprende a guardarmi in tralice. E io che ho fatto tanta fatica per rendermi simpatica. Tutto volatilizzato con uno starnuto.

«Chiedo scusa», dico con voce sofferta, «ma questa allergia mi sta uccidendo». E sorrido come la creatura più innocente del mondo.

Capitolo 17

Quando quella sera varco la soglia di casa mia, mi sento così stanca che non posso fare altro che accasciarmi sul divano. Peccato che ci riesca solo zoppicando, a causa del sedere dolorante, regalino non tanto gradito della lunga cavalcata e della meravigliosa caduta a effetto.

«Tutto bene?», chiede Laura alzando un sopracciglio con fare sospettoso.

«Non proprio, ma grazie per avermelo chiesto», rispondo sorridendo. Per fortuna riesco ancora a sorridere.

«Vera è fuori», m'informa, «ma io non riesco ad aspettare che rientri. Forza, raccontami tutto! Tutto!».

«Giuro, non ho la forza», le dico ormai spalmata in orizzontale sul divano.

Lei mi lancia un cuscino sulla faccia. «Ti prego!!! Devo sapere cosa è successo! Non c'è niente sul giornale!», si lamenta.

«Per fortuna!», le faccio notare. Davvero, mancava solo la foto della mia plateale disfatta... «Avanti, cosa vuoi sapere?», le chiedo cedendo alla sua curiosità.

«Tutto! Tutto!», mi dice saltando.

«Ti prego, non ti muovere, mi fa male il sedere», le faccio notare.

«Come mai?», chiede.

«Sono caduta da cavallo», ammetto mogia.

«E cosa ci facevi su un cavallo?», mi domanda ridendo. In effetti non ho l'aria di un'amazzone.

«Stavo salvando un fagiano», le rispondo seria.

Vera mi osserva sempre più stupita. «E l'hai salvato?».

Annuisco fiera. «Certo. Ho sacrificato il mio sedere ma ne è valsa la pena».

«Deve essere stato un fine settimana movimentato», mi dice.

Mi sollevo appena per vederla meglio. «Non hai idea quanto».

«Mi vuoi raccontare qualche dettaglio più interessante?»

«Cara... il mio tonfo da cavallo è una cosa estremamente interessante!», le faccio notare.

Laura mi osserva non proprio convinta.

«Ok, ok! Ti faccio un breve riassunto», cedo. «Allora vediamo: il castello è immenso, una cosa mai vista, e pieno di domestici in adorazione di Ian. Ah, la sua famiglia non apprezza il fatto che lui non stia lavorando in una delle loro società e per chiudere in bellezza ci hanno messo in camera insieme».

Qui la faccia di Laura diventa una maschera di stupore ed entusiasmo.

«A cuccia, cane segugio che non sei altro», la freno subito, «non è successo niente. Oddio, magari non proprio niente niente, ma comunque niente!».

Ecco, questa potevo risparmiarmela.

«Jenny!», esclama Laura, «voglio sapere!».

«Mi ha solo baciata», mi affretto a precisare, «ed è stata un'emergenza!».

«Sì, sì, continui a dire così ma non fai altro che baciarlo!», si indispettisce la mia amica.

A questa affermazione mi siedo seria incrociando le braccia. «Posso andare avanti?», chiedo seccata.

Lei annuisce magnanima.

«Allora, dove ero rimasta… ah, sì, qualche bacio di scena, e poi Ian ha avuto una brutta lite con suo nonno e si è ubriacato talmente tanto che è stato KO tutto il giorno. Quindi ho dovuto partecipare al suo posto alla battuta di caccia e salvare quei poveri animali».

«Meno male che c'eri tu», sussurra Laura.

«C'è ancora qualcosa che non vi ho detto», confesso, «c'è una Porsche parcheggiata sotto casa nostra».

«Cosa?», domanda stupefatta.

«Il cretino era ridotto ancora così male al mio ritorno dalla guerra che ho anche dovuto guidare la sua macchina fino a Londra».

«E ti ha lasciato fare?».

Ridacchio con un pizzico di soddisfazione. «Non è che avesse molta scelta, non riusciva neanche a stare in piedi. Direi che stava davvero troppo male per qualsiasi discussione o lamentela. È stato un viaggio quasi piacevole, *mooolto* silenzioso almeno. Mugugni di sofferenza a parte».

«Povero Ian…», mi dice Laura compassionevole.

«Povero un cavolo! Un cretino! Bere fino a ridursi in quel modo… spero che stia malissimo!», mi arrabbio alzando il tono. Davvero, Ian dovrà fare un mezzo miracolo per riuscire a farsi perdonare questo weekend disastroso.

«Comunque, a me puoi dirlo, come sono stati i baci?», mi chiede con aria sognante, tornando sull'unico punto che le interessa davvero.

«Laura Durrell! Smettila immediatamente di fare domande simili!». Il mio tono di rimprovero è abbastanza drastico, ma non posso permettere alle mie amiche di immaginare cose che non esistono.

«Cos'è che non dovrebbe chiedere?», domanda improvvisamente la voce di Vera dall'ingresso.

«Non vuole dirmi nulla sui baci!», si lamenta Laura con un broncio adorabile.

«Siamo già al plurale?», Vera sorride furbetta. «Cara, sai quali sono le regole! Fuori tutto sui baci».

È nostra abitudine analizzare nel dettaglio i primi baci di ognuna di noi. Siamo tutte convinte che dai primi baci si possa già capire l'esito di una relazione. Infatti non sarei mai dovuta uscire con Charles dopo il primo appuntamento: il suo primo bacio è stato orribile, troppa saliva e troppa lingua.

«Ma non vale, io non esco con Ian!», puntualizzo cercando di convincerle. «Sono baci quasi di scena! Non contano!».

«Non importa, rientrano comunque nella casistica», mi dice serissima Vera.

«Siete davvero noiose!», mi lamento, ma cedo. «Allora, diciamo che nonostante siano finti, sono stati dei baci niente male», ammetto arrossendo.

Laura inizia a ridere. «Non male? Ciccia, sei rosso fuoco in volto solo a nominarli!».

«Durata?», s'informa Vera con fare formale.

«Dei baci in totale? Un quarto d'ora forse…».

E a queste parole entrambe aprono la bocca sgomente. Forse non avrei dovuto dirlo. Ok, decisamente non avrei dovuto ammetterlo.

«Ci siamo fatti un po' prendere la mano», ammetto a denti stretti stringendo il cuscino sul petto.

«Immagino che baci davvero bene… voglio dire, per rimanere attaccata a lui tutto quel tempo…», commenta ironica Vera.

«Devo rispondere davvero?», chiedo rassegnata.

Mi guardano come due avvoltoi.

«Ok, bacia molto, molto, molto bene! Soddisfatte?», chiedo scocciata. Era chiaro che baciasse bene, non c'era mica bisogno della mia conferma: deve aver baciato tutta Londra, l'allenamento non gli è mancato di certo.

«Qualcuno doveva fartelo ammettere», mi fa notare Laura. «La verità prima di tutto».

«Se voi due avete finito di analizzarmi, andrei a farmi una doccia», borbotto alzandomi a fatica dal divano. Le mie chiappe d'oro sono sempre più doloranti e la mia uscita di scena non è particolarmente dignitosa.

«E ora, perché zoppica?», chiede Vera a Laura.

«È caduta da cavallo cercando di salvare un fagiano», sento che le risponde l'altra.

E a quel punto scoppiano in una risata sonora. Se non fossi conciata tanto male sarei già tornata indietro per ammazzarle.

Capitolo 18

Sto quasi iniziando a detestare i lunedì mattina. Insomma, quasi quanto i fine settimana che li precedono, viste le mie ultime performance. Ma tra tutti, questo è davvero il peggiore: dopo aver dormito tutta la notte come un ghiro, felice di avere ritrovato finalmente la mia privacy e di non dover condividere la stanza con nessuno, mi sono svegliata talmente indolenzita che ho impiegato mezz'ora per alzarmi dal letto. I miei muscoli urlano vendetta dopo la cavalcata di ieri e il mio sedere è completamente viola per la caduta. Lo ammetto: non potrei essere conciata peggio.

Ogni passo per me è un dolore, e cercare di sedersi sulla metropolitana è stato un grosso errore: il mio didietro non può sopportare alcuna sedia in questo momento.

Quando arrivo in ufficio sono quindi in ritardo di circa quaranta minuti rispetto al mio abituale orario d'ingresso.

«Buongiorno!», mi saluta gioioso Colin, appena esco dall'ascensore. Non è la giornata adatta per essere felice di fronte a me.

«Sono davvero contenta che questo giorno sia buono per qualcuno», mi lamento zoppicando vistosamente.

Il sorriso sul volto di Colin si spegne subito. «Ti senti bene?», mi chiede offrendomi un braccio per accompagnarmi al mio ufficio.

«Potrei anche dirti di sì, ma perché mentire?», affermo dolorante accettando il suo aiuto. Se mi offrissero una stampella accetterei anche quella.

Non appena entrati Colin chiude velocemente la porta e mi blocca con la mano. «Cosa diavolo è successo questo fine settimana?», chiede preoccupato.

«Niente, sono caduta da cavallo», gli dico tranquilla.

La faccia di Colin si fa più cupa.

«Non mi ha spinta Ian, se è quello che stai pensando», mi sento in dovere di rassicurarlo. Ho come avuto l'impressione che i suoi pensieri stessero andando in quella direzione.

Lui mi lascia andare sollevato. «Meno male…».

Poi però si ricorda di qualcosa. «E come mai Ian non è ancora arrivato?», domanda.

«E io cosa ne so… non sono mica la sua balia!», mi lamento. «L'ho già detto a lui ma vedrò di ripetermi anche con te: non mi pagano abbastanza per svolgere anche questo compito», gli faccio notare.

Probabilmente nemmeno Ian deve essersi sentito un fiore al risveglio, visto come stava ieri. Ma si tratta di un'informazione confidenziale che non ho la minima intenzione di divulgare.

Mi avvicino alla scrivania indecisa: sedersi o non sedersi? Questo sì che è un dilemma.

L'espressione di Colin è talmente comica da farmi quasi sorridere, nonostante il forte dolore. A quanto pare la sua preoccupazione per Ian è sincera.

«Non l'ho ucciso! Giuro! Prima o poi si farà vivo, magari un po' verde in faccia, ma vivo. Almeno lo era ieri quando l'ho lasciato a casa sua».

«L'hai avvelenato?», chiede serio.

Scoppio a ridere. Il mio capo pensa davvero che io sia una sorta di psicopatica?

«Giuro, non l'ho fatto», gli dico tra una risata e l'altra.

Colin finalmente si rilassa. «Ok. Possiamo fare finta che io non te lo abbia mai chiesto?», mi domanda quasi vergognandosi.

«Possiamo, possiamo», gli confermo magnanima.

Sono stufa di stare in piedi quindi inizio molto lentamente a sedermi. Ma nell'istante in cui il mio fondoschiena tocca la sedia, non riesco a trattenere un gemito di dolore. In quel momento arriva di corsa anche George.

«Ciao capo!», saluta Colin. «Vedo che siamo tutti qui».

«Pare che io abbia indetto una riunione questa mattina», commento.

«Ian è appena arrivato!», mi informa gioioso. «Ha una faccia... mai visto nulla di simile!». Perché non l'ha visto ieri, penso.

George è stato molto dolce: è corso da me sperando di darmi una buona notizia. Voglio dire, in altre circostanze vedere entrare Ian in quelle condizioni sarebbe stato davvero un grande evento, ma oggi mi sento magnanima. Siamo accomunati da profonda sofferenza.

Colin scatta sull'attenti non appena lo viene a sapere. «Vado a vedere come sta. Ciao!», ci liquida scomparendo in fretta.

«Cos'ha Colin?», mi chiede George avvicinandosi alla mia scrivania.

«Niente. Temeva che io avessi ucciso Ian e nascosto il cadavere da qualche parte nella tenuta di suo nonno».

«Vista la faccia con cui si è presentato in ufficio questa mattina, direi che ci sei andata vicina», mi prende in giro il mio giovane collega.

Lo fulmino con lo sguardo. «Come ho già spiegato a Colin, Ian ha fatto tutto da solo. Anzi, se vogliamo proprio entrare nel dettaglio, è sua la colpa se sto zoppicando. A proposito, abbiamo qualche cuscino per rendere più morbida questa benedetta sedia?», gli chiedo con espressione sofferente.

«Posso controllare», mi dice galante.

«Grazie», sussurro mentre lo vedo uscire.

«Un'altra cosa, Jenny», mi dice appoggiandosi allo stipite, «lo sai vero che inizieranno a girare le storie più assurde sulla causa dei vostri malesseri di oggi?»

«Niente potrebbe mai superare la realtà. Ma ti sarei grata se non fomentassi scommesse al riguardo», lo ammonisco decisa.

«Chi, io?», mi chiede con l'espressione più innocente del mondo, prima di scomparire definitivamente.

Bene, ora posso mettermi al lavoro. Certo, sempre che riesca a pensare a qualsiasi altra cosa che non sia l'insopportabile dolore che sento ovunque. Non salirò mai più su un cavallo, lo giuro.

Mi metto a leggere le email arrivate nel fine settimana quando il mio telefono prende a squillare. È un numero interno, per essere precisi quello di Ian. Non che mi abbia mai telefonato in tempi recenti, ma è un numero che comunque ho bene in mente. "Conosci il tuo nemico", un suggerimento intelligente.

«Sì?», rispondo cercando di apparire indifferente.

«Ciao Jenny», mi saluta una voce che pare arrivare dall'oltretomba.

«Ti senti bene?», gli chiedo subito.

«Meglio di ieri», ammette, «e mi sembra già un grosso successo. Tu come stai?», chiede a sua volta.

«Il mio sedere ha avuto giorni migliori», gli confermo avvilita.

Seguono attimi d'imbarazzante silenzio. Intuisco che Ian sta cercando un modo per scusarsi, ma è così poco abituato a farlo che non sa nemmeno da dove iniziare. Dall'altra parte della cornetta sento un sospiro.

«C'è altro?», chiedo quasi brusca dopo una considerevole attesa.

«Vuoi venire a cena da me una sera?», mi chiede.

Ecco una domanda a cui non sono proprio preparata.

«Puoi ripetere?». Sono convinta di aver sentito male.

«Sì, vorrei scusarmi», mi dice. «Ammetto di essere in qualche modo responsabile di buona parte di quel che è accaduto negli ultimi giorni».

Ma va? Non è ancora una vera e propria ammissione di colpa, ma inizia a somigliarle.

«Non c'è bisogno che m'inviti. Accetto le scuse. Diciamo che questo fine settimana è stato abbastanza pesante per entrambi».

Ma Ian a quanto pare non vuole arrendersi così in fretta. «Insisto, davvero», mi dice, «mi farebbe sentire molto meglio se riuscissi a scusarmi in maniera dignitosa. E mi piacerebbe che fosse lontano da occhi indiscreti».

Su questo punto non ha tutti i torti, questo ufficio sembra essersi trasformato in una puntata di *Gossip Girl*.

«E va bene», gli dico controvoglia, «ma niente di molto impegnativo per favore. Ne ho le scatole piene di voi signori dell'alta società e delle vostre formalità».

Devo essermi ammorbidita, penso seccata. Una volta gli avrei sbattuto il telefono in faccia senza pensarci. Altro che accettare un suo invito per non farlo sentire in colpa... Deve esserci nell'aria qualche strano virus che ispira bontà e compassione verso chi non lo merita davvero.

«Ok», risponde ridendo. «E un'altra cosa: la mia macchina è ancora intera?», chiede preoccupato.

Inizio davvero a sospettare che quell'auto sia la cosa a cui tiene di più al mondo, ma apprezzo comunque che abbia lasciato passare più di due minuti buoni prima di nominarla. In fondo non possiamo chiedere troppo agli uomini.

«Questa mattina era ancora parcheggiata sotto casa mia. Ne deduco che nessuno ha pensato di rubarla nella notte. Soddisfatto?».

Lieve risata dall'altra parte. «Immensamente. Posso venire a prenderla usciti dal lavoro?»

«Devi. Altrimenti i miei vicini finiranno per pensare male di me».

«Allora passo questa sera, se non disturbo». La sua voce è ancora troppo spenta per i miei gusti.

«Disturbi, ma la tua macchina lo fa ancora di più quindi vedi di riprendertela», gli dico per stuzzicarlo.

Altra risata. «Chi l'avrebbe mai detto?»

«Cosa?», chiedo sinceramente incuriosita.

«Che parlare con te fosse quasi terapeutico», mi dice facendosi fin troppo serio.

«Vorrà dire che aprirò una *chat line* a pagamento», rispondo cercando di mantenere il tono scherzoso.

«Ti chiamerò, allora. Ciao».

E poi abbassiamo entrambi la cornetta, e io mi sento invadere da una strana sensazione. Per essere una che ha il sedere viola, questo sfarfallio allo stomaco non è affatto normale. E la cosa non mi piace per niente.

Capitolo 19

Sono le dieci di sera quando Ian si decide a presentarsi alla mia porta per riprendere la sua amata macchina. Nel momento in cui suona al citofono mi desto di colpo dal pisolino che stavo schiacciando nell'attesa.

Mi faccio forza e mi avvio verso l'ingresso. Ian non impiega molto a notare i miei piedi nudi e la faccia stropicciata.

«Ti ho svegliata?», domanda entrando.

«Non fa niente, dovevo comunque tornare in me prima o poi. Non posso dormire sul divano vestita, truccata e rischiando di farmi venire un bel torcicollo. Ho già abbastanza dolori così», gli faccio notare conducendolo in sala.

Ian indossa dei jeans scuri, un maglione nero e una giacca di pelle nera. Devo ammettere che sta proprio bene. Non il solito stile formale a cui sono abituata.

I suoi occhi sono ancora un po' spenti, ma vedo che si sta riprendendo dalla sua megasbronza. Domani sarà come nuovo.

Beato lui, qualcosa mi dice che i miei dolori mi faranno compagnia ancora a lungo.

«Guardavi un film?», si finge interessato mettendosi a sedere sul divano e ignorando del tutto le chiavi della macchina che gli sto porgendo.

«Facevo finta di guardare un film», gli confermo sedendomi sulla poltrona accanto.

Non ho voglia di fare grande conversazione o intrattenerlo, ma non posso neanche essere così scortese. Ian mi sta osservando in modo strano, con un luccichio negli occhi diverso dal solito .

«Ti offrirei da bere, ma dopo sabato sera non mi sembra il caso».

«Per carità, non voglio né bere né mangiare niente dopo ieri».

«Perché ti sei ridotto in quello stato sabato?», gli chiedo improvvisamente, decidendo di approfondire la questione.

Ian continua a fissarmi, è probabile che si aspettasse prima o poi una domanda simile. «I soliti motivi. Si beve per annegare i dispiaceri, no?». Il tono è sincero, molto diverso da quello a cui sono abituata.

«Forse è meglio affrontare i dispiaceri», provo a proporgli. Il suo fegato gliene sarebbe grato.

«Non è che non li affronti, ma ormai sono anni che sento sempre gli stessi discorsi. Ho avuto un attimo di cedimento sabato sera», mi confida. «E a me capita molto raramente».

Questo lo potevo immaginare. È una cosa che abbiamo in comune a quanto pare: dobbiamo sempre apparire forti perché è quello che ci hanno insegnato a fare. Veniamo da due famiglie totalmente diverse ma in qualche modo sentiamo lo stesso peso sulle spalle.

«Adesso va meglio?», gli chiedo. Ed entrambi sappiamo che non stiamo parlando della forma fisica.

«Oh sì, avevo solo bisogno di autocommiserarmi un po'», mi dice in tono cinico.

Non lo avrei mai creduto possibile, ma so davvero cosa sta provando in questo momento, so quanto sia sfiancante non sentirsi approvati dalla propria famiglia. Sia io che lui abbiamo lavorato tanto in questi anni, abbiamo cercato di farcela da soli. Ma niente di quello che abbiamo conquistato conta molto per le nostre famiglie. Loro sognavano altro per noi.

Non so perché, ma istintivamente poggio una mano su di lui, con fare rassicurante. Lui la osserva stupito per un po', ma poi abbassa la sua mano sulla mia. Il tocco è leggero, appena accennato, ma io mi sento di nuovo attraversata da una scossa.

«Lo so cosa pensi, ma non devi avere dei dubbi a causa della tua famiglia. Abbiamo ragione noi, ma siamo umani, e sentirsi sempre rinfacciare certe scelte ci fa uscire fuori di testa», gli dico pensando ad anni di battibecchi e recriminazioni.

Ian alza lo sguardo e mi osserva quasi dolce. Sempre tenendomi per mano, molto lentamente inizia ad avvicinare il suo volto al mio.

«Ian», lo interrompo a metà strada, «mi sembra una pessima idea», gli dico colta dal panico.

«Perché?», mi chiede ignorando del tutto le mie obiezioni.

«Ian…», la mia voce è quasi una supplica, perché una parte di me sa benissimo che non riuscirò a respingerlo se si dovesse avvicinare troppo.

«Mi piace come pronunci il mio nome, Jenny», mi dice baciandomi dolcemente. Rimaniamo fermi qualche attimo, le nostre labbra si sfiorano appena.

Prima che io possa riprendere a ragionare, Ian mi tira a sé e, dopo avermi imprigionata nel suo abbraccio, inizia a baciarmi sul serio, lasciandosi andare del tutto.

Le mie braccia lo stringono in maniera quasi automatica. Una mano finisce tra i suoi capelli neri, folti e morbidi.

Il tempo scorre ma io non me ne accorgo, almeno finché le sue labbra non iniziano a scendere piano per fermarsi sul mio collo. Con mio immenso stupore, un brivido mi fa sussultare. Non riesco più a ricordarmi un solo motivo per cui sarei dovuta stare lontana da quest'uomo.

Un attimo dopo Ian torna a concentrarsi sulla mia bocca, baciandomi con passione. Ho perso del tutto il controllo sul mio corpo, per non parlare della mia lingua che si muove in autonomia, avvinghiata com'è alla sua in una strana danza.

La sua mano inizia a farsi strada sotto il mio maglione proprio nel momento in cui sentiamo sbattere la porta di casa. Riusciamo solo a staccare le labbra prima che Laura e Vera facciano il loro ingresso.

La loro espressione nel vederci avvinghiati sul divano è quasi comica. Qualcuno può farci una foto per immortalare il momento?

«Ciao», ci saluta Vera incredula. Ha sgranato gli occhi e sta fissando insistentemente la mano sotto il mio maglione. Una mano che si è bloccata, come scottata, ma che non accenna a interrompere il contatto con la mia pancia.

Avendo intuito la direzione del suo sguardo decido di sciogliere l'abbraccio incriminato e cerco di alzarmi in piedi. Ian mi lascia andare, anche lui indeciso su come comportarsi. Ammetto che è piuttosto imbarazzante farsi beccare in un atteggiamento così compromettente quando si hanno più di trent'anni, specie se non ci si è mai fatti beccare neanche a diciotto.

«Hmm...», borbotta Laura imitando l'espressione sgomenta dell'amica.

È evidente che Ian è quello che ha più esperienza in situazioni del genere, perché riconquista l'autocontrollo in un attimo e decide che la cosa migliore è la fuga. «Bene, allora adesso che ho recuperato le mie chiavi posso andare», ci informa alzandosi dal divano e afferrando in fretta le chiavi sul tavolino.

Certo, se le avesse prese quando gliele avevo offerte, nulla di tutto questo sarebbe successo, rifletto un po' arrabbiata. In realtà ce l'ho con me stessa, ma al momento è molto più facile scaricare il nervosismo su Ian, che è il bersaglio della mia collera da almeno cinque anni a questa parte. Per quanto mi riguarda può continuare a esserlo almeno per i prossimi cinque minuti.

Con la coda dell'occhio deve aver intuito il mio cambiamento di umore perché si blocca, indeciso sul da farsi.

«Mi accompagni alla porta?», mi chiede con uno sguardo che vale più di mille parole.

Sarei quasi tentata di dirgli di no, ma Vera mi lancia un'occhiataccia.

«Ok», rispondo, solo per non creare ulteriori tensioni.

Lui saluta le mie amiche e si dirige verso l'uscita.

«Allora...», inizia vago ma si blocca subito non sapendo bene cosa dire.

«Proporrei di non parlarne», gli suggerisco in fretta, decidendo di toglierlo dall'imbarazzo.

Credo di averlo preso in contropiede, probabilmente si attendeva che rispondessi tutt'altro. «Ok», si limita a dire non molto convinto.

«Siamo ancora sotto l'effetto di questo deleterio fine settimana», aggiungo, «senza contare che tu sei ancora un po' brillo...».

«Davvero?», chiede perplesso. «Dopo più di quarantott'ore?».

Certe volte mi sembra che Ian proprio non voglia capire.

«Ti senti bene per caso?», gli domando con tono di sfida.

«Be' no, ma questo...», inizia a dire. Ma io lo fermo con un gesto della mano.

«Ian, vuoi davvero parlarne?», chiedo seria.

La sua espressione è abbastanza combattuta. «No», ammette a denti stretti, «ma in genere siete voi donne che volete sempre analizzare episodi come quello di poco fa».

Bravo, meglio non nominare nemmeno la parola bacio.

«Allora questa è la tua serata fortunata, perché, primo, non ti hanno ancora rubato la macchina e, secondo, io non voglio assolutamente parlarne». Più chiara di così...

«Allora buonanotte», e si volta per salutarmi. Prima che io possa allontanarmi si avvicina e mi dà un bacio sulla guancia. Il gesto è davvero innocente, ma la sua vicinanza mi fa girare di nuovo la testa. Sarà il caso che mi faccia vedere da un medico, potrei avere qualche strana malattia.

«Buonanotte», rispondo turbata, aprendo la porta per farlo uscire.

Qualche secondo dopo, della sua presenza per fortuna non c'è più traccia. Nelle mie narici c'è ancora il suo odore, ma lo scaccio inspirando profondamente.

Mentre richiudo la porta mi rendo però conto che in sala mi aspetta di sicuro la Santa Inquisizione. Non che le giudichi: se avessi assistito a una scena simile, al loro posto avrei avuto una reazione di gran lunga peggiore. Bisogna dar loro atto che sono riuscite almeno a contenere le domande di fronte a Ian.

Rientrando in salotto mi siedo sulla stessa poltrona e le osservo pronta alla battaglia.

«Da quanto va avanti?», chiede Laura incrociando le braccia al petto.

«Da mai», rispondo a bruciapelo, perché è vero.

«Non prenderci in giro», ribatte Vera, «abbiamo visto entrambe con i nostri occhi».

«Lo so cosa avete visto, care mie. Giuro, non era mai capitato prima». Lo so che non è una gran giustificazione, ma non ho di meglio da offrire.

«Sembravate entrambi piuttosto presi», insiste Laura.

«Era solo un bacio», puntualizzo, perché, in fondo, non mi hanno mica trovata nuda sul divano di casa!

«Non era solo un bacio!», risponde subito Vera. «Era uno di quei baci che ti fanno venire la pelle d'oca, uno di quei baci che portano dritto nella stanza da letto».

«Visto come stavano procedendo le cose, non avrebbero mai fatto in tempo ad arrivarci...», aggiunge Laura.

«Che esagerazione!», rispondo con aria offesa.

Laura mi guarda determinata. «Sono in coppia da tempo, ma certe cose me le ricordo ancora, cara». Buon per lei.

Decido di non aggiungere altro alla sua affermazione.

«Ok, non dobbiamo perdere di vista l'obiettivo di questa discussione», dice Vera. «Noi siamo qui per aiutare Jenny a capire alcune cose».

«Davvero? Io pensavo invece che foste qui per darmi il tormento!». Il mio tono sarcastico non le scompone, sanno che è la mia principale arma di difesa.

«Lui ti piace, Jenny?», chiede Vera. «A noi puoi dirlo liberamente. Non siamo mica tua madre».

Hanno ragione, lo so, ma ammettere con me stessa di essere attratta da Ian è una debolezza a cui ho giurato di non cedere mai nella vita. Mai, mai, mai.

«Non mi piace, davvero!», rispondo alzando la voce. «Quello che avete visto è stato chiaramente uno sbaglio. Ian è ancora un po' confuso dopo quello che ha passato nel weekend, mentre io sono andata un po' nel pallone. Tutto qui, giuro! Mi ha svegliata all'improvviso... non ero pronta mentalmente... è stato un attimo».

Laura mi guarda con occhi quasi tristi. «In genere *ti prepari* prima di incontrarlo? Cosa fai, ti ripeti in continuazione che non ti piace e cose simili?»

«Sì! No! Oddio, non lo so...», rispondo nel panico. So dove vogliono andare a parare e la cosa non mi piace. «Sentite ragazze, lo so che pensate di aiutarmi costringendomi a parlarne, ma vi assicuro che quello di cui ho bisogno adesso è una bella dormita. Domani sarò riposata, sarà un altro giorno e le cose mi sembreranno meno inquietanti. Così non mi aiutate davvero».

Vera e Laura si guardano per un attimo prima di annuire.

«Va bene, per il momento non ne parliamo», mi rassicura Vera, «ma sappi che ci aspettiamo che tu ci chiarisca al più presto il quadro generale della situazione. Non è da te scappare di fronte a un problema. Lo facciamo per il tuo bene».

Mi alzo dalla poltrona decisa ad andarmene a dormire una volta per tutte. «Quando ci capirò qualcosa sarete le prime a sapere».

Capitolo 20

Ho dormito malissimo, ho faticato ad addormentarmi e come se non bastasse mi sono svegliata all'alba. Per sfuggire a qualsiasi ulteriore tentativo di "farmi ragionare" ho saggiamente deciso di venire in ufficio prima del solito. Una vera e propria "ideona".

Sono qui dalle 6:30 del mattino e non ho affatto lo sguardo felice e sereno che in genere accompagna il mio arrivo.

Alla macchinetta del caffè c'è anche George, ma per me si tratta del terzo questa mattina.

«Buongiorno», mi dice serio, «sempre che per te lo sia davvero. Hai un aspetto inquietante», aggiunge confermando i miei sospetti.

«Ricordami: perché in genere apprezzo la tua sincerità?», gli domando afferrando il mio bicchiere appena uscito dalla macchinetta.

«Perché tu ami la sincerità», mi risponde per nulla turbato dal mio umore nero.

«Non questa mattina», ammetto stanca. Pensavo che il ragazzo fosse più ricettivo.

«Dovresti uscire di più, mia cara. Divertirti, incontrare ragazzi… sei single o no?».

Annuisco rassegnata. «Lo sono, lo sono…».

«Anche se i giornali dicono altro», afferma ridacchiando e sottintendendo molte cose.

«Dicono cazzate», taglio corto, assaggiando il caffè fumante. Pessimo, ma oggi ho altro di cui lamentarmi.

«Sai, in questo ufficio in genere girano sempre tanti gossip totalmente inventati, ma questa cosa tra te e Ian...», si ferma con aria teatrale, «è come se sotto sotto ci fosse... del vero».

Impallidisco visibilmente.

«Non che tu me lo diresti mai...», prosegue George sondando il terreno, «comunque, se vuoi confidarti con qualcuno, sappi che io so tenere un segreto. E se tu mi dici di non parlarne, be', io allora mi cucio la bocca».

«Grazie», gli dico sincera.

«So che abiti con le tue migliori amiche, ma qualche volta il punto di vista di un uomo può essere di qualche aiuto», mi dice gentile.

Devo proprio sembrare disperata se tutti si offrono di darmi un sostegno psicologico.

«Senza contare che mi faresti anche un favore», mi dice strizzandomi l'occhio.

«In che modo?», chiedo stupita.

«Semplice: sto mirando a Tamara», mi spiega, «che però ha occhi solo per Ian. Quindi, se tu gentilmente lo togliessi dalla piazza, ti guadagneresti la mia più profonda gratitudine».

«George!», esclamo indignata. «Cosa diavolo stai dicendo? Io non ho la minima intenzione di togliere Ian da nessuna parte!». Se non dalla mia mente, che pare aver invaso contro la mia stessa volontà.

Certe volte non lo capisco proprio George, ci vuole una bella faccia tosta per proporre certe cose.

«Non ci sarebbe nulla di male!», si affretta a specificare.

«Ma non dire sciocchezze!», gli rispondo seccata. «Invece di perdere tempo con me, perché non controlli cortesemente gli ultimi bilanci che ti hanno consegnato i clienti?».

Mi lancia un'occhiata di supplica. «Ma sono una montagna!».

«Appunto. Meglio iniziare prima possibile», gli rispondo, per nulla impietosita dalla sua espressione.

«Da solo? Ho bisogno di qualcuno che mi dia una mano», chiede supplichevole.

«Lo sai che gli altri stanno lavorando già su quello che tu gli hai rifilato», gli faccio notare, «ma se proprio desideri una mano posso chiedere a Ian se Tamara può aiutarti».

E poi non mi si venga a dire che non sono il capo migliore del mondo.

L'espressione di George è di pura gioia. «Lo faresti?», chiede speranzoso.

«A patto di non sentire mai più uscire dalla tua bocca illazioni sulla mia vita privata».

«Affare fatto!», acconsente gioioso.

«Ma non cantare vittoria troppo presto. Ian potrebbe anche non essere d'accordo», gli ricordo. In passato avrei scommesso qualsiasi cosa che St John non avrebbe mai detto sì a una mia richiesta, ma ultimamente le cose sono piuttosto strane. Quindi mai dire mai.

«E mi aspetto che tu sfoderi le tue armi migliori», mi dice ridacchiando.

«Cosa ho appena finito di dire?», lo minaccio. «Tra l'altro, davvero non capisco come una cosa simile possa essere minimamente credibile. Ian e io? Ma siete tutti matti? Io sono persino più vecchia di lui! Probabilmente esce solo con ragazzine che a malapena superano i venti e che non hanno un solo neurone funzionante nel cervello!».

Togliamo pure il *probabilmente*, penso cattiva.

«In realtà non è affatto così», mi dice una voce profonda e seccata alle mie spalle. La mia solita fortuna.

«Ciao Ian», lo saluta George con fare colpevole.

Ian alza una mano in segno di saluto e mi si avvicina. «Hai un attimo?», mi domanda cupo.

Ha un'espressione arrabbiata, anche se stranamente più vulnerabile del solito. Come vorrei dire di no.

«Sì», rispondo invece, e non so nemmeno io perché.

«Allora vi lascio», ci dice George filando via. «E non dimenticarti di chiederglielo!», mi dice prima di volatilizzarsi.

«Chiedermi cosa?», domanda Ian, piazzandosi di fronte a me.

«Ah già, puoi chiedere a Tamara di lavorare con George su una serie di bilanci che ci sono arrivati? Dice che da solo non ce la farà a finire».

L'espressione iniziale è di palese delusione ma, dal momento che Ian è il maestro della finzione, si ricompone in fretta, guardandomi impassibile. «Ok, glielo chiederò».

«Grazie», rispondo. «Volevi parlarmi? Si tratta di Beverly?», chiedo cercando di mantenere un tono professionale.

L'espressione di Ian è indecifrabile. «Beverly effettivamente si è fatto vivo e ci chiede se possiamo incontrarlo a pranzo la settimana prossima».

«Nessun problema», lo rassicuro, felice di poter spostare la conversazione su questioni di lavoro.

«Ma non volevo parlarti di questo», mi dice abbassando la voce. «Hai tempo per un drink dopo il lavoro?», mi chiede fissandomi con quei suoi occhi azzurri che sa certamente come sfruttare. Manca solo che si metta a sbattere le ciglia e poi siamo a posto.

«No», rispondo secca, terrorizzata.

«No?», chiede dubbioso.

«No». Questa volta il mio tono è ancora più definitivo. Potrei anche inventarmi qualche balla o qualche scusa, ma non gli devo alcuna spiegazione.

«Allora una cena?», chiede quasi irritato.

«No». Stesso tono deciso.

Mi guarda incredulo. «Solo no?», domanda ora quasi risentito.

«Esatto». Ho dormito troppo poco per fare grandi conversazioni con lui oggi.

«Perché no?», chiede afferrandomi per il braccio. Non lo stringe forte, ma non ha intenzione di lasciarmi andare.

Ma io mi libero dalla presa. «Hai perso il lume della ragione?», gli chiedo lanciando un'occhiata preoccupata alle sue spalle, dove la segretaria di Colin sta cercando di spiare ogni nostra mossa. Ma quella donna davvero non ha di meglio da fare? Non ha un lavoro?

Ian rinviene come da uno stato di shock. «Scusami», mi dice, «ma mi stai facendo perdere la pazienza».

Adesso è pure colpa mia? Vorrei dirgliene quattro ma, non so come, riesco a trattenermi. Temo che i nostri rapporti rimarranno tesi finché non troveremo il modo di gestire la nostra problematica attrazione.

«Devo parlarti, devo farlo davvero. E poi non ti stresserò più». Ha un'espressione determinata, è da escludere che riesca a dissuaderlo.

«Ok», cedo mio malgrado, «vada per la cena». Mi sto rendendo conto che in fondo è il minore dei mali.

«Venerdì sera a casa mia», mi propone, «visto che ti dovevo comunque un invito da me».

«Ma sia chiaro», gli dico decisa, «prima e ultima cena».

Annuisce.

«Bene, ottimo», dico nervosa, cercando di inventarmi un motivo per fuggire.

«Jenny, una telefonata per te!», mi avverte una ragazza dall'open space.

«Passamela in ufficio! Arrivo!».

Mai stata più felice di avere una scusa per potermela squagliare!

Capitolo 21

Questo non è un appuntamento, mi dico nervosa, mentre osservo la mia immagine allo specchio, questa è una banale cena con un amico. Anche se Ian in verità non è affatto un amico, penso agitata. Ok, allora questa è una banale cena con un collega.

Suona rassicurante, mi piace.

«Non vorrai mica andarci conciata così?», mi chiede Vera affacciandosi alla porta in tono di rimprovero.

«Cosa c'è che non va?», chiedo innocente specchiandomi.

«Ma sei coperta dalla testa ai piedi!», mi fa notare entrando in camera.

Esattamente quello a cui miravo. «Perfetto! Nel caso in cui non lo aveste capito, l'intento era proprio questo», le confermo, convinta della mia scelta.

Lei sbuffa e si siede sul letto. «Non puoi uscire così, non te lo permetto. Dovrai passare sopra il mio cadavere!», mi minaccia incrociando le braccia.

«Lasciando perdere il vostro vivace trascorso, stai comunque per andare a cena a casa di un uomo affascinante, bello, nobile, ricco…».

«Odioso, prepotente, viziato…», aggiungo. «Ma questi sono solo aggettivi. Qual è il punto?», chiedo un po' infastidita per l'intromissione. Pensavo di non dover più rendere conto a nessuno del mio abbigliamento, da molto tempo.

«Che non puoi andare vestita a casa sua conciata peggio di mia madre!», mi dice con voce molto energica.

«Stai offendendo tua madre», le faccio notare, per nulla turbata dalle sue accuse.

Vera mi guarda male. «Se vuoi metterti un paio di pantaloni, allora tira fuori i tuoi jeans attillati! E cambia quella orribile maglietta! Ma che razza di colore è?», mi chiede indignata.

«È marrone», le rispondo.

«Appunto! È marrone!», ripete esasperata. «E secondo te si indossa un'orribile maglietta marrone il venerdì sera?»

«C'è una regola che vieta il marrone di venerdì? È solo una cena con un collega, quindi posso anche indossare la mia orribile maglietta marrone», ribatto convinta.

«Cara, per la cronaca, questa maglietta non puoi metterla neanche per andare a mangiare da tua madre. Persino lei avrebbe da ridire».

Che colpo basso!

«Ok, va bene, la maglietta non è propriamente tra le più belle che io abbia nel mio armadio...», ammetto infine, decidendo di togliermela.

Vera la afferra alla velocità della luce. «Questa la prendo io come straccio per la polvere! Conoscendoti, prima o poi potrebbe persino saltarti in mente di ritirarla fuori!».

Cerco di fare una faccia offesa ma lei non mi guarda nemmeno.

«Adesso cambiati quei benedetti pantaloni!», mi ordina minacciosa.

Quando Vera è così combattiva, non rimane altro da fare che cedere. Afferro quindi i pantaloni che ha deciso debba indossare, e inizio a cambiarmi. Sono secoli che non metto un paio di jeans così stretti e li trovo piuttosto scomodi.

«Posso indossare almeno quelli che uso di solito?», supplico.

«Non puoi, questi sono molto più adatti», mi informa decisa.

«Sempre che riesca a respirare...», brontolo. Ma la mia amica nemmeno ci fa caso.

«Adesso dobbiamo trovarti una maglietta decente», e inizia a rovistare nell'armadio. Qualche minuto dopo, e parecchie magliette dopo, riemerge dal cumulo con un'espressione soddisfatta. «Questa è perfetta!», mi dice tenendo in mano una maglietta nera con dei brillantini e una profonda scollatura.

«Quando mai mi sono comprata una maglietta simile?», domando sconcertata.

Vera ridacchia. «Mai, te l'abbiamo regalata noi due Natali fa».

Evidentemente non l'ho mai messa.

«Avanti, mettila», mi dice la mia amica.

«È troppo scollata!», le faccio notare, ma lei non sembra pensarla allo stesso modo.

«È scollata al punto giusto. Mettila», mi ordina. Il suo tono non ammette repliche, quindi non posso fare altro che eseguire.

«Perfetto», mi dice soddisfatta. «Ora le tue ballerine nere con il fiore».

«Ma fuori fa freddo!», mi lamento.

«E tu soffri! Come fa sempre tutta la popolazione femminile, tra l'altro».

Infilo le scarpe con aria mogia. «Tu non sei una bibliotecaria, sei Crudelia De Mon».

Mi passa un maglioncino nero con cui cerco di coprirmi un po'. «Almeno questo posso mettermelo?», le domando ironica infilando il cappotto.

«Ho sempre amato quel cappottino, quindi hai la mia approvazione».

Vera si alza dal letto e mi accompagna alla porta. «Un'ultima cosa: per l'amor del cielo non essere odiosa con lui! Un uomo che cucina per te quando mai ti ricapita?».

Mi sfugge una risatina. «Non essere ingenua», le dico uscendo, «un uomo del genere non cucina, ordina a domicilio, ciccia».

E con questa frase che non ammette repliche mi affretto a prendere la metropolitana.

*****

Per arrivare in centro impiego mezz'ora circa. Uscendo dalla metropolitana mi scontro con una marea di turisti che vagano per Piccadilly. M'incammino infreddolita in direzione Hyde Park, avvicinandomi sempre di più a Trafalgar Square. Ecco il potere dei soldi, rifletto divertita: un appartamento in pieno centro.

Il portone d'ingresso è maestoso, esattamente quello che ci si aspetta da un edificio in questa zona.

Ian mi ha mandato un'email questo pomeriggio con indirizzo esatto e numero del citofono. Compongo il 17 non molto convinta e suono. Pochi attimi dopo la porta si apre con uno scatto deciso. Entro in un atrio tutto di marmo, lucido e pulitissimo; salgo qualche gradino e aspetto paziente l'arrivo dell'ascensore. Mi ritrovo al quinto piano troppo in fretta. Questa serata per il momento mi sta solo causando un forte mal di pancia e nient'altro.

L'ipotesi di un'eventuale fuga in extremis viene però resa vana dalla presenza di Ian, che ha aperto la porta del suo appartamento e mi sta osservando uscire dall'ascensore.

«Ben arrivata», mi saluta cordiale, come se la mia presenza fosse la cosa più naturale del mondo. Sembra a suo agio, e la cosa quasi m'indispettisce.

«Grazie», rispondo avvicinandomi. Lui si sposta per farmi entrare. Porta un paio di jeans e una camicia azzurra che gli sta a pennello, con le maniche arrotolate. Completano il quadro una cintura di pelle e dei mocassini che hanno l'aria di essere costati un piccolo patrimonio. Meno male che Vera mi ha costretta a cambiarmi: arrivare qui vestita in maniera del tutto inappropriata non mi avrebbe certo aiutata a sentirmi meglio.

La prima cosa che noto è che il suo appartamento è estremamente luminoso, moderno e forse più piccolo di come me l'aspettavo. Il salotto è arredato in maniera molto essenziale, con un gioco di bianchi e neri: i mobili, in stile minimalista, sono neri e lucidi, mentre i divani bianchi. Se avessi mai posseduto qualcosa di simile l'avrei riempito di macchie nel giro di una settimana!

In questa camera solo il tappeto è antico, senza però rovinare l'effetto complessivo. Anzi, se possibile, lo ammorbidisce.

In fondo alla stanza la tavola è apparecchiata in maniera molto elegante: tovaglia bianca, piatti quadrati dello stesso colore e bicchieri di cristallo.

Ian mi accompagna fino al divano e mi fa accomodare. «Siediti. Ti va qualcosa da bere?», domanda subito come ci si potrebbe aspettare da un perfetto padrone di casa.

«Meglio di no», mormoro rilassandomi. L'alcol potrebbe non essere una scelta saggia.

«Forza Jenny, fammi compagnia», mi dice sorridendo, «non vorrai mica farmi bere da solo».

Uno dei motivi per cui detesto quest'uomo è che con l'espressione giusta riesce a ottenere praticamente tutto quello che vuole. E lo sa.

«Solo un goccio», acconsento malvolentieri, rigirandomi nervosamente sul suo divano immacolato. Mi chiederà di pagare il conto della tintoria se una goccia di vino rosso oserà cadere dal bicchiere? Accarezzo con la mano il tessuto su cui sono seduta: deve trattarsi di qualche rarissimo lino, penso agitata.

Pochi secondi e Ian riappare al mio fianco con un bicchiere di vino bianco. Grazie per il bianco…

Lo ringrazio con un cenno del capo e assaggio il vino: frizzante e secco, esattamente come piace a me. Di sicuro non si tratta di una casualità. Se ho imparato qualcosa in queste settimane è che con Ian niente è lasciato al caso. Te lo lascia credere, ma solo per avere un vantaggio su di te.

«Ottimo vino. E bell'appartamento», gli dico sincera, «anche se mi aspettavo qualcosa di molto più grande da uno come te».

«Uno come me?», chiede sedendosi e osservandomi.

«Sì, altissima nobiltà, case di famiglia… le solite cose insomma».

«Questa casa ha una sala, una cucina, una camera e un bagno. Non mi serve niente di più, visto il tempo che ci trascorro», mi confida. «Senza contare che questa casa è in affitto».

Sono davvero sorpresa. «Tu in affitto?»

«Sì, anche se lo sono da mio nonno», ammette arrossendo lievemente.

Lo guardo dubbiosa. «Allora sei in affitto per modo di dire, un affitto gratis».

«Se potesse, mio nonno mi farebbe pagare il doppio», mi dice serio, «quindi va bene che sia riuscito a pagare lo stesso importo degli altri».

«Chi sono gli *altri*?»

«Gli inquilini degli altri appartamenti».

«Vuoi dire che tutto il palazzo è suo?», domando impressionata.

Ian sembra un po' in difficoltà. «Be' sì», ammette, «uno dei tanti».

«Allora poteva anche regalarti un appartamento», gli faccio notare. Sinceramente se io avessi un nipote e mille appartamenti, a uno potrei anche rinunciare.

«Ha tentato dopo la mia laurea, ma i suoi regali non sono mai disinteressati. Prima o poi riscuote sempre il conto. E io ho preferito pagare l'affitto piuttosto che dovergli qualcosa».

Questa non me l'aspettavo proprio. Certo, Ian guadagna abbastanza da potersi pagare l'affitto, ma rimane un'anomalia. Pochi, penso tra me, lo avrebbero fatto al suo posto.

«Comunque non rimarrò qui a lungo», mi svela posando il bicchiere sul tavolo. «Mi sto guardando in giro per comprare un appartamento con quello che ho messo da parte in questi anni. E tu, perché sei in affitto?», mi domanda.

«Sto pensando anch'io di comprare qualcosa, ma la verità è che non mi piace vivere da sola. E non posso certo permettermi una casa con tre camere da letto in centro per ospitare anche le mie amiche. Ci avevo pensato quando stavo per andare a convivere, ma poi la cosa è tramontata e per il momento ho accantonato il progetto».

«Capisco», mi dice Ian, anche se dubito comprenda cosa significhi doversi preoccupare di avere un tetto sopra la testa. La verità è che in qualsiasi momento può decidere di tornare sulla sua decisione e farsi assegnare una casa degna del suo nome.

«Quindi con il tuo fidanzato è chiusa definitivamente?», mi chiede.

La sua è una domanda strana, c'entra molto poco con questa serata. «Assolutamente», gli confermo guardandolo attenta, «ma questo lo sapevi già».

«Certe volte uno ci ripensa», mi dice criptico.

«Sì, ma se ci avessi ripensato avrei dovuto informarti. Voglio dire, in quanto tua *finta fidanzata*...», gli ricordo.

«Magari sei una *finta fidanzata* che tiene lo stesso piede in due scarpe...», risponde.

«Te lo avrei detto. E comunque sono una che non torna quasi mai sui suoi passi. Charles davvero non era l'uomo giusto per me. Ci ho messo un po' per capirlo, ma passo così tanto tempo al lavoro che è faticoso ragionare con lucidità una volta uscita».

La mia frase lo fa sorridere. «Ti capisco».

Il suono di un timer dalla cucina ci interrompe.

«Suppongo sia pronto», mi dice alzandosi. «Vuoi accomodarti a tavola?», mi chiede.

La mia faccia è perplessa. «Hai cucinato tu?», domando.

«Certo. Cosa pensavi?», mi risponde scomparendo in cucina. A quanto pare questa sera Vera le ha azzeccate tutte.

«Antipasto», mi spiega sedendosi di fronte a me, posando sul tavolo un piatto con una ricca selezioni di formaggi e marmellate. «Ti prego, dimmi che mangi tutti i formaggi», mi implora con occhi vivaci.

«Sì, tutti», gli confermo ridendo della sua espressione.

«Meno male. Ero quasi tentato di chiamarti a un certo punto, ma non volevo svelarti tutto il menù. Comunque qui c'è anche del tofu...».

Sono davvero colpita che si sia ricordato che sono vegetariana e si sia dato così tanto disturbo per trovare il menu adatto. Questo pensiero è così destabilizzante che prendo il bicchiere per farmelo riempire nuovamente: meglio berci sopra.

«A cosa brindiamo?», mi chiede alzando il bicchiere.

«Non lo so davvero...», balbetto cercando di pensare a qualcosa. «A un lavoro fatto bene?», chiedo riferendomi a Beverly.

La faccia di Ian si incupisce lievemente. «Non pensare sempre al lavoro», mi riprende, «piuttosto brindiamo alle nuove possibilità».

La frase potrebbe avere numerosi significati, ma, chissà come, di possibilità me ne viene in mente solo una, e cioè che l'uomo di fronte a me decida di baciarmi di nuovo questa sera. L'immagine è così scioccante che cerco di scacciarla immediatamente. Ian non può fare a meno di notare che sto strizzando gli occhi.

«Tutto bene?», chiede intuendo qualcosa.

«Più o meno», rispondo, «anche se la verità è che mi stai rendendo nervosa». Ecco una confessione che mi sfugge senza che me ne renda conto.

Ian non sembra apprezzare la mia risposta. «Mi dispiace, anche perché io ho davvero cercato in ogni modo di farti sentire a tuo agio».

So bene che lo ha fatto. È talmente gentile questa sera che sto per sentirmi male. È così maledettamente diverso dal solito che non capisco quale sia il suo piano.

«È tutto questo che mi innervosisce», cerco di spiegargli. «In genere non sei così disponibile».

«Mi sento di doverti correggere: lo sono invece, ma solo con chi mi permette di esserlo», risponde a tono.

«Perché questa cena?», gli domando arrivando dritta al punto.

Ian alza gli occhi al cielo come cercando di non perdere la pazienza. «È solo una cena, rilassati», cerca di tranquillizzarmi. «Comunque mi sembrava un modo carino per parlare di tutto, della battuta di caccia, di quello che ti ha detto mio nonno...».

«Cosa vuoi che mi abbia detto? Niente di che», rispondo sulla difensiva. Ma non ci casca.

«Conosco molto bene mio nonno. È stato decisamente più presente nella mia vita di quanto non lo siano stati i miei genitori, che invece erano sempre in giro per lavoro o per ricevimenti, quindi non devi raccontarmi frottole».

Ammetto che non era mia intenzione riferire a nessuno lo scambio di opinioni con il duca di Revington.

«Non ci siamo detti niente di importante. Abbiamo parlato di come io sia diversa rispetto alle tue solite "scelte"», gli dico in maniera generica.

Ian mastica nervoso il suo boccone. «Ti ha offeso in qualche modo?», domanda scrutandomi con maniacale attenzione.

Ora sono io ad alzare gli occhi al cielo. «Ma tu credi davvero che io non sappia difendermi?».

E pensare che mi conosce, che sa bene come sono fatta, specialmente se provocata.

La mia frase pare tranquillizzarlo. «Tra le persone che conosco sei quella che sa difendersi meglio in assoluto», mi conferma ammettendo una verità abbastanza ovvia.

«E quindi non temere! Sapevo cosa aspettarmi e sapevo come rispondere. Non è successo niente di che, almeno finché non ho fatto scappare il fagiano», aggiungo con un pizzico di ironia.

Ian ride. «Questo mi è stato riferito». I suoi occhi sono più sollevati.

«Non ne dubitavo. Insomma, hai mandato un'animalista a una battuta di caccia, cosa potevi aspettarti?», domando continuando a masticare.

«Niente. Ho solo sperato che decidessi di non puntare il fucile contro qualche cacciatore», mi dice ridacchiando, mentre taglia un pezzo di brie.

«Be', sarai stato sollevato nello scoprire che non l'ho fatto», mormoro afferrando un pezzo di pane ai cereali.

*****

«Hai finito?», mi chiede poco dopo indicando il mio piatto.

«Sì, e ho molto gradito», lo rassicuro aiutandolo a togliere i piatti.

«Ok, ora arriva il pezzo forte», mi svela affacciandosi alla porta della cucina.

«E sarebbe?», chiedo curiosa.

Riappare un minuto dopo con una teglia fumante. «Cucina italiana: parmigiana di melanzane», mi spiega appoggiando il tutto sul tavolo. L'aspetto è sensazionale.

«Sicuro di non aver comprato tutto pronto?», gli chiedo sospettosa.

Ian fa finta d'indignarsi. «Cosa vuoi dire?»

«Non puoi averlo cucinato tu...», dico pensando al tempo che serve per preparare un piatto del genere. Siamo usciti tardi dall'ufficio.

«L'ho fatto ieri sera aiutato al telefono dalla mia donna di servizio. Ma l'ho fatto io!», dice fiero.

«Sei sicuro di non averci messo del veleno?», lo prendo in giro mentre mi serve un'abbondante porzione.

Lui afferra la sua forchetta e si serve direttamente dal mio piatto. Mastica e poi manda giù.

«Visto? Sono ancora vivo», mi dice facendomi l'occhiolino.

Io gli strappo di mano il piatto e mi accingo ad assaggiare. Questa cosa sembra assolutamente divina. «Buono», ammetto mio malgrado poco dopo.

«Solo buono?», chiede quasi offeso.

«Ok, davvero buono! Cosa vuoi di più?»

«Come minimo eccezionale, anche perché, quelli "come me" non cucinano mica!», mi punzecchia. «Quindi vorrei dei punti extra per il mio impegno. E per la riuscita discreta».

«Come fai a sapere che dico cose simili?», gli domando indispettita.

«Mi sbaglio, forse?», mi chiede, per nulla infastidito dal mio tono. «La verità è che sei molto prevedibile nei tuoi giudizi sui ricchi».

Lo fisso per qualche istante con sguardo intimidatorio.

«Stiamo divagando», mi dice, «non abbiamo finito di parlare di quello che ti ha detto mio nonno».

A quanto pare non demorde. Non che la cosa sia inaspettata, in fondo ha sempre avuto dalla sua una certa determinazione.

«Se proprio lo vuoi sapere», rispondo sorseggiando il mio vino, «perché non lo chiedi direttamente a lui?», gli propongo.

«L'ho fatto, cara la mia "so tutto", e non mi ha risposto», si lamenta. Uomo saggio il duca.

«Ian, davvero, non ci siamo detti niente. Lui ha voluto sapere un po' di me e io sono stata sincera. Abbiamo discusso un po' di te. E alla fine mi ha consigliato di mollarti il prima possibile».

Volevo dirglielo nel modo più casuale, ma certo questo non è stato dei migliori.

«Perché?», domanda quasi accigliato.

«Perché ignora del tutto che stiamo *fingendo*», gli faccio notare come se avessi a che fare con un bambino.

«Non giocare con le parole», mi dice lanciandomi un'occhiataccia. «Sai bene cosa intendevo».

A dire il vero non lo so, non mi è chiaro per niente.

«E tu fai uno sforzo per capire. Non vengo da una famiglia nobile, non vengo da una famiglia ricca, il mio sogno nella vita è tutt'altro che sposarmi e giocare a fare la mogliettina e non sono abbastanza attraente per frequentare una persona come te».

Non ho particolari complessi, so molto bene quanto valgo e l'aspetto che ho, ma un paragone tra noi due è impensabile. Immagino che nella sua famiglia si saranno scelti le mogli più belle dell'intero Paese, con un notevole incremento di generazione in generazione del "tasso estetico" generale, mentre nella mia è da generazioni che i partner si scelgono per il cervello tralasciando del tutto l'aspetto fisico. E non mi sto affatto lamentando, sto solo parlando di fatti. Sono molto contenta del mio cervello e non lo scambierei mai per un aspetto bellissimo.

«Non ti piaci?», mi chiede stupito Ian.

«Io mi piaccio eccome!», mi difendo. «Ma sono una donna normale, di un'altezza normale, di costituzione normale!».

«Sei normale, l'ho capito. E io invece non lo sono?», domanda incalzandomi.

Ma dico, dobbiamo proprio fare questo giochino stupido in cui lui fa finta di non sapere di essere oggettivamente molto attraente?

«Diciamo che tu sei un po' meno normale», mi limito a rispondere.

Ian alza un sopracciglio, come se non avesse compreso del tutto la mia frase. «Cosa ho di poco normale?», chiede scrutandomi con così tanta attenzione che non posso fare a meno di arrossire.

«Gli occhi», rispondo senza pensare, perché è chiaro che una donna sana di mente non l'avrebbe sicuramente detto. È ora che io smetta del tutto di bere, se non è già troppo tardi.

La faccia di Ian reclama però una spiegazione.

«Hai gli occhi più azzurri che io abbia mai visto», ammetto a denti stretti e occhi bassi. Ma cosa diavolo mi prende? Ho bevuto il siero della verità?

La sua espressione si ammorbidisce, mentre mi sorride sorpreso. «Davvero?», chiede stupito. È evidente che non si aspettava una risposta simile. Come se tutte le donne del pianeta non facessero a gara per ripeterglielo.

«Be' certo, ma una con dei banali occhi castani è facilmente impressionabile», cerco di difendermi palesemente imbarazzata.

Mi sono inguaiata da sola e ora devo trovare un modo indolore per uscirne.

«Tu hai dei bellissimi occhi castani», mi risponde fissando i miei occhi. «E c'è come del verde all'esterno», mi indica con una mano.

«Lasciamo perdere gli occhi», gli propongo infastidita, abbassando di nuovo lo sguardo. Questa serata sta prendendo proprio una brutta piega. E meno male che non ho nominato la sua bocca!

«Quindi, riassumendo, ti senti meno attraente di me», mi dice Ian, in cerca di una conferma.

Però! Quando si applica riesce persino ad arrivarci…

«Possiamo cortesemente cambiare argomento?», domando davvero in difficoltà. «Io non mi sento affatto meno attraente di te, mi sento diversa da te, che è… diverso», blatero malamente.

Ian ride sotto i baffi. «Ok, siamo diversi. Va bene. Altro vino?», domanda, e senza aspettare la mia risposta mi riempie il bicchiere.

«Stai cercando di farmi ubriacare?», domando preoccupata.

«No, sto solo cercando di farti rilassare. Eri un po' tesa quando sei arrivata».

Se si tratta di questo, be', lo sono ancora. Sono solo annebbiata dall'alcol e la lingua dice improvvisamente quello che penso. Terrificante.

«Hai finito?», mi chiede Ian indicando il mio piatto vuoto. È evidente che quando sono nervosa mangio e bevo senza neanche accorgermene.

«Sì, grazie. Era tutto buonissimo», gli confermo porgendogli il piatto. «Ti aiuto a lavarli?», chiedo alzandomi e seguendolo in cucina. Vedo che ripone i piatti nel lavello.

«Ah no, a questi penserà domani mattina qualcun altro!», mi dice come scandalizzato dalla mia proposta. Certo, sua signoria non lava, come ho fatto a dimenticarmene, rifletto infastidita. Anche se, a essere sincera, non posso fargliene una colpa: la sua famiglia è abituata a essere servita da mille anni, Ian non può in alcun modo essere diverso. Probabilmente lui pensa anche di essere rivoluzionario, nel suo piccolo, per avere una sola donna di servizio e non una decina come la sua famiglia.

«Il dolce però l'ho comprato», ammette tirando fuori dal frigo una meravigliosa torta Sacher e la panna spray.

«Credo che ti perdonerò per questa volta. Anche se Ian… la panna spray…», lo prendo in giro mentre ci avviciniamo di nuovo al tavolo.

Se questo fosse stato un invito a cena *normale* mi sarei chiaramente offerta di portare il dolce. Ma ero così impegnata a combattere con il panico che mi sono persino dimenticata dell'etichetta. Meno male che ha pensato a tutto lui.

«Lo so, lo so, non è affatto nel mio stile», ammette alzando le spalle.

«Dovrai farti perdonare», gli dico spruzzando divertita una montagna di panna sulle fette che ha appena tagliato.

Sto per tornare a sedermi, ma mentre poso la bomboletta vedo che Ian ha cambiato espressione. «Hai della panna sul naso», mi dice toccandomi il viso con occhi che brillano.

«Lascia, faccio io». Sono nervosa. Il minimo contatto con lui è talmente destabilizzante che non vedo l'ora di liberarmene.

Ma Ian non mi ascolta affatto e con un gesto lieve mi passa il dito sul naso avvicinandosi pericolosamente. Nei suoi occhi si legge una certa determinazione.

«Ian», lo richiamo con tono di rimprovero.

«Ti ho già avvisato, mi piace quando pronunci il mio nome». Be', questo non era affatto quello che speravo di sentirmi dire.

«Hai finito?», gli chiedo, vedendo che non accenna a togliere la mano dal mio viso. Il suo palmo invece si apre deciso sulla mia guancia. Le solite mille scosse mi attraversano tutto il corpo.

«Non ho neanche iniziato», mi dice sibillino, avvicinandosi ancora di più.

Il fatto che un secondo dopo la sua bocca si trovi sulla mia non è una sorpresa per nessuno. Avrei dovuto fermarlo prima, rifletto arrabbiata mentre abbandono le mie labbra sulle sue. Avrei dovuto fare qualcosa, anche darmi alla fuga.

Quest'uomo bacia divinamente, e io sono stordita dal vino e dal bacio. Mi sento sensuale come non mai mentre lo abbraccio accarezzandogli il collo. Ian mi avvicina ancora di più a sé e mi bacia in modo ancora più intenso, sempre che sia possibile.

Quando sento la sua mano avvicinarsi al mio seno mi desto come scossa, ritraendomi bruscamente.

«Non credo...», dico cercando di riprendere il controllo delle mie facoltà mentali, sperando che non abbiano del tutto disertato il mio corpo.

Ian mi guarda ancora con quegli occhi.

«Smettila», gli dico accigliata afferrando il mio piatto e incamminandomi in direzione del divano. Meglio mettere qualche metro tra di noi. Mi siedo lasciandomi sprofondare e addento la mia fetta di torta. Posso provare a riequilibrare il mio livello glicemico messo a dura prova dal bacio di prima.

Ian mi osserva mangiare per qualche minuto, poi anche lui prende il suo piatto e viene a sedersi accanto a me. Il bastardo ride mentre mi guarda con la coda dell'occhio. Sia chiaro, credo che ci sia più da piangere che da ridere.

«Lo vedo che mi stai fissando», gli faccio notare arrabbiata.

«È vietato guardarti?», chiede furbetto. «Sei l'unica persona qui dentro, non posso guardare nessun altro», ribatte.

«Be', avremmo dovuto invitare altra gente», gli dico esasperata.

«La prossima volta usciremo in quattro, allora. Ma dobbiamo prima aspettare che George e Tamara si decidano a diventare una coppia».

«Allora lo hai notato anche tu?», gli chiedo, felice di poter cambiare argomento.

«È abbastanza evidente», conviene con me continuando a mangiare, «che George ha un debole per lei».

«Sì, ma lei ha un debole per te», gli faccio notare.

Ian scuote le spalle. «Ma non è vero…».

«È palese», insisto mordendo la crosta di cioccolato.

«Lei *pensa* di averlo, ma io non le piaccio davvero», dice sicuro, talmente sicuro da farmi dubitare della mia convinzione. «Però a te piaccio sul serio», afferma subito dopo, come se fosse la cosa più naturale da dire.

«Come, scusa?», chiedo convinta di aver davvero capito male.

«Vuoi dire che non è vero?»

«È completamente falso!», ribatto arrabbiata. «Ma come fai a pensare certe cose?»

«Così, mi sembrava…», mi dice piano, rendendosi conto di aver sbagliato metodo.

«Che sciocchezze riesci a dire certe volte…», dico annoiata.

«Te lo posso provare», mi risponde illuminandosi. Ha l'aspetto di uno che ha deciso e non vuole riflettere troppo sulla sua scelta.

«In che modo?», gli chiedo stupita. Ecco la domanda che non dovevo fare, mannaggia a me.

«Posa quel piatto», mi ordina indicando il mio dolce.

Io invece lo stringo ancora di più come se fosse la mia ultima difesa contro il nemico. «Non ci penso nemmeno».

«Forza, non fare la fifona», mi provoca strappandomi letteralmente il piatto di mano e posandolo accanto al suo. Senza, mi sento esposta.

«Ok, ora dovresti rilassarti», mi dice premuroso avvicinandosi. Come se fosse facile.

«Sarò rilassata solo quando uscirò da questo appartamento», gli svelo in un inatteso impeto di sincerità.

«Appoggiati allo schienale», mi dice tirandomi indietro con sé e cingendomi le spalle con il braccio.

«Cosa vuoi dimostrare?», domando seriamente preoccupata. Questa sera Ian mi sembra fuori di testa, non lo riconosco affatto e non riesco a prevedere le sue intenzioni.

Con una mano mi sfiora la guancia. Ecco, mi sento persa.

«Lo senti?», mi chiede.

Certo che lo sento, probabilmente lo sentirei anche se fossi morta.

«Cosa dovrei sentire?», domando facendo finta di niente e cercando di sottrarmi a quel contatto.

«Le tue palpitazioni», mi risponde come se fosse la cosa più normale al mondo. Il mio cuore deve andare a mille all'ora e lo sentiamo entrambi.

«Sono una che ha il battito cardiaco accelerato. E allora?», chiedo spavalda.

«Avresti dovuto pensare a fare il clown e non l'avvocato», mi espone il suo personalissimo punto di vista ridendo e fissandomi. «Hai finito con le stupidaggini?».

La mia faccia deve essere una risposta sufficiente perché l'attimo dopo mi sta baciando di nuovo e se possibile ci sta mettendo ancora più foga di prima. È chiaro che vuole dimostrare che sono completamente in suo potere. E, dannazione, lo sono davvero.

Qualche minuto dopo sono sdraiata sul divano, e lui è sopra di me.

Difficile andarsene quando è un peso simile a schiacciarti, cerco di giustificarmi.

Senza mai smettere di baciarmi Ian inizia a sollevare la mia maglietta. Poi sfiora la pancia. Io emetto un suono incomprensibile quando mi tocca. La sua mano prosegue ora più decisa sfiorandomi dolcemente fino ad arrivare al reggiseno.

«Possiamo togliere questa maglietta?», chiede staccando per un attimo le sue labbra dalle mie.

«Non possiamo. Assolutamente no», rispondo preoccupata, ansimando. Non mi deve spogliare, costi quel che costi. Non posso cedere.

Ian inizia allora a baciarmi sul collo, poi più su, fino all'orecchio. «Dobbiamo, invece», mi dice piano, mentre io inizio di nuovo a perdere il lume della ragione. Qualche minuto dopo, quando cerca di sfilarmi la maglietta, non oppongo più resistenza. Hmm, davvero una notevole forza di volontà, la mia.

Per la cronaca, se avessi tenuto la mia orribile maglietta marrone nulla di tutto questo sarebbe successo. Nessuno sano di mente avrebbe mai osato sfilarmela.

Le mie mani nel frattempo sono alle prese con la camicia di Ian, che sembra gradire molto il tocco del mio palmo sulla sua pelle.

Poi la sua bocca raggiunge la mia pancia e inizia a salire, ma non prima di aver esplorato ogni centimetro di pelle. La vista della sua bocca sulla mia pelle è troppo per me, così chiudo gli occhi nella speranza di scacciare l'immagine. Ma le sue labbra e le sue mani fanno magie, non riesco a pensare ad altro.

«Ti prego basta», lo imploro contorcendomi.

Ian si solleva sul gomito e mi sorride quasi sbarazzino. «Ho appena cominciato».

Ha un'espressione che non gli ho mai visto prima: è sensuale, è giocoso, oserei quasi dire felice.

«Oddio!», esclamo disperata. Ho l'impressione di essermi cacciata davvero in un bel guaio.

«Cosa ne dici se ci spostassimo da qualche altra parte?», mi chiede con quegli occhi così fastidiosamente azzurri.

Chiudo le palpebre per distogliere lo sguardo. «Scordatelo!», tuono decisa. «Non metterò mai piede in camera tua!».

«Sempre la solita esagerata», esclama per nulla preoccupato. Si alza dal divano e come se fossi una piuma mi prende in braccio.

Ora, le ragazze moderne lo sanno bene: gli uomini del XXI secolo non ti prendono più in braccio, non lo fanno mai! Ecco perché trovarmi improvvisamente cullata come una cosa preziosa mi riduce a una polpetta.

«Non vale...», riesco solo a borbottare mentre Ian mi porta in camera.

Mi posa con grazia sul letto sdraiandosi accanto a me. Mi osserva divertito, per nulla colpito dal panico che di sicuro sta leggendo sul mio volto.

«Sarebbe carino che per una volta fossi tu a iniziare a baciarmi», mi dice sorridendo, «almeno per avere una conferma che in fondo il piacere è reciproco». Lo dice sorridendo, ma la frase nasconde una certa insicurezza che non mi sarei mai aspettata da lui.

Mi avvicino molto lentamente, guardando i suoi occhi, osservando ogni punto del suo volto. «Mi fai fare cose folli», gli faccio notare con un tono d'accusa.

Ian abbassa le sue difese mentre mi osserva. «Allora è un bene, qualcuno doveva pure insegnarti a essere un po' folle».

Un bacio in più o in meno non cambierà certo gli equilibri di questa serata già così imbarazzante, penso avvicinandomi sempre più a lui. Quando finalmente mi decido a baciarlo, lo vedo chiudere gli occhi con aria quasi sognante. Osservo le sue ciglia nerissime, finché la pressione della sua bocca non mi costringe a chiudere gli occhi a mia volta.

Mi stringe e mi fa rotolare sul suo petto, mentre con una mano inizia ad accarezzarmi la schiena. Arrivato al reggiseno si ferma indeciso.

«Posso?», chiede mentre continua a baciarmi sul collo.

«Preferirei di no», riesco a rispondergli arrossendo.

«Io invece preferirei di sì...», sospira iniziando a giocare con il gancetto.

«Ti prego, no...», lo blocco, terrorizzata di cedere del tutto.

Ian riprende a guardarmi sorridendo. «Possiamo fare un compromesso: tieni per il momento il reggiseno in cambio di questi jeans così noiosi».

«Come?», chiedo sgranando gli occhi.

Ian mi accarezza una guancia. «Avresti dovuto mettere una gonna», mi dice serio. «Questi jeans così stretti sono un inferno da togliere», si lamenta.

«È davvero un peccato che io non ne possieda di più stretti», replico cercando di non farmi ipnotizzare dal suo sguardo.

«Indossi quasi sempre pantaloni anche in ufficio», osserva. Non pensavo che facesse caso al mio abbigliamento.

«Sono molto più comodi», ribatto seccata. Quale donna sana di mente preferisce la gonna a un paio di comodi pantaloni?

Cogliendomi di sorpresa Ian mi rigira in modo da sovrastarmi. Che visione, ragazze: un uomo bellissimo a torso nudo, con i capelli arruffati e labbra rosse per i troppi baci. Peccato che questa sarà la prima e l'ultima volta che vedrò *quest'uomo* in una posizione simile.

Poi inizia a slacciare il bottone dei miei jeans e improvvisamente quella che un attimo prima era una pessima idea diventa in poco tempo una trovata geniale. Mi lascio togliere i pantaloni e rimango con le mie mutandine bianche.

Ops. Semplici, orribili, normali, bianche. E chiaramente il reggiseno è nero...

Per un istante chiudo gli occhi presa dalla disperazione, perché sono pronta a scommettere tutto il mio bonus di quest'anno che quest'uomo non ha mai visto una donna con mutande e reggiseno di colori diversi.

«Ok, direi che ora è il momento di andare a casa», gli dico cercando di liberarmi dalla presa e tentando invano di alzarmi dal letto.

«Ora?», chiede Ian stupito.

«Veramente me ne sarei dovuta andare parecchio tempo fa», preciso mortificata. «Ora è un po' tardi, ma meglio di niente».

Ne sono certa, verrò ricordata per sempre come quella che ha osato indossare biancheria bicolore, ma che importa, almeno non sarò una delle tante.

Ian mi blocca in maniera decisa. «Ho fatto qualcosa?», chiede preoccupato.

«Tu?», domando stupita. «Tu non c'entri niente, sono io. Davvero, credo di essermi già umiliata abbastanza con questo imbarazzante completo intimo».

Ian mi guarda come se parlassi arabo.

«Ma a mia discolpa posso solo dire che non avrei mai creduto, e dico mai, che potessi vederlo. Giuro, pensavo che il mondo fosse destinato a implodere prima».

Ian non sa bene se ridere o piangere. «È solo questo il problema?», chiede perplesso.

Ah, solo? La fa facile il signorino.

«Allora lo risolviamo velocemente», mi dice toccandomi la schiena e slacciando il reggiseno che, presa alla sprovvista, non faccio in tempo a trattenere.

«Ian!», esclamo quasi oltraggiata cercando di coprirmi senza riuscirci molto.

«Volevo solo aiutarti…», si giustifica, spostando lo sguardo sul mio seno. «Il tuo sembrava davvero un problema serio. Che gentleman sarei se non aiutassi una fanciulla in difficoltà? E ora che abbiamo superato questo scoglio, dove eravamo?», chiede con una voce molto più profonda.

«Me ne stavo andando?», chiedo insicura, perché non trovo davvero la forza per sollevarmi da questo letto.

Ian si alza e inizia a slacciare i suoi jeans, che cadono a terra. Se mi viene un malore adesso, almeno morirò felice, penso nervosa.

«Mi sembra davvero una pessima idea…», provo a dirgli a bassa voce. «Siamo ancora in tempo…».

Ma Ian si risiede sul letto e riprende a baciarmi senza quasi farmi respirare e io mi lascio completamente trasportare da quest'onda che sta annullando qualsiasi mia forza di volontà.

Quando qualche minuto dopo anche il resto della nostra biancheria si volatilizza riesco solo a pensare che quella che sto facendo è sicuramente la stronzata più grande della mia vita.

Ma per una volta, chi se ne frega.

Capitolo 22

Da qualche parte lontano, molto lontano da me, il mio cellulare sta squillando imperioso. Per un attimo valuto anche l'eventualità che si tratti di un sogno, ma non riesco davvero a ricordare di aver mai sentito suonare con così tanta insistenza un telefono in un sogno.

Quando finalmente sollevo le palpebre, provo a mettere a fuoco la stanza dove mi trovo.

Una certa ansia comincia ad assalirmi, mentre osservo nella penombra la camera che non avevo mai visto prima di ieri sera. Potrei anche chiudere un occhio sulla stanza, se non fosse per il corpo sdraiato accanto a me. E questa mattina ho bisogno davvero di nervi saldi per rendermi conto di essere nel letto di Ian.

La scorsa notte è stata quanto di più lontano possa esserci dal sogno. Tutto vero, purtroppo. Be', non proprio purtroppo… insomma, non so nemmeno io cosa pensare.

Ma il cellulare continua a squillare. Un inizio di mattinata non proprio promettente.

La figura accanto a me dorme profondamente. Invidio molto questa sua tranquillità, non so davvero come possa dormire sapendo che io sono sdraiata accanto a lui. O forse è talmente abituato a dormire con gente diversa ogni sera che non si pone neanche il problema. Io, che non sono mai andata a letto con un uomo al primo appuntamento, faccio fatica a ragionare in modo lucido sulle ultime ore della mia vita. In fin dei conti mi trovo nel letto di una persona con cui non sono neanche mai uscita. Altro che primo appuntamento, questo è decisamente peggio.

Certo, è stata la notte più incredibile della mia vita, ma doveva proprio succedere con Ian? Pare che là fuori ci siano tre miliardi di uomini tra cui scegliere.

Cercando di non fare rumore esco in punta di piedi dal letto e inizio a raccogliere i miei vestiti dal pavimento. Sto cercando disperatamente la maglietta quando mi ricordo di averla in realtà persa in sala, ben prima di arrivare in camera da letto. Dio, che vergogna.

Prima di infilarmi tutti i vestiti decido di rispondere al mio maledetto telefono che ha ripreso a squillare.

«Pronto?», bisbiglio cercando di tenere basso il tono della voce. Ian si gira nel letto ma fortunatamente continua a dormire.

«Ma allora sei viva!», mi dice Vera come se le fosse caduto un grosso masso dal cuore.

«Sono viva», le confermo quasi sorridendo.

«Laura e io siamo morte di paura quando abbiamo visto il tuo letto vuoto questa mattina! Non puoi fare così, devi avvisare!», riprende a sgridarmi come mia madre non ha mai fatto in tutta la sua vita.

«Scusa», le sussurro, «ma non era nei miei programmi passare qui la notte». Era l'ultima cosa al mondo che avevo intenzione di fare. Almeno consciamente. Sui miei desideri inconsci preferisco non esprimermi oggi.

«Qui dove?», chiede, anche se sa benissimo dove mi trovo.

«Da Ian. E apprezzo molto il fatto che tu me lo stia facendo dire a voce alta», le rispondo polemica.

«Non c'è di che. Immagino che non abbiate passato la notte a giocare a ramino...», chiede ridacchiando.

«Scarabeo, cara», le rispondo.

Lei scoppia in una risata sonora. «Se pensi che qualcuno ci creda…», mi riprende.

«Sto arrivando comunque», la informo cercando di troncare la penosa telefonata.

«Guarda che ora che sappiamo che sei viva puoi anche rimanere», mi suggerisce Vera.

«Preferisco tornare». Il prima possibile.

«Come vuoi. Ma se torni preparati a raccontare tutto, bella».

Sospiro rassegnata. «Mi volete proprio male?»

«No, ma lo sai, siamo delle pettegole. Ciao!», mi dice Vera salutandomi.

Io faccio altrettanto e riattacco.

Sistemata la questione del telefono minaccioso riprendo a vestirmi: infilo i jeans, recupero la maglietta nascosta tra i cuscini del divano e sono pronta a uscire.

Teoricamente dovrei andare in bagno, ma rischierei di svegliare Ian, con cui non ho alcuna voglia di parlare questa mattina, quindi vedrò di tenermela fino a casa. In fondo cos'è una vescica che scoppia in confronto alla conversazione più imbarazzante della mia intera esistenza? Anche perché lui sarà forse abituato al sesso casuale, ma io ho dormito con cinque uomini in tutto in trentatré anni di vita, Ian compreso, e fatico un po' a considerare tutto questo "normale".

Apro la porta d'ingresso con un lieve rumore e infilando il cappotto esco senza voltarmi sul pianerottolo.

È una cosa da vigliacchi, me ne rendo conto benissimo e me ne vergogno un po', ma ho bisogno di alcune ore di riflessione solitaria, prima di poter affrontare quello che è accaduto questa notte. Anche perché – è chiaro – non potrò che rimuovere chirurgicamente il ricordo.

Mentre sto tornando a casa, in metropolitana, non riesco a non sentirmi sconvolta al pensiero di ieri notte. Ian è stato così diverso da come me lo sarei aspettato e, cosa davvero inquietante, sembrava letteralmente preso da me. Il che è *falso*, lo so bene, ma l'illusione di ieri è impressa sulla mia pelle e difficile da cancellare. Mi sento addosso il suo odore e ogni più piccola parte del mio corpo si ricorda ancora troppo bene di come è stata a lungo accarezzata e baciata. I miei fidanzati non sono mai stati particolarmente memorabili, quindi non stupisce che questa mattina io non sia molto in me.

Quando arrivo a casa vengo accolta da due facce molto impazienti. E c'è da capirle.

«Usciamo a fare colazione?», propone Laura vedendo il mio volto pallido.

L'idea è eccellente, quello ci vuole, quindi poco dopo ci incamminiamo verso una pasticceria vicino casa. Ho disperatamente bisogno di addolcire questa mattinata.

Dopo esserci sedute e aver ordinato, aspetto paziente le domande, che non tardano ad arrivare. Apprezzo il fatto che si siano trattenute durante il tragitto.

«Allora, cosa è successo?», chiede Laura appoggiandosi decisa allo schienale.

Mi agito sulla sedia. «Posso evitare i dettagli?», imploro con occhi da cerbiatta.

«Non attacca con noi. Prova con il tuo uomo», mi dice Vera seria e ancora un po' arrabbiata.

«Io non ho alcun uomo», le faccio presente puntigliosa.

Lei mi lancia un'occhiataccia. «Qualsiasi sia il termine con cui lo chiami…».

«Non lo chiamo in alcun modo! È proprio questo il punto!», rispondo battendo la mano sul tavolo. Speravo davvero che almeno le mie amiche capissero la situazione.

«Ok», interviene Vera, «non scaldiamoci troppo. E cerchiamo di tornare indietro. Jenny, devi capire che abbiamo passato davvero una brutta mattina a causa tua. Non eri nel tuo letto, ci siamo preoccupate sul serio! Eravamo convinte che tu non intendessi passare la notte da Ian e temevamo che qualche pazzoide ti avesse sequestrato sulla via del ritorno».

Devo ammettere che detta così suona ragionevole.

«Mi dispiace», mi scuso sincera, «perché davvero non avevo nessunissima intenzione di rimanere fuori. È stato un incidente non calcolato. Sono stata sopraffatta», cerco di giustificarmi sospirando.

Le mie amiche si ammorbidiscono di fronte alla mia aria smarrita. «Sopraffatta?», chiede Laura con aria perplessa. «Sopraffatta da cosa esattamente? Dal suo aspetto fisico? Cielo ragazza, pensavo che dopo tanti anni lo avessi notato...».

«Non pensare subito a cose sconce!», le dico nervosa e afferro il croissant che si è appena materializzato sul piattino di fronte a me.

«A cosa dovrei pensare?», mi domanda ridacchiando. Odio questa sua risata insinuante.

«Senti cara», si intromette Vera, «vediamo di passare al dunque. Sei andata o no a letto con lui?».

Molto dritta al punto, penso continuando a mangiare.

«Sì», ammetto masticando rumorosamente.

«Ed è stato pazzesco?», chiede ora Laura.

Io rimango un attimo sbigottita. «Come fai a saperlo?», domando sinceramente stupita.

«Hai quell'aria», mi fa presente Vera. «Sai, quella faccia da "ho appena fatto il miglior sesso della mia vita e non so cosa fare adesso"...».

Sospiro. «A quanto pare sono anche trasparente…», mugugno seccata.

«Dài, non ti devi abbattere», cerca di consolarmi Vera. «Ci siamo passate tutte. Certo, tu ci hai messo più tempo…».

Laura annuisce tristemente. A quanto pare ogni donna ha il suo scheletro nell'armadio.

«E ora?», domando con lo sguardo un po' annebbiato.

«Cosa vi siete detti questa mattina?», mi chiede Laura.

Mi schiarisco la voce prima di rispondere, perché so che non apprezzeranno la mia confessione. «Hmm, veramente non abbiamo parlato questa mattina».

Vera mi guarda dubbiosa. «In che senso?», chiede animandosi.

«Ian dormiva ancora quando sono uscita», dico a bassa voce.

«Cosa???», esplode Laura in maniera del tutto inattesa.

«Già, cosa???», le fa eco Vera fissandomi con occhi spalancati.

«Ian dormiva e mi dispiaceva svegliarlo. E io dovevo proprio andare…», cerco di giustificarmi.

«Non te ne dovevi affatto andare!», mi interrompe Laura brusca.

«Credimi, me ne dovevo assolutamente andare», dico con enfasi. Loro due non erano lì questa mattina e non sanno cosa ho provato risvegliandomi.

«Si incazzerà, Jenny», mi avvisa Vera, «e ha anche tutte le ragioni del mondo per farlo!».

Che esagerazione. «Non credo proprio. Probabilmente in questo momento mi sta anche ringraziando per non averlo disturbato…».

Vera e Laura mi guardano per nulla convinte. «Davvero?», chiede la prima.

Naturalmente in quel preciso istante il mio cellulare inizia a squillare. Ho paura di sapere chi mi sta chiamando.

«Forza», mi intima Laura ferrea.

«Sarà mia madre», le dico non accennando ad aprire la borsa.

«Non è tua madre! Forza, rispondi a quel maledetto telefono!».

Con un gesto visibilmente seccato mi metto a cercare il cellulare.

Non è mia madre. Mannaggia, l'unica volta nella storia in cui speravo davvero che fosse lei.

«Pronto?», rispondo con una voce flebile.

«Dove diavolo sei finita?», sbraita dall'altra parte Ian. A quanto pare il suo risveglio non è stato dei più dolci.

«Pronto? Pronto? Non riesco a sentire bene...», dico mentendo. Poi riattacco.

«Cosa diavolo fai?», mi chiede Laura scioccata.

La fulmino con uno sguardo deciso. «Riattacco se non ti dispiace! Anche perché non avrei mai dovuto rispondere».

Il telefono riprende a suonare minaccioso. Senza pensarci troppo lo prendo e lo spengo del tutto. Sono troppo debole per affrontare una cosa simile alle dieci del mattino.

Due secondi dopo anche il mio BlackBerry aziendale prende a squillare imperioso. Quando si dice un tipo deciso. Afferro nervosa anche quello e lo spengo con un gesto abbastanza plateale. «Ecco fatto, ora vediamo se riesce a far squillare qualcos'altro», esclamo infastidita.

«Pensi che sia una buona idea negarsi?», mi domanda preoccupata Vera.

«È una fantastica idea, se non ti dispiace!». C'è da dire che la rabbia dell'ultimo minuto mi ha fatto recuperare almeno un po' di lucidità.

«Quindi il geniale piano è appunto... negarsi?», mi domanda sarcastica.

«Non ho un piano! E per il momento negarsi è una necessità. Ho la testa che sta per scoppiarmi! Cielo, almeno voi dovreste aiutarmi...», mi lamento sprofondando sulla sedia.

«Ok, ok. Non te la prendere. Noi siamo dalla tua parte, ma vorremmo solo sapere perché», chiede Laura più mite.

Sul mio volto deve essere dipinto tutto il mio sconforto. «Perché cosa?», chiedo cercando di rasserenarmi almeno un minimo.

«Be', potresti iniziare con il perché è successo quello che è successo...», mi propone Laura delicatamente. Apprezzo molto che me lo stia suggerendo con un certo tatto.

Alzo gli occhi al cielo cercando di trovare una risposta sensata. «Se solo lo sapessi. È stata una combinazione letale di troppo vino a stomaco vuoto e un corteggiamento che definirei quasi serrato... Ma è una cosa assurda, non trovate? Ian sicuramente non può averlo fatto, voglio dire, corteggiarmi».

«Cosa intendi? Assurdo che tu possa piacergli? A me sembrava molto chiaro da come ti teneva stretta sul divano di casa nostra», mi dice franca Vera.

«Sì, non puoi proprio dire che questa cosa sia arrivata del tutto inattesa. In fondo stiamo parlando di uno che va in giro baciandoti e presentandoti come la sua ragazza...». Vera mi parla come se fossi una molto lenta di comprendonio.

«La sua *finta* ragazza!», preciso, punta sul vivo.

«Finta o non finta, non mi sembra che stesse molto recitando quella sera sul nostro divano!», rimbrotta Vera.

«Possiamo non parlare della scena del divano?», imploro sofferente. Davvero, faccio fatica a ragionare pensando a cose simili.

«Ok, anche perché il problema è quello che è successo ieri sera, no?», chiede Vera. Laura, al suo fianco, annuisce.

«Oddio, ieri sera...», dico disperata, «be', ieri sera ci sono cascata come una scema. Perché Ian è odioso, fastidioso, insopportabile, competitivo e snob, ma quando vuole sa assolutamente come prendermi».

«E allora che problema c'è? Potreste frequentarvi come due persone adulte», prova a suggerirmi Laura con le migliori intenzioni.

La mia risposta è una faccia inorridita. «Sei pazza? Nessuna donna sana di mente potrebbe affrontare un'esperienza simile. Anche perché Ian non esce mai seriamente con nessuna, senza contare che cambia donne come qualche donna cambia scarpe. Credimi, ho troppo rispetto per me stessa, non posso perdere la testa per uno così. Non l'ho mai fatto prima d'ora e non inizierò certo adesso».

Mentre lo dico, in testa ho però l'immagine di Ian che mi guarda come se fossi la cosa più importante al mondo. Cerco di scacciarla scuotendo il capo.

Laura mi guarda non troppo convinta. È palese che secondo lei io la testa l'ho già persa.

«Quindi spiegami bene, in cosa consiste il tuo piano?», domanda Vera.

«Semplice. Oggi mi aiutate a non pensare a quello che è accaduto. Facciamo shopping, ce ne andiamo al cinema, ci rilassiamo al pub. Domani sono dai miei per pranzo e lunedì, quando rientrerò al lavoro, farò in modo di parlargli brevemente e gli dirò che è stato tutto un terribile errore ed è meglio far finta di niente».

«Hai valutato l'ipotesi che potrebbe non essere d'accordo?», chiede Laura.

«Credimi, lo sarà», affermo convinta.

Ci alziamo dal tavolo, decise a raggiungere Oxford Street. Io non sono mai stata una donna che cura i suoi problemi con lo shopping, ma a quanto pare questo fine settimana stanno succedendo un sacco di cose nuove. Cerchiamo di prenderla positivamente. Una carta di credito alleggerita è l'ultimo dei mali.

Capitolo 23

Sono seduta nella cucina di mia madre e sto pelando patate dalle dieci di questa mattina. Non esattamente il mio passatempo preferito. Mia sorella Stacey mi osserva preoccupata, e non cerca nemmeno di nasconderlo.

«Come mai sei arrivata così presto?», chiede sospettosa. «Tu detesti stare a lungo qui».

La sua osservazione è così corretta che faccio davvero fatica a negarla. «Sono un po' stressata in questo periodo, più del solito, e avevo bisogno di fare qualcosa di diverso», ammetto, decidendo di non allontanarmi troppo dalla verità. Meno balle racconto e più possibilità avrò di non essere colta in flagrante.

«E a cosa è dovuto questo ulteriore stress?», chiede mia madre polemica, mentre pulisce le carote.

«Lavoro», dico in maniera generica. Be', Ian è lavoro dopotutto.

«Cara, siamo tutti davvero molto preoccupati per te», inizia mia madre. «Prima lasci naufragare una relazione che speravamo fosse finalmente quella giusta, poi ti metti a lavorare come una matta. Sei davvero molto pallida e poi, guarda anche quelle occhiaie...».

La notte non è stata proprio serena, devo ammettere, e nemmeno il trucco è riuscito a fare miracoli. Ieri sera ho osato riaccendere il cellulare aziendale per controllare i miei messaggi e mi sono trovata sommersa di email da parte di Ian che mi intimava di contattarlo. Ah, intimava… pensa di potermi dare ordini come fa con tutti i suoi domestici.

Non gli ho mai risposto e ho subito rispento il telefono. La gente ha vissuto secoli senza cellulari, io penso di potercela fare benissimo per due giorni. Domani avrà tutto il tempo per dirmi che sono l'ennesima delle dementi cadute ai suoi piedi.

Ma è successo una volta sola e non succederà mai più! Mai, mai più, mi prometto solennemente.

«Mamma, Charles e io eravamo davvero male assortiti», cerco di spiegarle per la millesima volta. «E per quanto riguarda il lavoro faccio gli stessi orari da ormai nove anni, quindi non credo che morirò se anche dovessi continuare così per i prossimi novantanove».

«Ma non vuoi una famiglia? Dei figli?», mi chiede preoccupata Stacey. Oddio, ancora questo vecchio e noioso discorso.

«Non li voglio a tutti i costi. Se dovessi incontrare la persona giusta allora penso di sì, ma non li voglio a tutti i costi, in maniera… astratta», cerco di spiegare, pur sapendo benissimo che le mie sono parole al vento.

«Lo so che gli uomini come il mio Tom sono rari, ma forse potrei presentarti qualcuno dei nostri amici», riflette mia sorella.

«Non credo», azzardo prudentemente. Qualcosa mi dice che tendiamo ad apprezzare generi maschili molto diversi.

«Perché no?», chiede ora mia madre. Ero certa che lo avrebbe detto. «Ti stai vedendo con qualcuno?», domanda sospettosa.

«Certo che no», rispondo sincera. In effetti non sto vedendo proprio nessuno.

«Allora puoi venire a conoscere Eliott, il miglior amico di Tom. Anche lui si è lasciato da poco con la sua ragazza. Posso dargli il tuo numero!», mi propone, felice di aver avuto l'idea. «Certo, Eliott non ama le ragazze con i capelli tinti, ma spero che con te farà un'eccezione. Non ho ancora capito perché ti sei fatta bionda».

Decido di non abboccare alla provocazione. Bionda mi piaccio molto e non me ne frega proprio niente se Eliott ama le donne "naturali". Dopo oltre trent'anni di natura ho deciso di essere artificiale quanto basta per sentirmi attraente.

«Sono davvero contenta che tua sorella ti presenti una brava persona», approva mia madre sorridente. «Cerca di non essere sempre la solita scontrosa quando ti chiamerà».

Oh Dio! Ma come ho potuto pensare che venire qui a pelare patate fosse una buona idea?

La mia disperazione viene interrotta da una nuvola di polvere che vedo sollevarsi lungo la strada, fuori dalla finestra della cucina. A quanto pare una macchina si sta avvicinando a grande velocità a casa nostra.

«Aspettiamo qualcuno?», chiedo stupita a mia madre, che ha notato la macchina e si è affacciata alla finestra.

«Non che io sappia», mi dice dubbiosa. «Ma forse tuo padre ha invitato qualche suo amico a passare».

Ma gli amici di mio padre non sfrecciano sulla strada sterrata che porta fino a casa nostra a cento all'ora. Improvvisamente una brutta sensazione si impadronisce di me. E la vista di una Porsche nera purtroppo la conferma. Non può essere. Il cuore inizia a battere all'impazzata.

Una patata mi scivola di mano, cadendo con un tonfo sordo.

«Una Porsche?», dice ad alta voce mia sorella alzandosi anche e avvicinandosi a mia madre. A quel punto non posso che raggiungerle per osservare la scena, anche se cerco di tenermi a distanza. Temo davvero che la mia espressione mi tradirebbe.

Vedo lo stupore con cui guardano Ian uscire dall'abitacolo della sua auto. Ha indosso un paio di jeans e una polo azzurra, colletto sollevato e maglione annodato alla vita.

Ian solleva gli occhiali da sole per controllare il numero civico della casa, poi chiude la macchina con il telecomando e si dirige deciso verso la porta d'ingresso.

Qualche attimo dopo sentiamo suonare il campanello. Mio cognato deve essersi alzato per andare ad aprire alla porta.

E adesso che cazzo faccio?

La domanda inizia a prendere forma nella mente quando Stacey si volta a guardarmi. «Qualcuno che conosci?», mi chiede a bruciapelo con voce sospettosa.

Un rossore diffuso inizia a salirmi sul volto. «Un collega», le dico, perché non so cos'altro inventarmi.

Poco dopo Tom entra in cucina. «C'è un collega di Jenny», annuncia stupito. «Dice che ha urgenza di parlarti».

«Non poteva usare il cellulare?», chiede mia sorella incrociando le braccia al petto. Ironico, detto da lei che i cellulari li detesta.

«Temo che si sia scaricato», balbetto rossa come un peperone alla griglia.

«Be', poteva provare su quello personale», mi suggerisce.

«Hmm, temo sia scarico anche quello», dico abbassando sensibilmente la voce.

Cosa pensa di essere, la nuova regina delle telecomunicazioni?

Stacey mi fulmina con lo sguardo. Lo sa che c'è del marcio in Danimarca, e sta cercando di capire di cosa si tratta.

«Vado a vedere», dico alzandomi dalla sedia. Non so come fare per non sollevare ulteriore curiosità nei miei familiari.

Quando entro in sala, Ian è seduto sul divano come se la sua presenza a casa dei miei genitori non gli provocasse alcun imbarazzo. Il suo volto è forse un po' teso, ma nel complesso sembra proprio a suo agio. Vedendomi entrare la sua faccia si fa improvvisamente più cupa.

«Non sei riuscita a scappare dalla finestra?», mi chiede ironico incrociando il mio sguardo con aria di sfida.

«Cosa diavolo ci fai a casa dei miei?», chiedo furiosa, avvicinandomi al divano. La scena è abbastanza grottesca, perché un personaggio simile davvero non c'entra niente con il salotto campagnolo dei miei genitori.

Lui mi sorride cinico. «Siccome hai staccato tutti i telefoni e non eri in casa, ho deciso di passare», dice arrabbiato. Come se fosse una cosa normale stanarmi in questa maniera.

«Come hai fatto a sapere dov'ero?»

«Sono passato questa mattina a casa tua e visto che non c'eri ho estorto l'indirizzo dei tuoi».

Vera e Laura me la pagheranno.

«Ok, ora che sei qui e hai attirato l'attenzione di tutta la mia famiglia, cosa intendi fare?».

Ma prima che io possa ottenere una risposta, mia madre decide di fare il suo ingresso nella stanza, seguita da mio padre.

Devo dargliene atto, hanno atteso ben due minuti prima di venire a curiosare. Avrei scommesso che non avrebbero resistito più di trenta secondi.

Appena Ian vede i miei cambia registro. Si alza in piedi e porge la mano a mia madre.

«Ian St John», dice sfoderando il suo solito sorriso.

Mia madre afferra la mano e rimane come incantata, perché è pur sempre una donna, e occhi simili possono mettere KO chiunque. Quella maglietta, dello stesso colore degli occhi, è tutt'altro che casuale. Ci scommetto le mie prossime ferie.

«Piacere. Cassandra Percy», gli dice intimidita.

Tocca poi a mio padre, che gli stringe energicamente la mano.

«Spero non si tratti di qualcosa di grave», chiede mia madre a Ian, che la guarda rassicurante.

«No, davvero, è solo una piccola urgenza», dice mentendo in maniera ineccepibile.

«Allora, risolta questa urgenza, puoi fermarti a pranzo da noi», gli suggerisce come se fosse la cosa più normale del mondo.

Io sbianco di colpo. Ian a tavola con i miei? No, se posso impedirlo.

«Mamma, Ian ha da fare», cerco di scusarlo, dandole una gomitata in segno di avvertimento.

«Veramente no», risponde lui lanciandomi un'occhiataccia.

Cielo, ti prego aiutaci, perché Ian non sa davvero cosa sta facendo. I miei possono anche sembrare innocui, ma sono certa che stanno già iniziando a inquadrare il tipo e non ci metteranno molto a farlo a pezzetti. Senza contare che se capissero di avere davanti un esponente della nobiltà inglese, sarebbe davvero la fine.

Mio padre non ha smesso un attimo di osservare il suo orologio, che costa sicuramente un piccolo capitale, e papà potrà anche non essere abituato a certi oggetti, ma se vede qualcuno firmato dalla testa ai piedi, sa riconoscere il valore di quello che ha indosso.

Senza contare che questo qualcuno si è presentato a casa sua non invitato, sfrecciando su una Porsche nuova di zecca. Due più due è ancora capace di farlo…

«Visto? Non ha da fare», mi dice mia madre soddisfatta. «Accomodati pure Ian. Sarà pronto tra una mezz'oretta».

Come se questa stanza non fosse già abbastanza affollata, ecco comparire anche mia sorella Stacey. «Noi non ci siamo ancora presentati. Sono Stacey, la sorella di Jenny», gli dice stringendogli la mano e sfoderando un sorriso di circostanza. Lui contraccambia il sorriso e si presenta.

«St John?», chiede Stacey, «Come quei famosi St John?». Mannaggia a lei e al suo amore per la storia.

«Non so cosa intendi per famosi, ma se intendi quelli del ducato di Revington, allora sì», conferma quasi fiero. Povero sciocco.

«Il duca di Revington?», chiede mia madre con una voce che sa di orrore.

«Sì, è mio nonno», dice Ian come se fosse una cosa da niente.

«Tuo nonno?», ripete mia madre sbiancando. Questa giornata sta per diventare un autentico dramma, mi dico sconsolata.

Anche Stacey è sbigottita. «E tu cosa saresti?», gli chiede intuendo qualcosa.

«Il conte di Langley», conferma Ian, e la sua voce è meno squillante, date le facce dei miei parenti.

Seguono minuti di imbarazzo. Il mio intervento è disperatamente necessario. «Hmm, ora che hai snocciolato tutto il tuo albero genealogico, cosa ne diresti di fare il giro della fattoria?», propongo cercando una via di fuga e afferrandolo per il braccio.

Ian deve aver intuito che il suo annuncio non ha prodotto gli effetti sperati e decide saggiamente di seguirmi. «Volentieri», risponde imperturbabile.

«Allora andiamo», lo incito sottraendolo ai miei familiari che ci osservano "fuggire". E per fortuna lo fanno senza aggiungere altro. Avranno bisogno di almeno qualche minuto prima di partire con le frecciate.

Una volta che siamo fuori, tiro un sospiro di sollievo. «Questa è davvero l'idea peggiore che tu potessi avere», lo rimprovero mentre mi guarda con aria interrogativa.

«Perché?», domanda un po' in imbarazzo.

«E lo chiedi anche? Ti presenti di domenica, all'ora di pranzo, in casa dei miei genitori! E non solo, ma dici anche

che sei un nobile... Cielo Ian, pensavo davvero fossi più intelligente».

Mi guarda con una faccia vagamente offesa. «Ero un po' arrabbiato», ammette, «e non ho molto riflettuto quando mi sono seduto al volante. Ma è solo colpa tua! Sono ventiquattro ore che sto provando a chiamarti!». So che ha ragione.

Lo riprendo per il braccio e gli faccio girare l'angolo lontano dalla finestra a cui sicuramente tutta la mia famiglia è appiccicata con l'orecchio teso. Toccare il suo braccio mi rende nervosa, quindi mollo la presa non appena sono sicura di essere al riparo da occhi indiscreti.

«Ok, dovremmo essere al sicuro», lo informo mentre lui mi osserva sempre arrabbiato in attesa di una giustificazione plausibile. «Cosa vuoi che ti dica? Va bene, lo ammetto, ho fatto una cavolata ad andarmene così, ieri mattina, ma ero nel panico, come avrai immaginato», gli dico agitata.

Lui pare apprezzare la mia "confessione", perché la sua faccia perde quell'aria corrucciata. «Meno male che lo ammetti».

Cerco di buttarla sul ridere. «Giuro che non era mia intenzione scappare per sempre. Sono una pessima fuggitiva. Domani mattina sarei venuta a parlarti».

«A quanto pare ti ho anticipato, allora». Si appoggia alla staccionata. «Ma puoi parlarmi ora. Voglio dire, sfruttiamo l'occasione».

«Non ho ancora preparato un discorso!», gli faccio notare.

Ian ride. «Grazie al cielo! Non sono proprio un ammiratore dei tuoi discorsi costruiti a tavolino. Meglio se vai a braccio».

«Io sono la regina dei discorsi costruiti a tavolino!», esclamo indignata.

Ian mi guarda come per dire "passa alle cose serie".

«Ok, allora tornando a noi, no, volevo dire... non c'è nessunissimo noi, ecco, tornando al discorso...», sono in evidente difficoltà, «...quello che è successo è stato chiaramente un errore e sarebbe saggio dimenticarsene del tutto e non parlarne mai più».

Ian osserva il mio imbarazzo. «Sì, mi aspettavo qualcosa di simile», mi dice, come se fossi la donna più prevedibile al mondo. «Ti conosco abbastanza bene da sapere cosa ti frulla in testa».

Vorrei poter dire lo stesso, ma non ho la più pallida idea di cosa invece pensi lui.

«Ottimo, sono felice che tu sia d'accordo», gli rispondo cercando di interpretare il suo "dico-non-dico".

«Ho forse detto che sono d'accordo?», mi chiede guardandomi in tralice.

«Non hai detto niente, quindi presumevo...».

Ian mi blocca. «Hai sempre il brutto vizio di presumere le cose».

«Non lo farei se tu mi rivelassi il tuo punto di vista», ribatto un po' irritata.

«Come se fosse importante...», mi dice polemico.

Mi afferro la testa tra le mani in segno di disperazione. «Signore, dammi la forza...», dico sospirando. Dopo aver contato faticosamente fino a dieci, senza averlo picchiato, mi ricompongo. «Ok, allora, visto che mi interessa, puoi mettermi a parte del tuo regale pensiero?»

«Be'...», inizia bloccandosi subito. «Allora...», riprova indeciso, «...in tutta sincerità non lo so quello che penso».

Giuro, mi aspettavo tutto ma non questo. «Come non lo sai?», chiedo stupita.

Lui quasi mi sorride. «Strano, vero? Ma la verità è che quando mi sono risvegliato ieri mattina ero davvero sorridente. Certo, prima di accorgermi che te l'eri filata», aggiunge un po' seccato. Poi mi guarda serio. «Per te è stata una bella serata?», chiede.

Gli posso concedere una risposta sincera almeno su questo punto. «Sì, è stata una bella serata. Ma trattandosi di noi, non riesco a pensare alle cose positive. Penso solo a tutte le ripercussioni. Ian, io non sono davvero una donna che si lancia in relazioni da una notte. Non fa parte del mio carattere e mi fa stare male. Senza contare che alla mia età dovrei aspirare a cose decisamente diverse», cerco di spiegargli.

«Anche le storie serie iniziano così», mi dice convinto.

«Sì, ma il nostro caso è diverso. È stato, ma non succederà mai più», ribatto ferma. Sta forse cercando di confondermi?

«Puoi escluderlo?», mi domanda.

«Cosa vuoi dire?», chiedo.

«Posso darti una dimostrazione». E senza attendere risposta mi attira a sé e inizia a baciarmi. Sono talmente stupita che non riesco a liberarmi dalla presa. Al solo contatto avverto una scossa di adrenalina e non posso fare altro che rispondere al bacio.

Qualche minuto dopo Ian si allontana. «Visto?», dice lievemente rosso in volto. «C'è attrazione».

A questo c'ero arrivata anch'io risvegliandomi sabato mattina.

«Cosa c'entra. Tu ti senti attratto da chiunque», gli faccio notare.

«Veramente sono pochissime le persone che mi attraggono», specifica risentito.

Mi ha forse preso per una cretina? «Certo, solo che vai a letto anche con gente che non ti piace…».

Ian mi guarda cupo. «Non che siano affari tuoi, ma è vero, esco spesso a cena, quasi sempre con una ragazza diversa. Poi però me ne torno a casa. Da solo». Il volto è chiaramente teso.

Certo, come no. E io credo ancora a Babbo Natale.

«Appunto, non sono davvero affari miei. Per me puoi fare tutto quello che ti pare», gli dico.

«Non mi sembra», ribatte. «Mi pare invece che ti stia molto a cuore l'argomento».

Per qualche istante ci guardiamo quasi ringhiando. Poi Ian allunga un braccio e mi stringe di nuovo a sé.

«Vuoi smetterla?», domando oltraggiata, intuendo la sua intenzione di baciarmi di nuovo.

«È estremamente divertente vedere la tua faccia quando ti abbraccio. Sei un misto di offesa ed eccitazione. Non ho mai visto nessuno reagire così a un bacio».

Ride il bastardo. Sono felice che almeno uno dei due trovi dei motivi di ilarità.

«Vuoi rilassarti per un attimo?», domanda con un tono quasi dolce.

«No», ribatto secca, ma faccio l'errore di guardarlo in quegli occhi azzurri in cui ti sembra di annegare. «Non fare quello che stai facendo…», lo avviso.

Lui finge estrema innocenza. «Cosa sto facendo?»

«Lo sai bene! Lasciami andare, dannazione!».

La sua stretta è particolarmente decisa. «In cambio di un bacio…», azzarda.

Non posso crederci. «Ma tu, chi diavolo sei? No, perché lo Ian che conosco io è leggermente diverso».

«Il fratello gemello buono che hai davanti soffre di mancanza d'affetto», dice ridendo.

«Vuoi davvero un bacio? E poi mi lasci in pace?», chiedo esasperata.

«Se dato bene, prometto di liberarti», dice solenne.

Facendomi forza sollevo il viso in direzione del suo. Lui chiude gli occhi, mi stringe a sé e mi bacia. Non si può dire che sia uno che perde tempo.

Ma nemmeno mia sorella! Che irrompe sulla scena qualche minuto dopo e rimane scioccata a osservarci, finché non ci stacchiamo.

«Oh-santo-cielo», dice scandendo le parole e guardandomi come se fossi una marziana.

Sto per dire qualcosa, ma questi non sono assolutamente affari suoi!

«Ci stavi cercando?», le chiedo perfettamente a mio agio, almeno nel tono di voce. Il mio aspetto è di sicuro molto meno convincente.

«Sì, il pranzo è pronto», ci informa continuando a guardarci con occhi sgomenti. Avrà pur visto due persone baciarsi prima d'ora, no?

«Grazie. Andiamo Ian?», gli chiedo, come se niente fosse.

Quando sorpasso mia sorella lei è ancora immobile. Spero riesca a riprendersi prima di pranzo.

Capitolo 24

Questo sarà senza ombra di dubbio il pranzo peggiore della mia vita. Il cibo è orribile, e la compagnia non è proprio rilassante. Chi sto prendendo in giro, qui ci sono le persone meno rilassate del mondo!

Mia sorella non fa altro che lanciarmi occhiatacce e mia madre si rifiuta di guardarmi in faccia. Ho il sospetto che si stia astenendo con tutte le sue forze dal pronunciare qualche commento cattivo, perché dover servire un esponente della nobiltà è qualcosa che la fa di certo impazzire. Apprezzo davvero lo sforzo.

«Allora Ian», inizia mia sorella, «di cosa ti occupi?».

La domanda potrebbe sembrare innocente, ma visto che ha assistito a una scena alquanto imbarazzante, non ho dubbi che sia intenzionata ad arrivare ad altro.

«Io sono l'esperto finanziario della divisione», spiega paziente, perfettamente conscio che gli equilibri sono davvero precari.

«E ti piace il tuo lavoro?», chiede ancora Stacey.

«Sì, molto», conferma Ian. Stacey non sembra felice di sentirselo dire.

«Quindi in realtà ti occupi di cose diverse da mia sorella…».

«Sì, lei è un avvocato. Siamo complementari», dice Ian. Forse questa poteva evitarla.

Stacey gli lancia un'occhiataccia. «A parte lavorare per la stessa banca direi che tu e mia sorella siete molto diversi. Troppo diversi», sentenzia.

E il premio per la delicatezza va a Stacey Percy!

Decido di intromettermi. «Ian è un collega, chiaro?», le dico con tono duro.

Le sfugge una risatina di derisione che chiaramente non passa inosservata a mia madre. Ottimo, proprio quello che ci voleva.

«Ti è piaciuto il minestrone?», domanda mia madre a Ian, che a fatica sta cercando di mandare giù qualche altro cucchiaio. Sto apprezzando anche il suo sforzo.

«Buonissimo», le conferma con un sorriso talmente brillante che per qualche istante persino mia madre pare cedere al suo fascino.

«E non ti occupi degli affari di famiglia?», chiede Tom. Poteva anche continuare a dormicchiare, per quel che mi riguarda.

«Attualmente no. Mio nonno e mio padre sono più che sufficienti».

«E quindi ti guadagni da vivere…», aggiunge ironico Tom.

«Come chiunque altro», gli conferma sereno Ian.

«Be', non proprio come chiunque altro», precisa mia sorella, «qui nessuno di noi guadagna cifre simili».

Ian la osserva serio. «Tua sorella, per esempio».

«Ian, la mia famiglia cerca di dimenticarselo», gli spiego cercando di divertirlo.

Ma lui non vuole mollare. «Perché? Tu sei molto brava nel tuo lavoro, sono sicuro che la tua famiglia lo sa e lo apprezza».

«Jenny è brava ad aiutare gente ricca a diventare ancora più ricca. Dov'è il valore aggiunto?», si intromette mia madre molto seria.

«Perché, un lavoro ha un valore solo se ci si occupa di gente povera?», chiede ironico Ian.

Qui si preannuncia uno scontro tra titani.

«Sicuramente ha un valore maggiore», sentenzia mia madre, che non si vergogna certo di esporre le proprie idee.

Ian la osserva dubbioso. «Be', questo mi sembra proprio un pensiero discriminatorio», le dice come se niente fosse.

Ops, nessuno osa contraddire mia madre. Mai. Mio padre e tutti noi ce ne guardiamo bene.

Il colpo è abbastanza inaspettato, tanto che per un istante mia madre guarda Ian quasi scioccata, ma non le occorre molto per riprendersi. «Non mi aspetto certo che tu possa capire i problemi che affliggono le classi meno abbienti. D'altronde, sei il nipote del duca di Revington». Lo dice come se fosse un peccato mortale.

Ian non sarà nella lista delle mie persone preferite, ma mi sento in dovere di intervenire. «Mamma, ti ricordo che Ian è un ospite e che sei stata tu a invitarlo. Il minimo che possiamo offrirgli è un pranzo rilassante, magari a base di qualche argomento frivolo, che ne dici?», tento di sdrammatizzare. Visto che cibo e compagnia fanno schifo, vorrei aggiungere, ma saggiamente mi astengo.

Mio padre mi guarda perplesso. «Noi non parliamo mai di argomenti frivoli», si sente in dovere di replicare.

Gli sorrido nella maniera più innocente possibile. «Forse dovremmo iniziare».

«Non ce n'è assolutamente bisogno», interviene Ian, «so difendermi senza problemi e trovo le discussioni stimolanti. Sono cresciuto nello stesso modo», mi dice rassicurandomi.

«So benissimo che ti sai difendere, ma vorrei ricordare a tutti che questo è un pranzo della domenica che dovrebbe rilassarci. Non so voi, ma io non lo sono affatto in questo momento».

Mia madre pare finalmente capire. «Propongo un tema semplice!», esclama fiera di sé stessa. «Cosa ne dite dei nuovi tagli del Parlamento all'istruzione pubblica? Una tale assurdità…».

Esattamente quello che avevo in mente, rifletto triste.

*****

Circa due ore dopo, il pranzo può dirsi concluso. La mia testa sta per scoppiare. Credo che domenica prossima salterò il pranzo familiare. Mai inflazionare troppo queste meravigliose esperienze.

«Certo, sai come difendere le tue idee», gli dice quasi compiacente mio padre mentre Ian si alza insieme a me da tavola. Adesso ci manca solo che entri nelle loro simpatie. Potrebbero coalizzarsi tutti contro di me.

«La ringrazio Mr Percy. Ma anche lei sa il fatto suo», gli risponde Ian.

«Anni di lotte civili», si intromette fiera mia madre.

«Si vede, signora», le dice Ian guardandola con un sorriso quasi sincero.

Solo mia sorella Stacey è rimasta indifferente al suo fascino e continua a guardarlo diffidente. E siccome sono certa che non scamperei a un interrogatorio da parte sua, decido di dileguarmi insieme a Ian e salvarmi.

«Torna pure quando vuoi», dice mio padre a Ian.

Certo, come no, e vi consiglio anche di ammazzare della cacciagione in suo onore.

«Grazie mille dell'invito».

Cerco di troncare questa assurda conversazione. «Papà, smettila, non metterlo in imbarazzo. Ian è sempre occupatissimo. Eventi di beneficenza, partite di golf, modelle da frequentare. Ha una vita dura da mandare avanti».

Il mio tono è così cinico che tutti si voltano a guardarmi stupiti. Ok, potevo evitare almeno l'ultima affermazione: sa tanto di frase detta per gelosia, e io non lo sono assolutamente. Non mi importa un fico secco dove va e con chi ci va. Almeno spero.

«Be', se capiti da queste parti fatti pure vivo», gli dice mio padre.

«Volentieri, grazie». Ian gli stringe la mano e saluta gli altri.

«Vengo anch'io!». E lo raggiungo, preoccupata che possa filarsela prima di darmi l'opportunità di fare altrettanto.

«Devi proprio andare?», chiede Stacey cupa.

«Assolutamente. Le ragazze mi aspettano per andare al museo».

Mia sorella mi guarda sapendo benissimo che è una balla colossale, ma non ha il coraggio di smascherarmi.

«Ciao a tutti!», saluto e afferro il cappotto seguendo Ian.

«Fuga?», mi dice Ian ironico non appena ho chiuso l'uscio di casa.

«Puoi ben dirlo», confermo. Non ho nulla da nascondere ora che ha conosciuto la mia famiglia. Capirà sicuramente perché scappo.

«Buon rientro», gli dico dirigendomi alla mia macchina con un cenno di saluto.

«Possiamo parlare una volta arrivati a Londra?», mi domanda bloccandomi.

«Perché?», chiedo preoccupata. Non ci siamo già detti troppo?

«Vorrei parlarti», mi dice senza entrare troppo nei dettagli. Come vorrei poterlo evitare, ma ho fatto una stronzata e ora ne devo pagare le conseguenze.

«Ok, ma almeno lasciami riprendere il fiato un po'. Il pranzo di oggi mi è bastato. Devo digerire, e non intendo il cibo».

Ian ridacchia. «Famiglia interessante. Quasi da far concorrenza alla mia».

«Dovremmo farli incontrare», gli propongo scherzando.

«Sarebbe spassoso», ammette.

«Ma bisognerebbe togliere i coltelli dalla tavola», aggiungo.

«Be', anche le forchette possono essere un'arma pericolosa», mi fa notare con un sorriso.

«Allora solo finger food. Me lo immagino proprio tuo nonno!».

La scena che evoco è così buffa che Ian scoppia in una fragorosa risata. «Esattamente quello che gli servirebbe».

Per qualche istante rimaniamo a fissarci senza sapere cosa dire. «Allora ti aspetto dopo cena», gli dico.

«Ok», annuisce risalendo in macchina.

A me non rimane che fare altrettanto.

*****

Mia sorella mi concede appena il tempo di arrivare a Londra, prima di iniziare ad assillarmi con le telefonate. Sono dieci minuti che il mio cellulare squilla senza sosta. Non sapendo bene cosa dirle, decido che per il momento è meglio non rispondere.

«Non hai compassione di un povero ragazzo?», mi dice Vera passando davanti alla mia stanza e pensando che ci sia Ian dall'altra parte.

«Veramente il povero ragazzo si è presentato a casa dei miei genitori… come saprai bene, visto che sei stata tu a dargli l'indirizzo, mia cara. Per la cronaca non è lui che mi sta bombardando di telefonate. E comunque, Ian viene qui dopo cena a parlarmi di non so cosa», le annuncio cercando di sembrare per nulla turbata dalla prospettiva.

«Non usare quel tono! Mica potevo sapere che si sarebbe precipitato dai tuoi…», si difende Vera.

«Però lo speravi quando gli hai dato l'indirizzo...», le faccio notare acida.

«Forse, ma non ci avrei mai scommesso un soldo», mi dice pratica. «Comunque, se non è Ian, di chi diavolo si tratta?», domanda riportando l'attenzione sul telefono impazzito.

«Mia sorella», confermo sospirando.

«Perché? L'hai appena vista».

E spero di non rivederla tanto a breve. «È quello che ha visto lei il problema...».

Vera mi guarda con aria inquisitoria. «Cosa diavolo ha visto?», chiede preoccupata.

«Ha assistito a un bacio...», dico a bassa voce, «...nel cortile dei miei genitori».

Vera spalanca la bocca. «Fammi capire, si è precipitato dai tuoi guidando per un'ora e una volta arrivato lì si è messo a baciarti?»

«Non proprio, e detta così suona male».

«Ma è comunque vero. Deve aver perso la testa per te», sentenzia entrando in camera.

«Non ha affatto perso la testa per me».

«Oh sì, uno che si comporta così è cotto, cara mia», insiste.

«No, è solo la novità: dove la trova una donna che non casca ai suoi piedi con aria adorante?»

«Eccezion fatta per l'aria adorante, che effettivamente non ti si addice affatto, mi preme ricordarti che anche tu sei caduta ai suoi piedi».

Ecco una cosa che non mi piace ricordare.

«Non sono caduta», mi difendo, «al massimo sono inciampata».

Vera ride. «Ah, questa è davvero grossa. Ti piace, su, che male c'è ad ammetterlo?».

La fisso inorridita. «Non mi piace affatto!».

La mia amica mi guarda come se avesse a che fare con una demente. «Davvero? Perché pensavo ti piacesse almeno un po', visto che ci sei andata a letto».

Preferisco non dar troppo peso a certi particolari. «Ammetto che è oggettivamente attraente, e che in fondo, ma molto in fondo, è una persona intelligente...».

«Ah», sbotta Vera, «guarda che le stai sparando proprio grosse!».

Cerco di non farmi interrompere. «...Ma rimane il fatto che non è proprio il mio genere di uomo».

«E dovresti ringraziare il cielo! Il tuo genere di uomo fa schifo, te ne rendi conto?». Vera ci sta andando giù pesante. Questa è una frase crudele, rifletto arrabbiata.

«Comunque, rispondi per favore a quel telefono oppure abbassa la suoneria: la testa sta per esplodermi».

Ha ragione, non ho diritto di rompere le scatole a tutti.

Afferro il telefono e in un momento di coraggio decido di rispondere. «Pronto?», dico sconsolata, sapendo bene quello che mi aspetta.

«Non ci posso credere!», tuona Stacey dall'altra parte. Dovrebbe brevettare questo tono di voce davvero grottesco.

«A cosa?», le rispondo quasi annoiata.

«Che esci con un nobile!», mi dice incredula. «Ma sei fuori di testa a frequentare uno così?»

«Non che siano affari tuoi, ma non lo frequento affatto». Ed è la pura verità.

«Non cercare di intortarmi! Hai mollato Charles per un tipo simile?», chiede, inorridita.

«È Charles che mi ha piantato, non il contrario. Non che io non gliene sia grata... Comunque, se non ci credi, sei libera di chiamarlo». Ora sto iniziando a stancarmi. Ho trentatré anni e mia sorella non deve sentirsi in diritto di farsi gli affari miei.

«Ma dico, uno come Charles!», esclama ancora con enfasi.

«Qual è esattamente lo scopo della telefonata?», le chiedo seccata.

«Be', dirti che stai facendo un errore! La tua famiglia lo detesta, per prima cosa...», inizia lamentosa.

Non è del tutto vero, i miei odiano il mondo che lui rappresenta, ma da quello che ho visto oggi non odiano lui. Se possibile, lo apprezzano anche.

«...e poi è troppo ricco...». Su questo posso anche essere d'accordo, ma non è colpa sua se è nato così.

«...per non parlare del fatto che ti pianterà e ti farà soffrire», conclude Stacey.

«Non posso soffrire, semplicemente perché non lo frequento», le dico tranquilla.

«Però lo baci! E sono sicura che non lo baci soltanto», insinua.

«Questi non sono davvero affari tuoi», preciso. Per quanto mi riguarda questa telefonata è durata già troppo. «Ti saluto», le dico fredda.

«Ok, ma ti prego di fare attenzione. Lo sai com'è fatta questa gente». Il riferimento alla situazione vissuta da Michael è chiaro.

«Lo so, davvero. Non ti devi preoccupare».

Ci salutiamo in fretta, poi mi accascio sul letto.

«Poteva andare peggio!», mi dice Vera dall'altra parte della casa.

«Dici?», ribatto ironica afferrando un cuscino per coprirmi la faccia.

Che fine settimana da dimenticare...

*****

Ian citofona alle nove e mezzo precise. Apro e aspetto paziente davanti alla porta. Non sono proprio felice di vederlo, ma se non altro mi sono preparata mentalmente.

Ho indossato un vecchio paio di jeans e un maglione bianco. Un look piatto, banale, senza pretese.

Apro la porta e sono di nuovo faccia a faccia con lui. Jeans neri, giacca di pelle nera, maglione blu elettrico: quest'uomo ama attirare l'attenzione sui suoi occhi, rifletto accigliata.

«Ciao», mi saluta entrando.

«Ciao», rispondo con poco entusiasmo. Avrei davvero preferito passare una serata tranquilla da sola.

«Tutto bene?», mi domanda con aria interrogativa. Non gli rispondo, ma il mio sguardo dice chiaramente "secondo te?"

Lo faccio accomodare in sala, visto che Vera e Laura si sono date alla fuga quando hanno saputo che stava arrivando.

«Ti sei ripreso dal pranzo memorabile?», gli chiedo con una risata nervosa.

Lui si siede sulla poltrona. «Non mi sconvolgo mica per così poco. Anche se devo ammetterlo, hai davvero una famiglia singolare».

«Puoi dirlo forte», gli confermo e punto verso il divano. «Volevi parlarmi?». Non voglio trascinare oltre il necessario questa visita. Il mio piano prevede di averlo fuori da qui entro dieci minuti al massimo.

«Sì, volevo parlare di venerdì sera», mi conferma facendosi serio.

«Io ti ho già detto quello che penso».

«Sì, mi hai detto delle cose un po' confuse», annuisce.

Confuse in che senso?

«Mi sarò espressa male ma il concetto rimane quello: abbiamo fatto un errore per ragioni che sinceramente preferirei non analizzare. E vorrei tanto dimenticare tutto...».

Ian mi guarda deciso. «Io invece vorrei tanto analizzare quelle ragioni».

Ho imparato a riconoscere quello sguardo: deciso e determinato.

Sospiro rassegnata. «Se proprio vuoi...», concedo molto malvolentieri.

«Siamo attratti l'uno dall'altra. È non è un'attrazione solo fisica», cerca di convincermi, guardandomi come se volesse sfidarmi a contraddirlo. «E da parte mia c'è sempre stata», mi svela.

Ecco sganciata una bomba. E lui ha pure la faccia tosta di sembrare impassibile ora che l'ha dichiarato.

«Ah», mi limito a dire, perché non so davvero cosa si aspetta da me.

«Da parte tua?», chiede inquisitorio.

Rifletto qualche momento. «Non credo», gli dico sincera, «ma non ci ho mai pensato veramente».

«Sì, tu sei brava a ignorare le cose più ovvie», mi rimprovera.

«Ha un senso questa discussione?», gli domando un po' seccata, perché sono imbarazzata dalla sua ammissione e la cosa non mi piace.

«Sarebbe il nostro "momento verità", il primo in sette anni che ti conosco», dice senza cambiare discorso.

«Ian». Il mio tono vorrebbe avvisarlo di non andare in quella direzione.

«Potremmo almeno provare a frequentarci», mi propone invece in tono quasi indifferente, talmente tanto che è palese che sta bluffando.

«Mi sembra una pessima idea», gli rispondo sgranando gli occhi dallo stupore. Sbaglio o in maniera tortuosa Ian mi ha appena detto che vorrebbe uscire con me? «Ian, io e te non abbiamo nulla in comune». Pensavo fosse ovvio, ma evidentemente è necessario ricordarglielo.

«Ti sbagli di grosso. Dopo aver visto la tua famiglia direi che abbiamo molto in comune».

Purtroppo una parte di me sta iniziando a pensarlo davvero.

«Hai bisogno di un altro genere di persona», gli suggerisco cambiando tattica. «Io non sono davvero adatta».

Ian sbuffa seccato. «Puoi lasciarmi libero di decidere da solo cosa è meglio per me?».

Chiudo gli occhi cercando di trattenere la rabbia. «Ok, allora diciamo che non sei la persona adatta a me».

«Perché?», chiede a bruciapelo. «E non venirmi a raccontare certe stronzate sulla differenza di classe, per favore».

Il suo tono è severo. Ma io non ho nessuna intenzione di farmi trascinare dalla rabbia.

«Non è solo questione di classe, che pure c'entra e nemmeno tu puoi ignorarlo. È tutto quello che c'è intorno: le aspettative della tua famiglia, il genere di vita che fai o che farai un giorno, i giornali scandalistici… tutto. Non voglio finire in un vortice simile, voglio un rapporto tranquillo, sereno, e non voglio sempre sentirmi in competizione. E con te sarebbe così, perché tu sei così, competitivo fino allo sfinimento».

Ian mi guarda quasi offeso. «Anche tu sei così», mi accusa. Non senza qualche ragione.

«Lo so! È proprio per questo che te lo sto dicendo!». Mi alzo nervosa dal divano e inizio a camminare per la stanza. «Non è da te farmi discorsi simili», gli dico preoccupata.

Ian mi lancia un'occhiata quasi d'odio. «Tu non sai assolutamente cosa è da me e cosa non lo è. Ti pregherei di non fare ipotesi prive di senso».

«Cosa vuoi da me?», gli chiedo esausta. Temo veramente di cedere.

«Frequentarti», ribatte deciso, come se fosse la cosa più ovvia.

Se ci riflettessi potrei quasi considerare l'idea, ecco perché decido che è molto più saggio cancellare dalla mente anche la sola idea. «La risposta è no. Abbiamo finito?», chiedo cercando di apparire molto più convinta di quanto non mi senta in realtà.

Ian si alza dalla poltrona e mi raggiunge. «No, non abbiamo finito». E mi bacia. Lo fa in maniera del tutto inaspettata, tanto che non riesco neanche a respingerlo.

Io non voglio essere baciata, non lo voglio affatto, ma una volta che le sue labbra si sono impadronite delle mie non ho più la forza di allontanarlo. È come mangiare qualcosa che sai ti farà male allo stomaco, ma a cui non riesci proprio a resistere.

Le labbra di Ian sono talmente decise che riescono a convincere anche le mie. Non mi rimane che abbracciarlo e lasciarmi trasportare da quest'onda. Spero di non annegare.

Parecchi minuti dopo riemergiamo respirando entrambi a fatica.

«Dov'è la tua camera?», s'informa Ian, che ha smesso di farsi guidare dalla ragione. Non conosco questo suo lato, non so come comportarmi con uno Ian simile.

«Non se ne parla!», esclamo cercando di liberarmi dalla stretta.

Ian si incammina nel corridoio trascinandomi con sé. «Allora vuol dire che useremo la prima disponibile».

Siccome è un uomo nato con la camicia, la prima camera in cui entra è chiaramente la mia. Lo capisce anche lui perché nota la mia borsa appoggiata sulla sedia.

«Stanza giusta, a quanto pare», si compiace cercando di riprendermi in braccio.

«Stai lontano da me!», gli intimo minacciosa. «Non ti devi proprio avvicinare!».

Lui ride. «Hai paura di me oppure di te stessa?».

È chiaro che ho paura della mia estrema debolezza nei suoi confronti, ma avrei preferito che la cosa fosse meno evidente.

«Non ho paura di niente», metto i puntini sulle I. «Bene, ora che la nostra discussione è arrivata al termine, te ne potresti andare per favore?».

Con un gesto molto eloquente gli indico la porta, ma lui non ci fa neanche caso. Osserva invece incuriosito la mia stanza, piuttosto disordinata al momento: la poltroncina è coperta da una montagna di vestiti e sul tavolo sono sparsi articoli che ho stampato ma non ancora letto, visto com'è andato il fine settimana. Dopo aver registrato tutto nel dettaglio, si siede come se nulla fosse sulla sponda del mio letto.

«Cosa fai?», chiedo allarmata.

«Mi siedo. Perché non vieni qui anche tu?», domanda lanciandomi un'occhiata molto eloquente.

«Ian, per favore», sussurro cercando di non perdere la pazienza, «se non sai cosa fare questa sera, puoi comporre un numero a caso della tua rubrica. Immagino avrai l'imbarazzo della scelta».

Il verme osa persino ridere divertito. «È questo il problema?», chiede. «Questo esorbitante numero di donne ai miei piedi?»

«Non ho affatto detto esorbitante!», lo rimprovero non facendo altro che aumentare la sua soddisfazione.

«Però è questo il problema», ripete spostandosi sul letto e invitandomi a sedermi.

La discussione è talmente sterile che finisco davvero per accasciarmi accanto a lui sconfitta. «Perché non vuoi capire?», gli dico rassegnata.

Lui mi guarda intensamente. «È proprio perché voglio farti capire fino in fondo che sono qui e che sto insistendo così tanto. E credimi, sono abituato a tutt'altro genere di accoglienza».

Su questo non ho dubbi.

«Il problema è un altro, davvero», gli ripeto, cercando di riprendere il filo del discorso. «I problemi sono mille, ma prima di ogni altra cosa, noi siamo troppo diversi per vederci. E poi questa cosa per te è un capriccio! Siccome in genere cascano tutte ai tuoi piedi, allora sono diventata una sfida! Non osare negarlo!». Il tono della mia voce si è fatto molto più alto, tanto che ora sto quasi gridando. Per fortuna me ne accorgo e cerco di ritornare a una qualche normalità. «Ian, ho bisogno di una persona seria, che non si veda con nessun'altra, che conosca il tipo di famiglia da cui provengo, che condivida le mie lotte animaliste, che mi capisca e non debba fare sacrifici per stare nel mio mondo».

«Vuoi una tua copia, insomma?», domanda incredulo.

«No, voglio una persona che sia caratterialmente l'opposto di me», gli preciso.

«Ok, ma mentre cerchi questo fidanzato perfetto potresti uscire in maniera informale con me», mi chiede come se fosse una cosa semplice.

«Ti sei bevuto il cervello?», gli chiedo.

«Sarebbe perfetto. Niente d'impegnativo, quando vuoi ci vediamo, e nel frattempo tu cerchi questo uomo ideale da sposare».

«Non mi voglio sposare», borbotto sottovoce incrociando le braccia al petto.

«Allora per convivere...», aggiunge senza vacillare.

Deve avere qualche rotella fuori posto, penso rassegnata. «Tu non vuoi solo vedermi, tu vuoi venire a letto con me», lo accuso.

«È un crimine?», chiede alzando le braccia. «Ma voglio anche vederti. Sei un tipo divertente quando vuoi. E sicuramente sei diversa dal genere di donne che frequento». Be', non faccio fatica a crederlo. «E se alla fine della serata non vuoi venire a letto con me, non mi offenderò».

«Io non sono molto brava nel gestire rapporti così informali», gli dico sincera. «Sono una ragazza da fidanzato regolare e cose simili».

«Sì, ma guarda come sono andati questi rapporti...». Su questo ha ragione.

«Forse cambiare prospettiva ti aiuterà a scegliere un uomo migliore la prossima volta», insiste.

«Forse», oso solo dire.

Lui deve interpretarlo come un assenso, perché un secondo dopo mi afferra e mi fa sdraiare sul letto. Sono prigioniera.

«Cosa fai?», domando arrossendo vistosamente.

«Quello che volevo fare già ieri mattina», mi dice, e riprende a baciarmi facendomi sciogliere.

Sarò anche una ragazza determinata, ma non ho assolutamente la forza di volontà che servirebbe per cacciarlo via.

Capitolo 25

Sono passate ormai due settimane da quella famosa sera in cui Ian se ne è andato da casa mia verso le due di notte. Sono state due settimane piuttosto particolari, rifletto seduta nel mio ufficio, un noioso lunedì mattina. È chiaro che ho fatto un errore tremendo, accettando questa specie di relazione informale, perché in realtà non troverò mai un fidanzato, andando avanti così.

In genere non amo pensarci troppo, ma se solo osassi farlo, mi renderei conto che Ian e io stiamo passando troppo tempo insieme. E non va bene, perché lui mi piace davvero, anche se odio ammetterlo.

In ufficio continuiamo a ignorarci, ma una volta fuori non siamo in grado di separarci: aperitivi, cene, dopocena a casa mia o casa sua. Questo fine settimana poi per la prima volta Ian si è rifiutato di andare a dormire a casa. Si è semplicemente girato e messo a dormire nel mio letto, come se niente fosse.

Vera e Laura gli hanno anche amabilmente servito la colazione, ignorando del tutto la mia rabbia.

Speravo di aver fissato dei paletti: non passare la notte insieme e non trascorrere tutto il nostro tempo libero insieme, ma nella realtà dei fatti è accaduto il contrario. Ian sta invadendo il mio spazio, e io non so quali armi usare per fermarlo.

E siccome il piccolo lord si rifiuta di parlare di queste cose e continua a sminuire il rischio che corriamo, non mi rimane che cercare di agire da sola.

Sono talmente assorta nei miei pensieri che non mi accorgo neanche che George è sulla mia porta.

«Tutto bene, capo?», s'interessa richiamando la mia attenzione.

«Insomma», gli rispondo non molto convinta. «Tu invece sei un fiore, vedo». Noto con piacere che è estremamente sorridente e rilassato. Magari potessi esserlo io.

«Ottimo weekend», mi svela facendomi l'occhiolino. «Tamara e io siamo usciti a cena».

«Sono contenta per voi», gli dico sincera. Almeno uno che sa quello che vuole.

«Il tuo fine settimana non è stato altrettanto felice?», mi domanda sedendosi davanti a me.

«Il mio è stato *troppo* felice. Ma non fare caso a quello che dico, sono di cattivo umore». Mi rendo conto di sembrare del tutto irrazionale. Se pensa che io sia pazza, almeno ha il buon gusto di non darlo a vedere.

«Allora non hai litigato con Ian», osa commentare come se niente fosse.

«Cosa c'entra Ian?», gli chiedo allarmata.

«Stai tranquilla», mi dice, «nessuno sa niente».

«Anche perché non c'è niente da sapere», ribatto decisa.

«Se lo dici tu. Ma se volessi parlarne con qualcuno…».

Non finisce la frase. È chiaro che non lascerà cadere l'argomento. Forse è meglio chiarirgli le idee.

«Cosa pensi di sapere?», cerco di estorcergli leggermente in ansia.

«Niente. Ma lo so che state insieme». Lo dice come se non ci fosse niente di male.

«Non stiamo affatto insieme!», esclamo facendolo quasi sobbalzare.

George mi guarda perplesso.

«Ci vediamo ogni tanto», specifico. Così la notizia mi sembra più accettabile.

«Ogni tanto?», dice sorridendo.

«Ok, ci vediamo! Ma non stiamo insieme! Assolutamente no! È un rapporto temporaneo, anzi non è proprio un rapporto».

George mi scruta. «Stai cercando di resistere con tutte le forze, vedo».

«A cosa?», chiedo non sapendo cosa pensare.

«A Ian. Non vuoi innamorarti». Il tono è casuale, la frase molto meno.

«Non devo resistere proprio a nessuno. Stai parlando di una cosa folle», ribatto rossa in volto.

Lui alza le spalle. «Forse», ammette, «ma ho visto cose ben più strane. Personalmente ho sempre creduto che i vostri litigi fossero il risultato di un'attrazione repressa». Lo fisso non sapendo cosa dire.

«Direi che ora l'avete espressa», mi dice cercando di farmi sorridere.

«E ora che l'abbiamo espressa direi che la metteremo in soffitta», gli ribatto cupa.

«Perché? Non ti piace stare con lui?», mi chiede interessato.

Scuoto la testa. «Lo vedi che non hai capito? Mi piace *troppo* stare con lui».

«E che male c'è?», chiede confuso. Gli uomini non riusciranno mai a comprendere il genere femminile, non c'è speranza.

«Una ragazza non può stare bene con uno come Ian, perché Ian ha bisogno di vedere una donna diversa ogni sera».

«Si vede con qualcun altra?», domanda senza battere ciglio.

«Non credo, ma questo…».

M'interrompe quasi con sdegno. «Non dirmi cosa c'entra, per favore».

«Ok, non lo dirò». Sorrido nervosa. «Allora ti dirò che ha bisogno di essere adorato in maniera incondizionata e che quindi io non faccio al caso suo».

«Da quello che vedo, farsi riportare a terra da te gli sta piacendo non poco». La sua espressione è molto allusiva.

«George, ti prego di finirla», gli dico secca.

Lui si mostra molto compiaciuto. «Dài, non te la prendere. Siete stati entrambi così rigidi in questi anni, e ora che vedo qualche segno di cedimento, finalmente inizio a divertirmi», mi confida per nulla in colpa.

«Che segnali di cedimento?», chiedo stupita.

«Sono piccole cose, non ti agitare, ma ci sono. Negli ultimi tempi lui ti osserva in maniera diversa quando v'incrociate nel corridoio. Ti guarda spesso di nascosto, e anche tu guardi lui. E sai come si dice, certi sguardi parlano più di mille parole…».

Il suo tono è in parte ironico, ma in qualche misura quello che mi sta dicendo è tristemente vero. Me ne rendo conto.

«Grazie, George, apprezzo la tua sincerità», ammetto facendogli però capire che ritengo l'argomento chiuso. Il mio tono non ammette repliche.

E infatti lui capisce al volo. «Vado. Se hai bisogno sai dove trovarmi».

*****

Poche ore dopo sto ancora riflettendo sulle parole di George. A riportarmi con i piedi per terra, arriva un'email di Ian, che compare sullo schermo facendomi sobbalzare. Quest'uomo sta invadendo non sono la mia vita, ma anche la mia mente e il mio computer!

"Pranzo insieme?", c'è scritto solo.

Non se ne parla neanche!

"Ho da fare. Sorry", scrivo e clicco su rispondi.

Sono libera, ma non voglio andare a pranzo con lui, perché quello che George mi ha detto è vero: ci sto cascando con entrambi i piedi, sto perdendo la testa per la persona meno adatta al mondo e mi troverò a prendere la legnata più grossa della mia vita se continuo su questa strada. Direi che ne ho prese già abbastanza da persone decisamente meno affascinanti di lui. Non è il caso di provare anche questa.

Devo fare qualcosa, qualsiasi cosa. Ma cosa?

A forza di spremermi le meningi mi viene un'idea geniale. Afferro il cellulare e chiamo mia sorella Stacey, che risponde dopo qualche squillo con un tono di voce sorpreso.

«Ciao Jenny», mi dice, «a cosa devo l'onore?».

I nostri rapporti sono tesi dalla famosa scena del bacio, anche se da allora non ne abbiamo mai parlato espressamente. Ma le frecciatine le ho colte comunque, per non parlare di quelle occhiate da maestrina ipercritica che tanto ama lanciarmi.

«Pensavo a quella tua proposta di farmi incontrare quell'amico di Tom».

«Chi, Eliott?», chiede dubbiosa. C'è quasi un pizzico di gioia nella sua voce, ma cerca comunque di nasconderlo.

«Sì, perché no?», domando come se fosse la cosa più normale al mondo.

«Chiaramente con Ian non ha funzionato…», borbotta con aria di rimprovero.

«Stacey, tra me e Ian non c'è mai stato niente».

Tace per un attimo come per dire “a chi vuoi darla a bere”, poi ritorna sull’argomento che più le sta a cuore: «Poco importa adesso. Pensiamo a Eliott! Posso dargli il tuo numero e dirgli di chiamarti, se per te va bene».

«Direi che è perfetto», tiro un sospiro di sollievo. Sono davvero convinta di aver preso una saggia decisione.

«Ti saluto così lo chiamo subito. Sorella, questa è finalmente una mossa intelligente!».

Non mi resta che sperarlo con tutto il cuore.

*****

Eliott mi chiama quella sera stessa mentre sto rientrando a casa. Ha una voce cordiale, serena, rassicurante.

Chiacchieriamo qualche minuto di mia sorella e suo marito e poi mi confida che abita poco fuori Londra e che vorrebbe tanto portarmi in un ristorante carino in città. Accetto volentieri e ci mettiamo d’accordo per sabato sera.

Ci salutiamo con la promessa di risentirci per la conferma del posto.

Sono finalmente arrivata a casa quando il mio telefono squilla di nuovo.

«Cosa vuoi Ian?», gli chiedo un tantino brusca, dopo aver visto il suo nome comparire sul display. Cerco di sconfiggere le farfalle che danzano nel mio stomaco: una reazione quasi infantile, da correggere immediatamente.

«Parlarti, visto che oggi non sono riuscito a vederti», mi dice per nulla toccato dal mio tono. Nell’ultimo periodo ha il brutto vizio di non lasciarsi scoraggiare dal mio cattivo umore. Una volta almeno ogni scusa era buona per litigare, ora invece si prende del tempo per *riflettere*.

«Ero un po’ presa». Detesto sentirmi in colpa, ma in questo momento non posso fare altro.

«Se mi avessi aspettato avremmo potuto bere qualcosa insieme», mi dice.

«Avevo mal di testa e non vedevo l'ora di andar via». In un certo senso è vero.

«Avrei una proposta», mi dice con voce entusiasta. «Cosa ne dici di partire questo fine settimana?».

Oh cielo. «E dove vorresti andare?», chiedo preoccupata.

«I miei hanno una casa in campagna, incantevole, e non ci vanno mai. Pensavo di farti vedere il posto», mi propone.

Meglio di no. «Ho già un impegno per questo fine settimana», gli dico. Tanto prima o poi avrei comunque dovuto farlo.

«Che impegno?», chiede intuendo qualcosa di poco piacevole.

«Ho un appuntamento sabato sera».

«Con un uomo?», insiste seccato.

«Sì», rispondo rapida cercando di non farmi intimidire.

«Con chi?», osa chiedere ancora.

«Un amico di Tom e Stacey, mai incontrato prima».

«E perché lo incontri allora?», mi domanda come se il suo ragionamento non facesse una piega.

Come perché? Alzo gli occhi al cielo. Sono tentata di riattaccare e interrompere questa delirante conversazione.

«Perché ti ricordo che sono alla ricerca di un fidanzato adatto a me». Speravo che quel punto gli fosse chiaro.

«Sei seria?», mi chiede come se fossi impazzita.

«Serissima», confermo imperturbabile.

«Esci sabato con un tizio che non hai mai visto prima?», chiede ancora. Ma è sordo?

«Sì», gli confermo non sapendo cos'altro aggiungere.

«E non vieni via con me?». Ok, ora è davvero arrabbiato.

«Esatto», confermo.

«Cosa diavolo stai cercando di fare?», chiede offeso. Probabilmente solo perché non sopporta che gli abbia preferito qualcun altro.

«Ascoltami, Ian», gli dico gridando, «io ti sto ripetendo da settimane che la dobbiamo smettere di vederci, per poter incontrare gente adatta a noi! Be', io sto se non altro cercando di incontrare qualcuno di *adatto*! Chiaro?»

«Chiarissimo!», mi dice sbattendomi il telefono in faccia.

Che brutto carattere, penso mentre crollo sul letto.

Qualcosa mi fa pensare che questa settimana sarà veramente difficile.

Capitolo 26

Sono seduta su uno sgabello del bar del ristorante che Eliott ha scelto per il nostro appuntamento, aspettando di conoscere quest'uomo di cui ho tanto sentito parlare. Non posso dire di nutrire grandissime aspettative, ma vengo da giornate talmente piene di astio che incontrare qualcuno di diverso non può che farmi bene.

Come sospettavo Ian è stato odioso per tutta la settimana: mi ha provocato in ogni modo, ha cercato di litigare persino per la cancelleria. Inutile dire che in ufficio tutti hanno drizzato le antenne, visto che dalla calma delle precedenti settimane siamo passati alla tempesta del secolo. Peggio, molto peggio del solito. E per noi il solito era già esagerato.

Ian è proprio incazzato, e quando lo è uno come lui, i muri tremano sempre.

Persino Tamara si è lamentata con George: non riesce a capire come sia possibile che il suo capo sia andato a casa lunedì sera quasi fischiettando e sia tornato martedì mattina nero, ma così nero in volto che persino lei ha fatto fatica a riconoscerlo.

Tutti s'interrogano sul motivo di questo cattivo umore, ma nessuno trova apparentemente una soluzione.

Poco fa George mi ha mandato un'email scongiurandomi di far pace con Ian, per risparmiare alla sua bella un'altra settimana di lavoro con una furia. Ah, come se fosse una cosa facile. Tra l'altro, non penso assolutamente di aver fatto qualcosa di sbagliato: Ian ha sempre saputo come stavano le cose, quindi ora non può offendersi perché gli sviluppi non gli vanno a genio. Una donna meno realista di me potrebbe anche pensare che la sua reazione sia un chiaro segno che tiene a me, ma io ho i piedi ben piantati per terra e so come stanno le cose: Ian ama sé stesso, tutto il resto è secondario, e la sua rabbia deriva probabilmente dall'orgoglio ferito. In quanto a orgoglio Ian ne ha vendere al mondo intero.

*****

Sto sorseggiando un Martini, quando vedo comparire in lontananza un ragazzotto biondo e paffuto che mi sorride apertamente.

«Ciao Jennifer», mi saluta cordiale stringendomi la mano.

«Ciao Eliott», contraccambio stupita che mi abbia riconosciuto al primo colpo.

«Tua sorella mi ha fatto vedere una tua foto», mi svela notando il mio stupore. «Non potevo sbagliare».

«Ora si spiega tutto», rispondo sorridendo.

«Spero di non aver deluso le aspettative», mi dice facendosi un po' più serio.

Non ha nulla da temere, è esattamente il tipo di persona che speravo di incontrare. «Per nulla», lo rassicuro osservandolo bene. Occhi castani brillanti, capelli corti, sorriso cordiale e abbigliamento informale: sto iniziando ad apprezzare un uomo che non indossa una camicia su misura da cento sterline almeno e iniziali ricamate a mano da ancelle greche vergini.

Qualche minuto dopo ci fanno accomodare al nostro tavolo.

«Di cosa ti occupi?», gli chiedo curiosa.

«Sono uno psicologo infantile. Al momento collaboro con una serie di scuole, nelle quali seguo i casi più difficili», mi spiega paziente.

«È davvero ammirevole», gli dico colpita.

«Sì, non sarà un lavoro molto remunerativo, ma mi dà parecchie soddisfazioni. E tu di cosa ti occupi?», mi chiede interessato. Mia sorella gli avrà di certo già detto tutto, ma apprezzo che lo stia chiedendo direttamente a me. In genere Stacey non si spreca in grandi lodi su quello che faccio.

«Sono un avvocato fiscalista in una grossa banca d'affari e mi occupo di consulenza personale e aziendale».

«Wow, suona come una cosa molto importante», mi dice impressionato facendomi fare una risata.

«Non mi lamento», gli dico onestamente. «Ma è una cosa molto meno importante di quello che pensi».

Ci raccontiamo ancora un po' del nostro lavoro, poi passiamo al menu.

«Visto che sei di Londra e conosci bene questo posto, cosa mi consigli di prendere?», chiede. «Dimenticavo di dirti, tieni presente che sono vegano».

«Davvero? Io sono vegetariana!», gli dico con un certo entusiasmo.

«Abbiamo molte cose in comune secondo tua sorella», mi informa facendomi l'occhiolino.

«Cara Stacey... ti avrà sicuramente raccontato un sacco di balle su di me per convincerti a portarmi fuori. Temo che dovrai rivedere di molto le tue aspettative dopo avermi conosciuto sul serio».

Mi guarda con occhi molto interessati. «Per il momento trovo al massimo che mi abbiano tessuto troppe poche lodi».

Lo pensa davvero e gliene sono grata.

«Credimi, sono una donna *estremamente* piena di difetti», gli dico sincera.

Il cameriere arriva poco dopo a prendere le nostre ordinazioni: pesce alla griglia per me e un pasticcio di verdure per Eliott, che insiste anche perché sia io a scegliere il vino.

«Ottima scelta», si complimenta qualche minuto dopo sorseggiando il suo bicchiere.

«Me ne intendo poco anch'io, ma un Pinot grigio è sempre una garanzia», gli svelo.

Lui mi sorride. «Vedrò di tenerlo a mente per la prossima volta».

La prima impressione deve essere stata positiva se parla già di una prossima volta, penso soddisfatta.

Seguono altri quindici minuti di piacevole conversazione sulla psicologia e sulle sue ricerche: è un uomo interessante, questo devo ammetterlo.

«A proposito», mi dice Eliott mentre stiamo mangiando, «anche se non fossi uno psicologo, potrei dire che qualcuno ti fissa in maniera quasi ossessiva».

Lo guardo preoccupata. «Davvero? Dove?»

«Dietro di te, c'è un uomo che non ti ha tolto gli occhi di dosso da quando è arrivato una decina di minuti fa», mi svela Eliott continuando a osservarlo.

«Sicuro che stia guardando me?», chiedo perplessa.

«Abbastanza», mi dice sinceramente.

«Me lo descriveresti?», domando cercando di non allarmarmi troppo.

«Un tizio moro, occhi chiari, sembra alto e sicuramente con un sacco di soldi», mi dice Eliott.

Purtroppo temo di sapere di chi si tratta.

Come diavolo ha fatto Ian a scoprire che sarei venuta qui questa sera?

«Con chi è seduto?», chiedo ancora a Eliott.

«Una ragazza sui vent'anni, biondissima. Ha tutta l'aria di essere una modella o qualcosa di simile».

«Sono sempre tutte altissime e biondissime», mi lascio sfuggire con tono acido.

«Lo conosci?», chiede Eliott curioso.

Prima di dire qualsiasi cosa, meglio controllare di persona. Mi volto e mi trovo a fissare la faccia cupa di Ian. Certo, per essere qui con la ragazza più appariscente che sia riuscito a trovare sulla sua rubrica, ha un'espressione piuttosto seccata.

Perché, devo proprio ammetterlo, la ragazza in questione è davvero di una bellezza che non passa inosservata, tanto che tutto il ristorante la sta fissando. O meglio, tutti tranne Ian, che non distoglie lo sguardo da me, per nulla intimorito dal fatto di essere stato scoperto. Sembra anzi che non aspettasse altro.

Mi rigiro verso Eliott. «Temo di conoscerlo», ammetto malvolentieri.

Lui cerca di rassicurarmi. «Lo avevo capito», mi dice sorridendo.

«È solo un collega», preciso, arrossendo più del dovuto.

«A costo di sembrarti indiscreto, il suo linguaggio del corpo mi dice qualcos'altro. Un ex fidanzato che non ha ancora gettato la spugna?», chiede.

«Ex fidanzato!», esclamo un po' brusca. «Assolutamente no! Dico, hai visto il tipo? E quella specie di Barbie che si è portato appresso?».

Eliott mi guarda quasi compassionevole. «Se può farti sentire meglio, è chiaro che non gliene frega niente».

«Ah, questa poi...», rispondo prendendomela con lui mentre dovrei invece indirizzare la mia rabbia verso Ian.

«Attenzione, uomo in avvicinamento…», mi avvisa.

Non può essere, questo è chiaramente un incubo da cui mi sveglierò, da cui devo svegliarmi!

Una figura minacciosa si è accostata nel frattempo al nostro tavolo. «Buonasera», tuona Ian, per cui la sera a quanto pare non ha nulla di buono.

Lo osservo furibonda. «Cosa diavolo ci fai qui?», chiedo senza nascondergli il mio malcontento.

«Sto cenando. È ancora permesso, o sbaglio?», mi dice guardandomi seccato. Vuoi vedere che adesso quello arrabbiato è lui?

«Londra è piena di ristoranti. Cosa ci fai proprio qui?», gli domando ancora, non nascondendo per nulla quello che penso.

Lui scrolla le spalle. «Pura casualità».

Certo, e io ci dovrei anche credere. Mi alzo in piedi con gli occhi di fuoco. «Se pensi che me la beva ti sbagli di grosso».

«Ti sbagli di frequente, non vedo quale sarebbe la novità».

«Non farmi infuriare più di quanto non lo sia già: chi diavolo hai corrotto per avere accesso alla mia agenda?», pretendo di sapere.

Lui si limita a un ghigno.

«Ho capito: hai sfruttato Tamara per arrivare a George, e di conseguenza ai miei appuntamenti». Devo assolutamente smetterla di segnare tutto sull'agenda in ufficio. In questo modo sto solo facendo il suo gioco.

Gli altri ospiti iniziano a scrutarci con evidente curiosità. Se il suo scopo era quello di attirare l'attenzione, direi che ci è riuscito alla grande.

Anche Eliott si alza, quasi per separarci. «Non ci siamo presentati. Eliott Paulson», gli dice tendendogli la mano con fare amichevole. Ma come diavolo fa?

Il suo atteggiamento deve colpire persino Ian, che si ricompone velocemente. «Ian St John», si presenta stringendogli la mano, con fare molto più calmo.

«Un amico di Jennifer, presumo», gli dice Eliott, presumendo male o bene, a seconda del punto di vista.

«Un collega», lo correggo, prima che Ian possa dire qualcosa di tremendo.

Sia Eliott che Ian mi guardano scettici.

«Volete unirvi a noi?», gli domanda educatamente Eliott, vedendo che Ian non ha alcuna intenzione di andarsene.

Non aspettava altro. «Perché no?», ringrazia a modo suo, osando addirittura sorridere.

Che verme, vuole rovinarmi l'unico appuntamento decente che ho avuto negli ultimi anni! Fa un cenno al cameriere e gli chiede di spostare tutto sul nostro tavolo. In quel tutto è inclusa anche la sua compagnia di questa sera, che diligentemente esegue le istruzioni come un cagnolino ubbidiente. Deve essere alta almeno un metro e ottanta, rifletto infastidita, mentre la vedo avvicinarsi: i capelli sono biondissimi e liscissimi, gli occhi azzurri incorniciati da enormi ciglia finte. Non mi aspettavo nulla di diverso.

Ian ce la presenta. «Questa è Dina», ci dice in fretta, mettendosi a sedere.

La ragazza appare infastidita. «Veramente sono Donna», precisa mentre si siede al nostro tavolo, cercando di sistemarsi la minigonna più corta che io abbia mai visto. L'hanno fatta davvero entrare qui dentro conciata in questo modo? E io che pensavo fosse un locale di classe.

Eliott, da bravo psicologo, sta cercando di mettere tutti a proprio agio. «Donna è un bellissimo nome», le dice con tono gentile, e lei abbocca all'istante sorridendogli felice. Visto? Serve davvero poco.

«Di cosa ti occupi, Donna?», le chiedo facendo lo sforzo di sembrare interessata.

Lei mi guarda perplessa. «Mi occupo di partecipare a cene e party», risponde dubbiosa, non capendo il senso della mia domanda.

«Sei una PR?», chiedo masticando nervosamente un pezzo di pane.

«No, io partecipo e basta», mi spiega come se fossi una marziana. «Mio padre non mi farebbe mai lavorare», aggiunge innocente.

Forse era meglio astenersi dalla precisazione, perché la stiamo tutti fissando sbigottiti.

Anche la faccia di Ian non è felice della risposta, e forse si sta pentendo della scelta fatta.

Forse l'unico che si sta divertendo è Eliott, che probabilmente ci trova molto interessanti sotto il profilo clinico. Siamo tutti da ricovero, gliene devo dare atto.

«Tu invece lavori?», mi chiede Barbie sgranando gli occhioni blu.

«Sì, mio padre è povero quindi devo proprio...», le rispondo sarcastica. È evidente che lei non coglie la battuta.

Eliott ride mentre Ian mi osserva nervoso. «Jenny è un avvocato. Non darle retta, è molto brava con le parole», l'avverte tagliando un filetto al sangue.

«Veramente sono un avvocato fiscalista e sono brava con i numeri», specifico osservando con fastidio il suo piatto. Quando siamo usciti insieme, ha sempre ordinato pesce, per evitarmi spettacoli simili. Se avesse potuto, oggi si sarebbe fatto affettare una bistecca direttamente da una mucca, in mezzo alla sala.

Barbie ci osserva un po' smarrita. Povera piccola, non è abituata a questo genere di conversazione.

«Da quanto tempo vi conoscete?», chiede Eliott a Ian.

«Jenny e io ci conosciamo da sette lunghi anni», risponde enfatizzando le parole in modo da chiarire a tutti i presenti che la nostra conoscenza non è solo superficiale.

«Decisamente lunghi», confermo stizzita, lanciandogli un'occhiataccia.

«In realtà chiedevo di te e Donna...», precisa Eliott nascondendo un sorriso. Quest'uomo è una sorpresa: ha una faccia da giocatore d'azzardo.

«Ah!», esclama Ian colto di sorpresa. «Donna, quando ci siamo conosciuti?». È evidente che non ricorda.

«Ci siamo conosciuti due anni fa a quella serata di beneficenza», gli ricorda lei. «Anche se questo è il nostro primo appuntamento», dice, fiera di essere finalmente riuscita nell'impresa.

«Una serata di primi appuntamenti a quanto pare», commento ad alta voce.

Ian mi guarda come dire "primi e ultimi, cara mia". Certo, è chiaro che dopo un trattamento simile Eliott non uscirà mai più con me. Chi mai si sognerebbe di portare a cena una che viene inseguita da un pallone gonfiato che per giunta riesce anche a prendere parte alla serata?

Siamo seduti in quattro a questo tavolo, ma in realtà siamo in tre. Con tutta la buona volontà non posso considerare Barbie alla pari perché è evidente che nella distribuzione dei cervelli madre natura l'ha saltata del tutto. Sono cattiva e invidiosa del suo aspetto, me ne rendo conto, ma sono anche molto sincera nel mio giudizio.

«Quindi cosa ne pensi di Jenny?», chiede Ian a Eliott.

«Ragazza eccezionale, da ogni punto di vista», gli risponde con tranquillità.

«Hmm, certo...», apre bocca Donna, non nascondendo la sua perplessità. Forse era meglio per lei continuare a tacere.

«Sai, c'è chi trova fondamentale riuscire ad affrontare un discorso complesso in dolce compagnia», le rispondo cattiva.

«Ma a tavola non si parla mai di argomenti complicati! Non sta bene!», esclama convinta.

Vieni a pranzo a casa mia una volta e poi ne parliamo. Oppure vai dalla famiglia di Ian e vedi quali argomenti soft ti servono, rifletto con soddisfazione.

Ian deve aver pensato la stessa identica cosa perché, quando i nostri occhi s'incontrano, lo sguardo d'intesa è evidente, mio malgrado.

La conversazione si trascina malamente per un'altra mezz'ora, anche perché Ian, dopo tanto orchestrare per rovinarmi la serata, non ha più proferito molte parole. Qualche commentino acido qua e là, ma nel complesso silenzio. Barbie, pur impegnandosi, non riesce a parlare di nient'altro che di shopping. Morale della favola, siamo Eliott e io che cerchiamo di animare la serata. Ma è dura.

Eliott si sta comportando in maniera egregia: chiunque altro sarebbe stato furioso e si sarebbe sentito autorizzato ad andarsene, viste le insinuazioni tutt'altro che velate di Ian. Che poi, vere e proprie insinuazioni non sono, se devo proprio essere sincera. Volente o nolente in questo momento io sono ancora legata a lui. Me ne rendo conto perché non riesco a staccare gli occhi dalla sua faccia cupa, dai suoi lineamenti molto più tesi del solito. E sento che mi dispiace, perché non era mia intenzione ferire nessuno. Anzi, sono uscita con Eliott convinta di agire nell'interesse di tutti.

Dopo aver finito il dolce, Ian e Barbie si decidono finalmente ad andarsene. Ian alza la mano e chiede al cameriere di portargli il conto.

«Non puoi pagare tu», mi intrometto subito.

«È il minimo», dice con voce stranamente piatta, come se avesse avuto una crisi di coscienza improvvisa.

Non ho intenzione di permetterglielo, può pure tenersi i suoi rimorsi.

«Scusami Ian, ma come avrai capito questo è il mio primo appuntamento con Jenny e farei una pessima figura se ti lasciassi pagare», gli fa notare Eliott prima che io inizi a litigare.

Ian abbassa le spalle. «Ok, se vuoi possiamo fare a metà», acconsente malvolentieri.

I due si allontanano qualche minuto per saldare il conto, lasciandomi da sola con Donna. Che bello.

«E quindi ti piace Ian?», le dico non sapendo come intrattenerla.

«Oh sì!», esclama lei rapita. «A chi non piace? Un conte ricchissimo! Capisci? E un giorno sarà anche duca!».

Ancora questa storia. Ma possibile che nessuna di loro si renda conto di quanto valga Ian, senza bisogno di blasoni e forzieri di famiglia? Possibile che nessuna capisca quanto lui detesti essere inseguito solo per queste futili cose?

«Prima di tutto Ian è un ottimo professionista, estremamente competente sul lavoro. E poi è una persona corretta, sincera, determinata. Il fatto che sia un nobile blasonato è in un certo senso uno svantaggio per lui, perché tutti si sentono autorizzati a credere che le cose ottenute siano arrivate per diritto, mentre la verità è che ha lavorato come tutti noi per guadagnarsele». M'infiammo. Ormai sono partita e nulla sembra fermarmi. «Perché io devo essere giudicata una specie di genio all'interno della banca mentre lui è sempre visto come uno a cui le cose sono state servite su un piatto d'argento? Anche se non è affatto vero?».

Barbie osserva colpita il mio volto arrossato. «Wow», si limita a dire, poi fissa un punto dietro di me, un punto che si era bloccato, colpito dalle mie parole.

«Dovrei andare in bagno», ci dice Donna e toglie le tende.

Ian avanza lentamente, osservandomi come se avesse appena assistito a un miracolo.

«Cosa c'è?», gli chiedo seccata e arrabbiata.

«Eliott è fuori a telefonare», m'informa. «Jenny...».

Lo blocco subito. «Ti prego, non dire niente», lo supplico con voce bassa.

Lui mi guarda e mi sorride. «Ok».

Continuiamo a fissarci per qualche istante. «Mi dispiace», si scusa, «per aver rovinato la tua serata».

Sbuffo. «Lo immagino. Sei distrutto dal dolore».

Lui sorride ancora. «Credimi, sono davvero dispiaciuto. Non avrei mai dovuto farlo».

«Questo è evidente», ribatto, cercando di non sembrare colpita dalla cosa.

Si blocca, come per trovare il coraggio per svelarmi qualcosa. «Ma ero geloso», dice piano. «Molto geloso».

La frase è inaspettata, il tono quasi dolce. Alzo gli occhi per scrutare i suoi, che questa sera sono più scuri del solito.

«E se potessi ora ti bacerei», mi dice infine, ma non si avvicina.

Io rimango in silenzio, guardandolo sbigottita, perché, dannazione, vorrei davvero che lo facesse.

«Eliott è una brava persona, non lo nego, ma è arrivato in ritardo. Che tu lo voglia ammettere o no, noi ora stiamo insieme», conclude. «Non pensavo di doverlo specificare come se fossimo dei ragazzini, pensavo fosse ovvio. Ma se hai bisogno che te lo dica, non ho problemi a farlo. Noi due stiamo insieme. Fattene una ragione».

Sbatto gli occhi dubbiosa, incapace di rispondere.

«Ti senti libera?», m'incalza Ian. «Hai davvero la testa per conoscere qualcuno, adesso?», mi incalza.

«No», ammetto sincera, «non molto. Povero Eliott, credo che questo sia l'appuntamento peggiore che abbia mai avuto in vita sua».

«Giuro, ne ho avuti di peggiori», mi dice Eliott comparendo accanto a noi. «È ovvio che avete molto da chiarire, io sono capitato in un brutto momento». Il suo tono è serio.

Ian e io siamo a disagio, incapaci di aggiungere altro.

«Devo riaccompagnare Donna a casa», mi dice infine Ian, come scusandosi.

«Lo so», gli dico. E ne sono felice, perché ho davvero bisogno di stare un po' da sola a riflettere su tutto quello che Ian mi ha detto negli ultimi cinque minuti.

«Forza Jenny, ti accompagno a casa», si offre a sua volta Eliott.

«Davvero?», gli chiedo. «Posso benissimo prendere un taxi».

Eliott mi rassicura sincero. «Non c'è problema». Il suo sorriso è talmente convincente che accetto.

Ci salutiamo in un generale imbarazzo. Per fortuna dubito che ci ricapiterà di incontrarci tutti e quattro insieme.

Poco dopo ci separiamo: Donna e Ian si dirigono verso la sua Porsche, mentre Eliott e io ci incamminiamo in direzione della sua macchina, una solida Golf.

«Grazie ancora, specialmente per non essertela presa», ribadisco, mentre la macchina inizia a viaggiare lungo le strade londinesi.

«È stata una serata molto istruttiva», mi conferma ridendo.

«Mi vergogno terribilmente», gli dico avvilita. «Ti prego, posso almeno rimborsarti la cena?»

«Ma no, è stata comunque una serata piacevole», cerca di convincermi e io lo fisso stupita.

«Sei solo una persona troppo gentile per infierire», gli dico. «Ma lo apprezzo, davvero».

«Bene. Adesso cerca anche di non infierire troppo su quel povero ragazzo».

«Chi? Ian?», esclamo con enfasi. «Povero, quello lì?».

Eliott è quasi serio quando mi dice: «Non intendevo dal punto di vista materiale, è ovvio. Ma è una persona che fa quasi tenerezza».

«Sei serio? A me non fa affatto tenerezza, in questo momento più che altro provo molta rabbia».

«E fai male. Capisco che tu sia seccata, ma pensavo che voi donne apprezzaste questo genere di dimostrazioni…».

«Credimi, amo tutt'altro», rispondo secca.

«In ogni caso, non essere troppo cattiva quando questa sera verrà da te».

«Ma non verrà mai!», esclamo convinta.

Eliott ride sotto i baffi. «Una volta parcheggiata la bionda a casa si precipiterà da te, vedrai. E non ci vuole uno psicologo per capirlo».

«Se lo dici tu…», borbotto per nulla convinta.

Quando arriviamo a casa mia, mi sento ancora in imbarazzo per tutto quello che è successo. «Lo ripeto per la millesima volta ma non posso fare altrimenti: mi dispiace tantissimo!».

«Conoscerti è stato comunque un piacere», mi dice accompagnandomi alla porta. «E se mai dovessi tornare *davvero* single, hai sempre il mio numero!».

«Affare fatto», gli dico ringraziandolo ancora.

Eliott ha ragione. Un quarto d'ora dopo il mio citofono suona minaccioso. Lo so bene chi è.

«È quasi mezzanotte, cosa diavolo vuoi Ian?»

«Parlarti», mi dice determinato.

«Non vuoi parlarmi…», ribatto. Segue qualche secondo di silenzio.

«Ok, non voglio *solo* parlarti», ammette. «Vuoi aprire prima che qualche tuo vicino s'incavoli?».

Sbuffo ma apro, rassegnata.

La verità è che quello che mi ha confessato prima, al ristorante, mi ha ammorbidita, quindi non riesco a trovare la forza per mandarlo via senza almeno guardarlo in faccia.

«Non è esattamente l'ora delle visite», gli faccio presente quando compare davanti a me.

«Lo so, scusa», mi dice senza sembrare in realtà troppo mortificato.

«Hai messo Barbie a letto?», domando noiosa.

Lui ride sonoramente di fronte al mio nomignolo.

«È inutile che ridi, sei tu che l'hai trovata», ci tengo a fargli notare.

«Hai ragione, pessima scelta. Ma non mi ricordavo fosse proprio così piena di sé. Ora capisco perché non l'ho mai richiamata in due anni!».

Cerco di farlo accomodare in sala, ma lui m'ignora e si incammina verso la mia camera. È insopportabile quando fa così, come se questa fosse casa sua.

«Di cosa vuoi parlare a quest'ora?», gli domando incrociando le braccia. So che percepirà ostilità, ma è esattamente quello che voglio.

«Della nostra relazione», risponde tranquillo.

«Noi non abbiamo nessuna relazione», gli faccio notare.

«Non sono d'accordo», ribatte. «Questa è una relazione. Se ho voglia di stare solo ed esclusivamente con te vuol dire che ho una relazione».

Che pallone gonfiato. «No, caro mio, vuol dire che sei abituato a pensare che tutte le donne al mondo accettino di stare con te se *tu* lo vuoi. Ma io non lo voglio, quindi io non sto insieme a te».

Lui si sfrega il mento, dubbioso. «Questo sì che è un problema allora: io sto con te, ma tu non stai con me… come pensi che possiamo risolvere il dilemma?».

Lo guardo davvero annoiata. «L'ultima volta che ho controllato sul dizionario, stare insieme richiedeva per forza una condizione di reciprocità. Ergo, non stiamo insieme».

Stranamente inizio a vedere anche sul suo volto una certa stanchezza: in fondo è tardi e veniamo entrambi da una serata non proprio leggera. Senza contare la settimana che ci siamo appena lasciati alle spalle.

«Siamo entrambi a pezzi, perché non rimandiamo la discussione a domani?», gli suggerisco alzandomi dalla sedia e avvicinandomi al letto, dove è seduto.

Ian si sporge in avanti, mi abbraccia e affonda la testa nella mia pancia. «Ok. Posso restare?», mugugna senza sollevare la testa.

Gli tocco i capelli scompigliati per addolcire quello che sto per dire. «No, non puoi».

«Ti prego…», mi supplica e alza la mia maglietta per baciarmi.

«Questi metodi sono estremamente scorretti!», gli faccio notare cercando, senza troppa convinzione, di liberarmi dalla presa. Ma il suo tocco è talmente dolce e lieve che non trovo le forze.

«Lo so», dice ridendo. «Ma funzionano?».

Sospiro rassegnata. «Può darsi…», ammetto solo.

«Meno male», sospira e inizia a baciarmi salendo pian piano verso l'alto. A un certo punto si alza in piedi e mi sfila la maglietta.

«Ti odio quando fai così». Ha gli occhi che brillano, un misto di divertimento ed eccitazione.

«Io e te siamo un errore», gli ripeto ancora, ma lui non si scompone.

«E allora facciamo questo errore, al resto penseremo dopo», mi dice.

Quando qualche secondo dopo la sua bocca è sulla mia non trovo più nulla da obiettare.

*****

Sono ancora semisdraiata a letto, con il telefono in mano. È vero, sono le undici, ma è pur sempre domenica!

«No, mamma, davvero. Non posso proprio venire oggi», ripeto per l'ennesima volta con voce annoiata.

«No, non è a causa della tua cucina». Donna perspicace.

Accanto a me una testa mora si solleva dal cuscino e ride.

«No mamma, è che sono ancora a letto e sono stanca. Penso che per una volta nella mia vita ci rimarrò fino a mezzogiorno, se non ti dispiace».

Dall'altra parte del telefono mia madre continua a lamentarsi, ma io non cedo.

«Ok, sì, sarà per domenica prossima. Ciao».

Riattacco emettendo un gemito di sofferenza. Nel momento in cui mi rinfilo sotto le coperte, Ian mi stringe a sé. Purtroppo quest'uomo ha un effetto travolgente su di me, specie se è nudo e nel mio letto.

«L'hai scampata per questa volta?», mi chiede baciandomi sul collo.

Tutti i miei sensi si riattivano all'istante. «Così pare…», rispondo sospirando.

Nel momento in cui la sua mano inizia ad accarezzarmi, il suono di un cellulare spezza di nuovo la tranquillità della mattinata.

«E adesso chi diavolo è?», si lamenta Ian sporgendosi per afferrare il telefono dalla tasca dei suoi pantaloni. Le coperte gli scivolano di dosso lasciando molto poco all'immaginazione.

Osserva lo schermo e diventa subito più cupo. «Mia madre», si lamenta. A quanto pare tocca a tutti.

«Pronto?», risponde formale, come se fosse in ufficio.

«Sì, in effetti non è un buon momento», le conferma.

«No, non sono a casa mia», risponde alzando le sopracciglia.

«Sì, te la saluterò», dice ancora. «No, non puoi parlarle...».

Per un po' rimane ad ascoltare. «Mamma, ti prego...».

Dopo qualche altro minuto si rassegna. «Ok, allora verrò a cena questa sera. Promesso».

Quando riattacca non ha un'aria felice.

«Riunione di famiglia?», gli domando innocente.

«Oh sì. Se vuoi sei invitata». È impazzito forse?

«Senza offesa, ma preferisco saltare. La cena di ieri sera mi è bastata. E la tua famiglia è persino peggio della mia».

Lui ride e si avvicina per darmi un bacio caloroso. «Hai ragione, non ha senso sottoporre ben due persone a questa tortura. Basto io».

«Basti e avanzi», gli confermo.

«Cosa ne dici di un brunch?», mi chiede poi.

«Per una volta hai avuto una brillante idea».

Ci vestiamo malvolentieri, e solo perché estremamente affamati. Ian mi convince a prendere la macchina e mi porta in un bel localino sulla riva sud del Tamigi.

«Davvero non male», ammetto sprofondando su un comodo divanetto. Ian si siede accanto a me e mi abbraccia.

«Siamo in pubblico!», lo redarguisco, ma sembra non interessargli affatto. E allora, se è convinto lui di quel che fa, posso rilassarmi anch'io e abbandonarmi al suo abbraccio, mentre attendiamo i nostri drink.

Mi osserva cedere divertito. «Perché ridi?», gli chiedo fingendo di essere seccata.

«Nulla, mi sento solo estremamente positivo», mi confida.

«Riguardo a cosa?», gli chiedo.

«Riguardo alla possibilità di convincerti che hai a tutti gli effetti una relazione con me».

Questa è molto più "relazione" di qualsiasi altra cosa io abbia avuto negli ultimi anni, ma non oso confidarglielo.

«Sogna, caro», gli dico ridendo. «Non cederò mai».

Lui mi sorride. «Lo sai che adoro le sfide».

«Tu adori vincere le sfide, non le sfide in sé. Quindi non sono convinta che questa ti piacerà».

Lui mi guarda come se volesse rivelarmi chissà quali verità, ma non risponde direttamente alla mia constatazione.

Mangiamo chiacchierando e leggendo il giornale, piacevolmente sereni. È una sensazione strana, perché Ian e io non siamo abituati alla tranquillità, quando siamo insieme. La competizione negli anni è stata talmente forte che ora, mentre appoggio la testa sulla sua spalla, non mi sento quasi me stessa.

La cosa più difficile da mandar giù è che questo Ian, che mi abbraccia come se fossi la cosa più preziosa al mondo, non è assolutamente quello che conoscevo io. È una persona nuova.

Una punta di terrore m'invade quando mi rendo conto che, se mi piaceva persino lo Ian litigioso e spigoloso di prima, questo rischia di mettermi del tutto KO. E non è una bella cosa.

Capitolo 27

Sono ormai passati sei mesi da quella che io definisco la nostra non-relazione. Perché, nonostante tutto, ci sono dei paletti. Sono pochi, è vero, ma almeno su questi non ho intenzione di cedere: prima di tutto ognuno di noi pensa alla propria famiglia, quindi in caso di pranzi, cene e altri appuntamenti, ci si presenta da soli. Una cosa era andare dai suoi quando fingevo di andarci a letto, tutt'altra sarebbe farlo ora che a letto ci vado davvero. Sarebbe davvero imbarazzante.

Vietati poi i viaggi insieme: niente weekend e niente vacanze, perché pianificare le vacanze è un'attività da coppia e noi non lo siamo. Questo continuerò a ripeterlo fino allo stordimento. Certo, lui sembra non essere affatto convinto, ma l'importante è che sappia come la penso.

Cerchiamo di lavorare insieme il meno possibile. Dopo Beverly, Colin ha cercato di rifilarci ancora qualche pratica comune ma io mi sono defilata: so di non essere molto in me quando gli sto vicino e preferisco trovarmi nel pieno possesso delle mie facoltà mentali almeno mentre lavoro.

Nei fine settimana non si convive: questo vuol dire che mi rifiuto di passare la notte da lui. La mia intenzione era chiaramente di limitare le notti trascorse insieme, anche se non ho avuto molto successo, visto che lui dorme sempre da me. Dove si sta decisamente più scomodi, senza contare che non si è soli.

Lo so di non essere riuscita in tutti i miei propositi, ma almeno ci ho provato. Ian invece si è lasciato andare, mostrandomi un lato premuroso e quasi dolce di sé da cui mi sento terrorizzata. È iperprotettivo come se fossi una cosa di sua proprietà.

«Pranzo?», mi domanda George affacciandosi alla porta.

«Gli altri due?», gli chiedo alzando gli occhi dal mio computer.

«Sono già sotto che ci aspettano», mi dice impaziente. Ormai capita molto spesso di pranzare con Tamara e Ian. Essendo in quattro diamo meno adito a pettegolezzi. O almeno in teoria.

Da quello che mi dice George è un non-segreto che tra me e Ian ci sia qualcosa di poco definibile ma molto tangibile. Io stessa faccio fatica a negare quando i colleghi cercano di scoprire qualcosa: se divento tutta rossa non appena qualcuno lo nomina, come faccio poi a negare in modo convincente?

Quando usciamo dall'edificio noto subito lo sguardo di Ian. «Ciao», mi dice sorridendo.

«Ciao», lo saluto guardandolo a distanza di sicurezza. Oggi stranamente splende il sole e i suoi occhi sono ancora più chiari.

In effetti sembriamo due ebeti.

«Su ragazzi, non potete fare così», ci riprende George ridacchiando mentre si avvicina a Tamara per baciarla. Noi lo fissiamo stupiti.

«Dovreste provare a farlo anche voi», suggerisce.

«Jenny mi darebbe un pugno se solo ci provassi davanti all'ufficio».

«Certo che lo farei!», confermo. «Loro sono una coppia e possono anche baciarsi, noi non lo siamo».

Ian alza le sopracciglia e mi guarda con aria di sfida. «Davvero?», mi dice avvicinandosi.

«Rimani dove sei!», gli intimo alzando le mani per bloccarlo.

Lui mi afferra ugualmente e prova a baciarmi. «Ian!», lo richiamo all'ordine con un tono che spero suoni perentorio.

Lui ride notando il mio imbarazzo. «Vuoi stare buona?», borbotta avvicinandosi e baciandomi.

Poco dopo si allontana soddisfatto. «Ho passato una vita a essere rincorso dalle donne e alla fine sono capitato con te! Non trovi che ci sia dell'ironia?», mi domanda accennando un sorrisetto.

«La legge del contrappasso», gli comunica il suo parere George, che ci osserva curioso.

«Così pare», gli conferma rassegnato Ian. Mi prende la mano e si incammina verso il ristorante.

Tamara e George ci seguono abbracciati.

*****

Con lo stomaco pieno si riflette molto meglio, penso al rientro dalla pausa pranzo. Ian mi fa l'occhiolino in segno di saluto, quando ritorniamo al nostro piano. Sto per varcare la soglia del mio ufficio quando vengo bloccata da Mary, la segretaria alla reception.

«Jenny, c'è un signore nel tuo ufficio», mi comunica quasi agitata. «Ha preteso di aspettarti dentro e non sono riuscita a dissuaderlo. Non si è neanche presentato. Avrei chiamato la sicurezza, ma ha un'aria... importante e ho pensato che si trattasse di qualche tuo cliente strambo».

La gente ricca è davvero stramba, di questo devo darle atto.

«Non c'è problema», cerco di rassicurarla. A quanto pare questo soggetto ha davvero un brutto carattere.

«Se hai bisogno di qualcosa chiama pure», si raccomanda prima di scomparire.

E adesso, chi sarà mai? Entro decisa nell'ufficio e mi trovo davanti un uomo alto, capelli bianchi, occhi azzurrissimi, che mi fissa, annoiato per avermi dovuto attendere. Il nonno di Ian, lo riconosco all'istante.

«Buongiorno duca», lo saluto cordiale, «è sicuro di non aver sbagliato ufficio?», chiedo avvicinandomi.

«Miss Percy», mi saluta alzandosi dalla sedia e stringendomi la mano. «Sono assolutamente nel posto giusto», dice convinto.

Peccato, speravo davvero avesse sbagliato stanza.

«In questo caso, la prego, si metta pure comodo». Io intanto mi siedo di fronte a lui. «A cosa devo la visita?», domando cercando di mantenere un tono formale.

Lui mi scruta pensieroso. «Ha un'aria felice», sentenzia per nulla contento.

«È un male?», chiedo ironica.

Lui non risponde. «E ha anche l'aria innamorata», aggiunge ancora più cupo, dopo avermi osservato attentamente per qualche istante.

«Ne dubito», ribatto infastidita. Dove diavolo sta andando a parare con queste affermazioni?

«Noto con molto poco piacere che non ha affatto seguito i miei consigli».

Questa conversazione mi sta davvero infastidendo. «Di cosa stiamo parlando esattamente?», chiedo indispettita.

«Di lei e Ian, della vostra relazione», mi risponde come se fosse ovvio.

«Non che siano affari suoi, ma non c'è nessuna relazione».

Il duca mi guarda con aria di sfida. «Non mi prenda in giro Miss Percy. Lei è furba, molto furba, gliene devo dare atto, ma ora sta esagerando». Il tono non ammette repliche. Peccato per lui che io sia il genere di persona che non si fa intimidire, anzi, se possibile, un tentativo simile riesce solo a rendermi ancora meno disponibile ad ascoltare i consigli.

«Esattamente a cosa si riferisce?», chiedo esasperata.

«Ian mi ha chiesto di consegnargli l'anello di fidanzamento di sua nonna. Non ci vuole un genio per capire cosa abbia intenzione di farne», mi comunica gelido.

Cosa? Ho sentito bene? Devo essere sbiancata.

«Le posso assicurare che non vuole sposarmi», gli rispondo invece molto titubante, perché improvvisamente non sono sicura di niente.

«Ne è davvero certa?», mi chiede il duca con disprezzo.

Preferisco rimanere in silenzio.

«Mi dica che non glielo ha dato», bisbiglio poco dopo.

Il mio cuore batte come impazzito all'idea che Ian possa anche solo aver pensato a un gesto simile, ma ricaccio indietro quel pensiero folle e cerco di concentrarmi sulla realtà.

Lui mi osserva quasi stupito. «E come facevo a non darglielo?», si lamenta. «Ha minacciato che sarebbe andato a comprarsene uno ancora più grande in caso contrario! E stiamo parlando di un diamante di cinque carati...».

Oh santo cielo.

«Sono sicura di non essere io la destinataria di un simile dono», ripeto ricomponendomi. Ian non è del tutto fuori di testa.

«La vostra mi risulta essere l'unica relazione seria di mio nipote. Se escludiamo quella della prima elementare», ribatte sarcastico.

«Ma cosa diavolo avete tutti?», esplodo. «Ian e io ci frequentiamo, va bene, ma non stiamo insieme e non parliamo mai di un futuro e qualcosa di serio!», mi difendo.

«Perché lei non glielo permette», mi interrompe il duca.

Come diavolo fa a saperlo?

«Mio nipote pensa, a torto o ragione, non lo so, di essere innamorato, e visto che non è abituato a una cosa simile reagisce in maniera impulsiva. Ma il matrimonio è una cosa davvero troppo grossa, Miss Percy».

Su questo sono perfettamente d'accordo.

«Lei ne è innamorata?», mi domanda infine, quando intuisce che sono a corto di parole.

Ecco la domanda a cui evito anche solo di pensare da sei mesi a questa parte, la domanda che mi fa sudare freddo.

«È importante?», chiedo a mia volta.

Lui mi osserva sconfitto. «Purtroppo ne è innamorata...», constata guardandomi negli occhi. «Sarebbe stato più facile nell'altro caso».

«Uno non sceglie di chi innamorarsi!».

«No, immagino di no...», mi conferma pensieroso.

Rimaniamo qualche istante in silenzio.

«È chiaro però che non può sposarlo», ripete.

Sbuffo seccata. «Lo so benissimo. Davvero, lo so. E rimango dell'idea che non me lo chiederà mai e poi mai. Sarebbe folle!».

Il duca mi guarda serafico. «Avrò anche la mia età, ma quando si è innamorati si *è* folli, questo me lo ricordo persino io».

Deve essere proprio così, perché io mi sento di aver perso la ragione da quando questa storia è iniziata.

«Quindi ho la sua promessa che non gli dirà di sì?», insiste incalzandomi.

«Davvero, non me lo chiederà mai...».

«In ogni caso, ce l'ho?», chiede ancora.

«Se serve a farla sentire meglio, va bene, ce l'ha», rispondo esasperata da tanta insistenza. Che uomo cocciuto! Quasi quanto suo nipote.

Il duca si alza soddisfatto dopo avermi strappato la promessa e mi porge la mano in segno di commiato.

«Benissimo, allora la lascio lavorare».

«Grazie», rispondo dubbiosa. «Buona giornata», lo saluto guardandolo uscire dal mio ufficio.

Capitolo 28

È venerdì sera e Ian mi ha incastrato con una cena a casa sua. Abbiamo cucinato qualcosa insieme prima di stenderci distrutti sul suo bel divano, stanchi dopo una settimana di lavoro senza tregua.

«Rimani qui questa sera», cerca di convincermi massaggiandomi la schiena.

Sono tentatissima, ma devo resistere. «No, conosci le mie regole», gli rispondo con una voce che è molto influenzata dalle sue mani.

«Al diavolo le regole», mi dice baciandomi.

Lo sa che a certe cose non resisto, e quindi cerca sempre di vincere questi scontri facendomi perdere la testa. Purtroppo mi tocca ammettere che in genere la sua tattica funziona.

Sarebbe stato un ottimo stratega in tempo di guerra.

«Giochi sporco», mi lamento quasi senza fiato, molto dopo.

Lui mi guarda per nulla colpevole. «Ognuno gioca con i mezzi che ha a disposizione», mi dice saggio.

«Per favore, non insistere», lo supplico ancora, seria.

Lui alza le mani in segno di resa. «Ok, se non vuoi dormire a casa del tuo ragazzo, vorrà dire che il tuo ragazzo verrà da te», mi dice sereno.

«Ian...», cerco di dissuaderlo con tono lamentoso. Quando vuole sa essere veramente cocciuto.

«Sì?», domanda con perfetta innocenza.

Sbuffo seccata. «Ok, allora vorrà dire che rimarrò qui. Ma sia chiaro, non sei il mio ragazzo», preciso. Ho pochissime armi di difesa contro di lui, e cerco di tenermele strette.

Lui annuisce soddisfatto, riuscendo persino a non gongolare troppo e ignorando del tutto la mia ultima affermazione.

«Possiamo invece parlare di una cosa seria?», gli domando decidendo di toccare un argomento spinoso.

Ian coglie al volo il mio tono. «Certo», mi risponde cercando di non sembrare allarmato.

«Lo so che non ne abbiamo mai parlato, ma tu cosa provi esattamente per me?», gli chiedo coraggiosa.

Ian mi guarda stupito, è evidente che non si aspettasse una domanda simile. «È il momento verità?», chiede cercando di buttarla sul ridere. Tipico del maschio.

«Puoi vederla anche così», gli confermo sorridendo.

«Io ti risponderò sinceramente se poi lo farai anche tu», dice con molta calma, dopo una breve pausa.

«Ok...», acconsento non sapendo bene come uscirne.

Mi prende per mano e inizia a giocarci. «Allora...», inizia nervoso, «da dove possiamo partire?», dice rivolto più a sé stesso che a me.

Io rimango in religioso silenzio in attesa di sapere. Giuro, non so cosa sperare.

«Be', credo di essere innamorato di te», mi confessa dopo qualche istante di attesa. «Direi che si vede...», aggiunge ridendo nervosamente. «Avevi bisogno di sentirmelo dire? No, perché sai, io non sono esattamente uno che parla dei propri sentimenti, però...».

Lo blocco. «No, va bene così», gli dico con il cuore che batte a mille. «Davvero».

L'imbarazzo di entrambi è palese.

«E tu?», mi chiede guardandomi con la coda dell'occhio.

Ecco *la* domanda da un milione di dollari.

«Visto che tutti non fanno altro che dirmelo, immagino di esserlo anch'io», gli confesso. In fondo suo nonno ne è convinto,

Laura e Vera ne sono straconvinte e persino la mia famiglia lo sospetta. È evidente che deve essere così. Io ho perso la testa per quest'uomo bizzarro, anche se cerco di non pensarci troppo ed evito di ammetterlo.

«Stavo pensando», mi dice poi, «visto che ci siamo innamorati nonostante tante perplessità, cosa ne dici di andare a vivere insieme tra un po'?».

Ho sentito bene? Lo fulmino all'istante con lo sguardo. «Come?», dico incredula. «Sono convinta che non mi stai chiedendo di andare a convivere, sapendo bene che in realtà non ti considero davvero neanche il mio ragazzo».

«Sì che mi consideri il tuo ragazzo, ma non ti piace cedere quando ti fissi su qualcosa. Potremmo fare un salto: direttamente da colleghi a conviventi. In quel modo non avresti troppi problemi nel definirmi», mi propone in tono semiserio.

«Non dire sciocchezze», lo rimprovero.

Ian cambia del tutto espressione e mi osserva glaciale. «Francamente queste tue fissazioni iniziano a darmi un po' sui nervi. Ho aspettato sei mesi che tu fossi in grado di accettare questo cambiamento nella nostra relazione. Mi sono un po' stufato», m'informa accigliato.

«Appunto! E andresti mai a vivere con una come me?», gli dico nell'intento di portare acqua al mio mulino. «Ho un carattere terribile», aggiungo cercando di farlo ragionare.

Ma sembra che Ian abbia smesso di farlo da sei mesi a questa parte, se devo essere onesta.

Lui sbuffa. «Come se non lo sapessi», mi dice offeso. «Ma nonostante questo e conoscendoti bene, vorrei *comunque* vivere insieme a te. E sottolineo il comunque».

«Ian, sarebbe un inferno», gli dico piano. Lo penso davvero. Una convivenza richiede un gioco di equilibri notevole, invece noi siamo due elefanti in una cristalleria.

«No, non lo sarebbe», ribatte testardo.

«E in che modo potremmo smussare le nostre differenze?», chiedo spaventata.

«Quali differenze? Io non vedo grandi differenze», mi dice incrociando le braccia.

«Siamo due persone litigiose, una nostra eventuale convivenza sarebbe molto agitata, a dir poco», gli confesso sincera. «Senza contare che siamo abituati a muoverci in ambienti sociali diversi, abbiamo interessi differenti, hobby inconciliabili…».

«Ma quali hobby! Siamo sempre chiusi in ufficio e non abbiamo tempo per niente», sbotta.

«Veramente…», inizio ma vengo subito interrotta. Ian si avvicina e mi appoggia le mani sulle ginocchia.

«Puoi fermarti un attimo?», chiede dolce.

Annuisco perdendomi nel suo sguardo azzurro intenso. Potrebbe fare l'incantatore.

«Capisco che la convivenza faccia paura. Ma non siamo due bambini. E tu continuerai a essere sfuggente e diffidente nei miei confronti se non trovo il modo di convincerti a venire a vivere con me. Ti avviso che non ho intenzione di mollare, sarò noioso, insistente e non ti darò tregua», mi dice sorridendo. L'aria è sincera ma determinata.

Io emetto un suono strozzato. Come diavolo posso uscire da una situazione simile?

«Sei la persona più assurda e testarda che io conosca».

«Lo so», mi risponde quasi felice. Chiaro, per Ian sono solo complimenti.

Ma quando poco dopo riprende a baciarmi e mi trascina verso la camera da letto, devo ammettere che molta della mia frustrazione è stranamente sbollita.

Di questo passo, sono destinata alla rovina.

Capitolo 29

Michael è di nuovo in Inghilterra, è tornato per le sue solite settimane di vacanza lontano dalle zone disastrate del mondo. Mio fratello è un eroe, il suo sì che è un vero lavoro, rifletto mentre scorro sullo schermo un file infinito.

Oggi lo vedrò per pranzo, e sarà imbarazzante, considerando come ci siamo salutati mesi fa. O meglio, visto quello che è successo da allora.

Non c'è alcuna speranza che possa anche solo vagamente accettare senza discussioni quello che dovrò rivelargli.

Detesto le confessioni.

Ian si è persino offerto di accompagnarmi. Sia chiaro, non che non apprezzi il gesto, ma mio fratello sa essere difficile quando vuole. Temo sia un gene che si trasmette da molte generazioni nella nostra famiglia.

L'appuntamento è in un vecchio pub in centro, che lui adora.

«Allora, tutto bene?», mi accoglie con un bacio.

«Benissimo», rispondo sorridendo. Lo trovo bene, sereno e contento.

Ci fanno accomodare velocemente e prendono le nostre ordinazioni.

«Raccontami un po', cosa hai combinato in questi sei mesi?», mi domanda subito.

«Le solite cose. Lavorato, soprattutto», gli rispondo in maniera neutra.

Michael non abbocca. «Guarda che Stacey mi ha telefonato, quindi non fare la vaga con me. Esci davvero con quel tipo?».

Temo che dovrò essere sincera. «Più o meno», ammetto non fornendo ulteriori dettagli.

Michael beve un lungo sorso della birra che gli hanno appena portato, poi inizia con l'attesa serie di rimproveri. «Jenny! Con tutto quello che mi è successo, come diavolo hai fatto a trovarti invischiata in una situazione simile?», chiede quasi allibito.

«Non tutte le persone sono uguali, mio caro! Lo so, voi tutti in teoria volete il mio bene, ma in realtà non ascoltate mai i miei desideri! Chi vi dà il diritto di sentenziare sulla mia vita? Io non mi sono intromessa nelle vostre scelte e gradirei molto che voi faceste altrettanto con le mie!».

Michael mi guarda stupito. «Non volevo attaccarti», si difende.

Alzo un sopracciglio con aria diffidente. «Sì, ma è quello che fate tutti. Sinceramente ne ho abbastanza, è la *mia* vita».

«Lo so, credimi, lo so davvero», mi dice sorridendomi e cercando di addolcirmi.

Per un attimo ci guardiamo in silenzio.

«Quindi è lui quello giusto?», domanda poco dopo.

«Ne dubito», confesso, «ma non riesco a combattere contro di lui. Sa come prendermi, dannazione. Di questo passo mi convincerà davvero ad andare a vivere con lui».

Mio fratello emette un fischio. «Siamo già a questo punto?», chiede impressionato ma molto più ammorbidito.

«Io non lo sono affatto, ma lui pare esserlo, quindi sicuramente l'avrà vinta. Le ha sempre tutte vinte», ammetto infastidita.

«Deduco che sia un tipo determinato».

«Stai scherzando? È un panzer quando si mette in testa qualcosa. E per qualche strano motivo ora si è messo in testa di essersi innamorato di me». Lo dico come se fosse assurdo.

«E tu non ci credi», aggiunge mio fratello intuendo quello che penso.

«Non è che non ci creda, ma penso che si sia in qualche modo voluto convincere. Io sarei perfetta per dar fastidio alla famiglia, che lui detesta. Invece che litigare con loro, potrebbe semplicemente mandare me in battaglia. Pensa che scenetta divertente…».

Michael ridacchia. «Oddio…».

«Non ridere! Sono mortalmente seria! Ho a che fare con l'uomo più cocciuto dell'universo».

«Be', almeno è un bel ragazzo», mi prende in giro.

«Appunto! Io ti sembro il tipo da uscire con uno simile? Uno di una bellezza così sfacciata e ostentata?»

«Lui non ostenta mica. È nato così, non puoi fargliene una colpa», mi fa notare saggiamente.

«Palle… Ian ostenta eccome. Certo, a modo suo», dico con un'espressione sofferente.

«Be', che male c'è? Vuole conquistarti e usa tutte le armi che ha a disposizione».

«Un secondo fa lo odiavi e ora sei il suo avvocato difensore?», chiedo seccata.

«Non lo odio, sono solo preoccupato. Comunque è sorprendente che una donna che si vanta di dare tanta importanza al cervello sia invece cascata ai piedi del più bello in circolazione», mi punzecchia sapendo bene dove affondare il coltello. Medico mica a caso!

Sfotti, sfotti pure, fratello caro.

«Sai qual è la cosa drammatica?», gli chiedo rassegnata. «È che non mi piace per una questione estetica, mi piace per il tipo di persona che è. Terribile, vero?»

«Non mi aspettavo nulla di diverso da te», mi rassicura Michael. «Allora, andrai a convivere?», chiede assaggiando un pasticcio di verdure.

«Spero davvero di trovare la forza per dirgli di no», ammetto sincera, perché la convivenza è qualcosa che non riesco proprio a contemplare.

«E perché mai?», chiede enigmatico mio fratello.

«Semplice, per non farmi spezzare del tutto il cuore. Guarda cosa è successo a te».

Lui mi osserva comprensivo. «Proprio perché mi è successo, mi sento in dovere di dirti che è decisamente meglio farsi spezzare il cuore che tenersi sempre lontano dal vero amore. Diciamo pure che i tuoi precedenti fidanzati non ti facevano proprio battere il cuore».

«Esatto! Erano perfetti!», ribatto.

Michael mi osserva dolce. «Jenny, forza, non puoi continuare in questo modo, evitando di metterti in gioco. Prima o poi ti tocca rischiare di innamorarti sul serio».

«Temo di essere arrivata già a quel punto...», mi lamento.

«Meno male. E ora cerca di non allontanarlo e di non farlo scappare a gambe levate», mi suggerisce il sapientone.

«Tenere a distanza le persone è una delle cose in cui riesco meglio», ammetto sprofondando nella sedia.

«Appunto, quindi vedi di cambiare atteggiamento», mi raccomanda.

«Ma come posso fare con la sua famiglia? Non mi accetteranno mai. Non sono esattamente di sangue blu...», gli faccio notare infastidita.

«Devi fregartene, non c'è altro da fare. Tanto non mi sembra che questo sia mai stato un problema per te», sottolinea sorridendo. Bastardo.

Lo guardo un po' perplessa. «Come mai tutti questi consigli? Pensavo saresti stato della stessa opinione di Stacey...».

Lui ride. «Oh sì. Sono sicuro che Stacey detesti Ian. Sinceramente averlo tra noi tutte le domeniche a pranzo sarebbe davvero uno spasso!».

Quanto vorrei avere le sue stesse certezze...

*****

Quando rientro dal pranzo, Ian è comodamente seduto nel mio ufficio in attesa del mio ritorno. Sta rispondendo a una serie di email dal suo BlackBerry e, quando lo saluto, quasi sobbalza.

«Non volevo spaventarti», gli dico sorridendo.

«Non mi hai spaventato», ribatte. Mi guarda dubbioso. «Allora tutto bene con tuo fratello?», domanda inquisitorio. Ecco perché è qui, è in cerca di dettagli sul mio appuntamento.

«Direi tutto molto bene», gli confesso. «A quanto pare è diventato un tuo fan».

«Meno male, almeno lui. La tua famiglia mi detesta». Lo dice con un tono tranquillo, ma le parole implicano qualcosa di ben diverso.

«Non è vero. È la tua famiglia che mi odia», ribatto mettendomi a sedere.

«Sciocchezze», mi dice lieve. Ah, magari fosse vero.

«Tuo nonno non mi può vedere», puntualizzo guardandolo diritto negli occhi.

Lui non si scompone affatto. «Mio nonno ti ammira molto».

Forse, ma in maniera sbagliata.

«Ma non mi vorrebbe mai accanto a te», aggiungo.

Ian non contraddice questa mia ultima affermazione. «A me non importa, a te sì?», chiede sorridendo.

«Certo che sì! È la tua famiglia, devi mantenere dei rapporti almeno decenti con loro!», esclamo seria.

«Sono quindici anni che non ho grandi rapporti con la mia famiglia. E credimi, tu non c'entravi allora esattamente come non c'entri ora».

Vorrei fosse così semplice.

«E quindi cosa ti ha suggerito tuo fratello che ha già avuto a che fare con noi nobili eccentrici?».

Gli racconto a grandi linee la storia di mio fratello. Voglio che capisca che l'astio nei confronti delle persone come lui è qualcosa di anticamente radicato nella mia famiglia, che non lo riguarda in modo diretto. Ma lo colpisce comunque.

«Mio fratello è un tipo ironico, e quindi mi ha suggerito di organizzare un incontro tra le nostre famiglie».

Ian mi fissa con aria affascinata. «Non sarebbe una cattiva idea».

«Sei impazzito?».

Lui si alza quasi felice dalla sedia e mi si avvicina. «Riflettici, sarebbe perfetto!».

«Ian, sono una ragazza con un'intelligenza superiore alla media. Per favore, non propormi cose simili. Dammi almeno un po' di credito».

Ridacchia e si avvicina per darmi un bacio fugace.

«Ma sei impazzito?», lo rimprovero. Siamo pur sempre in ufficio.

«Adesso mi vorrai anche dire che non posso baciare la mia ragazza...», mi prende in giro.

«No, in ufficio non puoi», gli dico minacciosa.

Lui alza le spalle noncurante. «Potremmo fare questo scambio: tu ammetti finalmente con tutti di essere la mia ragazza, vieni a una cena con le nostre rispettive famiglie e acconsenti a trasferirti da me, e io, in cambio, mi tengo a distanza nell'orario d'ufficio».

«Non trovi che ci sia un certo squilibrio nelle condizioni», gli dico sarcastica.

Ian non si scompone. «Pensa invece all'altra eventualità: ti rincorro ovunque per l'ufficio e ti bacio davanti a tutti…».

Gli occhi gli brillano maliziosi all'idea.

«Prima dovresti riuscire a prendermi», lo provoco.

Ian mi guarda come se volesse mangiarmi.

«Ok, se proprio ci tieni tanto a farti del male, organizziamo una cena», acconsento alla fine.

«E ti trasferisci da me», mi incalza.

«Non se ne parla».

«Giuro che faccio le valigie e vengo a stare da te. Saremmo decisamente più stretti in quattro in un appartamento, ma io sono uno che si adatta».

Certo, come no, come io mi adatterei a vivere in una tenda. Ma Ian è ostinato, e sarebbe capace di sopportare qualunque cosa pur di aver ragione.

«Ok, su questa storia della convivenza vedremo…», gli concedo alla fine.

Mi riserva un sorriso luminoso e sincero. «Lo sapevo che avresti ceduto…».

«Non ho affatto ceduto», ribatto alzando lievemente la voce.

Ma Ian non mi ascolta a e si incammina verso la porta. «Cara mia, e sottolineo il *mia*», mi dice seducente, «contro di me non hai alcuna speranza».

Questo purtroppo lo avevo capito anch'io.

Capitolo 30

«Sei nervosa?», mi chiede Ian mentre stiamo per entrare. Ha scelto un ristorante francese per far incontrare le nostre famiglie.

«Nervosa è dire poco», gli rispondo cercando di calmarmi prima di varcare l'ingresso.

Ian ha optato per un posto che possa accontentare tutti: niente di eccessivamente raffinato ma neanche di troppo rustico. Ho il brutto sospetto che nell'intento di mantenersi neutrale abbia finito però per scontentare tutti. Spero vivamente di sbagliarmi.

«I miei sono già arrivati», m'informa, facendomi notare la Bentley parcheggiata qualche metro più avanti.

Ecco come far sentire tutti a proprio agio, penso osservando il lussuoso macchinone.

«Adoro chi non si fa notare», gli rispondo ironica.

Vedo che le labbra di Ian si stiracchiano in un sorriso. «Mio nonno non sa cosa voglia dire non farsi notare. L'hai conosciuto, mi pare».

L'aria che si respira è di palese tensione: questo deve essere un ristorante che normalmente non ha a che fare con gente come il duca di Revington. O come i miei strampalati genitori.

«Da questa parte», ci indica un cameriere, molto pallido in volto. Al suo posto lo sarei anch'io.

Veniamo condotti a un grande tavolo apparecchiato in maniera ineccepibile. Non ci sarà l'argenteria, ma è tutto molto di buon gusto.

Le tre facce sedute al tavolo non sono esattamente la personificazione della simpatia, ma c'era da aspettarselo. Il duca si alza subito e mi stringe la mano.

«È sempre un piacere, Miss Percy», mi dice come se lo fosse davvero. Ma apprezzo la forma che cerca di mantenere.

La madre di Ian si alza per salutarci e presentarmi il marito. «Piacere, sono David St John», mi dice in maniera ufficiale stringendomi la mano e studiandomi con attenzione. Dal suo sguardo azzurrissimo non riesco a capire bene cosa pensi di me. La somiglianza con suo padre e suo figlio è abbastanza impressionante, anche se lo sguardo di Ian è molto più dolce e decisamente più aperto.

A questo amichevole quadretto mancano solo i miei, che però non tardano ad arrivare. Dopo le presentazioni, quando tutti sono ormai seduti, cala tra i convitati un silenzio imbarazzante.

«Bene, ora che ci siamo tutti, cosa ne dite di passare al vero motivo per cui ci troviamo insieme?», chiede il nonno di Ian. Non si può certo dire che vada per il sottile.

«Siamo qui per conoscerci, mi pare ovvio», gli risponde Ian a tono.

«Direi allora che ci siamo conosciuti», afferma sua madre nervosa.

Lui la guarda invocando estrema pazienza.

«Ottimo, perché Jenny e io vorremmo comunicarvi qualcosa», annuncia a tutti Ian.

«Non sarai mica incinta?», esclama mia madre in tono d'accusa.

La frase mette tutti in allerta. L'agitazione si fa palpabile.

«No mamma, non sono incinta», rispondo seccata. Anche se non sono assolutamente affari loro, vorrei precisare.

«Sei sicura?», rincalza la dose la madre di Ian.

Ma sono tutti impazziti?

«Sì, sono sicura», dico a denti stretti.

«Quello che volevamo dirvi», cerca di riprendere il discorso Ian, «è che stiamo per andare a vivere insieme».

«Insieme?», domanda scioccato mio padre.

«Sì, la stessa parola convivenza implica una comunione», gli faccio presente. Se vuole farmi domande così stupide sarò costretta a ricorrere alla semantica.

«Perché?», chiede ancora la madre di Ian.

Ian scoppia a ridere. «Come perché? Vi sembra così folle che due persone che stanno insieme decidano di convivere?»

«Ian, sai bene che nella nostra famiglia non ci sono mai state convivenze», gli fa notare suo padre che fino a quel momento aveva avuto il buon senso di starsene zitto.

«C'è sempre una prima volta», ribatte il figlio.

«E dove diavolo andreste a vivere?», chiede infine suo nonno con un tono che vorrebbe intimorirci.

«Pensavo a casa mia», gli risponde Ian.

«Vorrai dire a casa *mia*», sottolinea il duca in maniera non troppo elegante.

«Voglio dire nella casa per la quale pago un affitto. Non ho alcun problema a disdirlo e cercarne un'altra, se è questo il problema».

Suo nonno lo guarda glaciale. «Ma certo che no. La questione è un'altra».

«Bene, questo era chiaro anche a me», risponde il nipote sempre più arrabbiato. «Ma potrei sapere esattamente quale sarebbe l'ostacolo insormontabile?».

Un silenzio di tomba scende improvvisamente sulla nostra tavola e nessuno osa fiatare.

«Allora?», incalza Ian deciso.

«Non potete davvero pensare di essere compatibili», gli dice sua madre guardandolo seria.

«Mamma cara, se tu e papà pensate di esserlo, allora sarò ben contento di essere totalmente incompatibile con Jenny…».

Sua madre lo guarda infastidita ma non aggiunge altro.

Ma ero certa che suo nonno non sarebbe riuscito a trattenersi. «Ian, non penserai di andare fino in fondo: Miss Percy è molto intelligente e molto interessante, nessuno lo nega, ma se hai intenzioni serie hai sbagliato genere di persona».

Temevo che prima o poi qualcuno pronunciasse una frase del genere. E mia madre non riesce proprio a ignorarla.

«Mi scusi?», gli dice indignata alzando la voce. «Cosa intende?».

Il nonno di Ian la guarda perplesso. Nessuno gli si rivolge mai in questo modo. «Senza offesa signora, ma la nostra è una famiglia di importanza primaria in Inghilterra e le alleanze matrimoniali sono da sempre considerate come qualcosa di determinante».

Mio padre scoppia a ridere. «Ah, il principe William può sposare una ragazza i cui antenati erano minatori ma la vostra famiglia non può mischiarsi con una di sangue *commoner*?».

Il nonno di Ian è estremamente seccato. «Senza nulla togliere alla famiglia reale, sappia che sta parlando di una stirpe tedesca che ha un albero genealogico assolutamente non paragonabile al nostro. Ci sono qualcosa come cinquecento anni di storia di differenza».

Di male in peggio. Di questo passo finirà per scorrere del sangue.

«Qualcosa mi dice che il vostro sangue troppo blu avrebbe davvero bisogno di nuova linfa vitale. Troppi incroci tra voi simili devono avervi causato qualche danno cerebrale», ribatte battagliera mia madre.

La signora St John a questo punto si sente chiamata in causa. «Non è solo una questione di sangue. Senza offesa, ma ci sono delle qualità imprescindibili che una futura duchessa dovrebbe possedere».

Oddioo...

Non riesco a trattenere una risata nervosa. «Bene. Visto che abbiamo sfoderato l'artiglieria pesante, cerchiamo almeno di parlare sinceramente», suggerisco a tutti, cercando di non mostrarmi molto colpita dall'offesa implicita.

Mia madre invece sembra proprio essere stata punta sul vivo. «Intende forse dire che mia figlia non è abbastanza bella? Sta forse scherzando? Jennifer è bellissima! Senza contare che ha più cervello di tutte le ragazze con cui è uscito suo figlio messe insieme!».

A quanto pare c'era bisogno di un incontro simile per strappare qualche complimento a mia madre.

Ian le osserva scoraggiato. «Credo abbiano ragione, mamma».

Ormai mia madre è inarginabile. «E comunque è suo figlio che non è degno di Jenny! Uno così vuoto, così attento solo all'immagine...».

Mi sento in dovere di intervenire. «Mamma, cerchiamo di non esagerare».

«Jennifer, per piacere. Questa è una cosa seria!». Come se non l'avessi capito da sola. «Non puoi davvero pensare di andare a vivere con Ian sapendo come è stato cresciuto e quali ambienti frequenta!».

Ci vuole poco perché si scateni una lite collettiva, dove tutti urlano senza ascoltarsi.

Era chiaro che sarebbe finita in questo modo.

Forse Ian può continuare a illudersi che tra noi le cose possano funzionare, ma io so che non sarà così.

Potremmo anche decidere di andare a vivere insieme, ma alla lunga queste liti tra le nostre famiglie peserebbero anche tra di noi. Pian piano si creerebbe una frattura che finirebbe per far crollare tutto il palazzo, lasciando solo macerie.

Io amo Ian. È buffo rendersene conto proprio in questo momento. Lo amo talmente tanto da essere convinta che queste tensioni lo feriranno. E forse una piccola ferita oggi è meglio di una mortale domani.

Vorrei che ci fosse un'alternativa, ma non vedo vie d'uscita.

«Ian», sussurro cercando di richiamare la sua attenzione in questo pandemonio.

Lui mi guarda sfiduciato. Lo capisco.

«Ian, lo sapevo che sarebbe andata così. Se ci rifletti un attimo potevamo immaginarlo fin dall'inizio».

Lui mi osserva con aria interrogativa.

«Le nostre famiglie avranno sempre un peso, non puoi illuderti che non sia così. Nessuno vive da solo. Questa gente ci ha cresciuto e condiziona le nostre decisioni. Sono sincera, credo che non ci sia altra soluzione che lasciarci, ora, finché non ci sono convivenze di mezzo».

Ian mi guarda sbalordito, è chiaro che non si aspettava una cosa simile.

«Cosa stai dicendo?». Il suo tono è duro.

«Ci tengo a te, ci tengo davvero, ma non è possibile andare avanti».

Il suo sguardo dolce diventa improvvisamente di ghiaccio. «Se molli alla primissima difficoltà vuol dire che non mi ami abbastanza». La sua voce è ferita e incredula.

Il problema in verità è l'opposto: io lo amo decisamente troppo. «Tra noi due io tendo sempre a essere quella più realista, devi ammetterlo», gli dico calma. «Quindi, se decido di fare una cosa simile, è perché davvero non vedo una via d'uscita. Finiremmo solo per litigare, per offenderci e infine per odiarci. E io non lo voglio. Quindi è meglio chiuderla qui. Sapevamo di essere due persone troppo diverse».

Ian si alza con rabbia dal tavolo, in modo così brusco da attirare l'attenzione di tutti quanti, che a un tratto tacciono e lo osservano. «Siete tutti, tutti, dei palloni gonfiati. E vi dovreste vergognare». E se ne va.

Io cerco di seguirlo, ma una volta uscita dal ristorante, lui si è come volatilizzato.

Capitolo 31

Arrivo un quarto d'ora in ritardo. Non è da me, ma queste ultime due settimane sono state talmente surreali che mi stupisco di funzionare ancora in maniera quasi normale. Diciamo che mangio (poco), lavoro (male) e cerco di dormire senza riuscirci. Le mie occhiaie epiche sono pronte a testimoniarlo.

Soffro di una malattia che mi era del tutto sconosciuta, quella da amore impossibile. L'amore che sento per Ian è così radicato dentro di me che quasi non riesco a funzionare, sospetto persino di non riuscire a ragionare, in qualche momento. È abbastanza patetico arrivare a trentatré anni e scoprire cosa vuol dire innamorarsi davvero.

Immagino che prima o poi una cosa simile dovesse capitare anche a me.

In ogni caso, dopo aver pianto per due settimane di fila, Stacey e le mie amiche mi hanno finalmente convinto a mettere il naso fuori di casa. Questa sera mi trovo in questo ristorante italiano perché devo incontrare Eliott.

Stacey ha fissato l'incontro non tanto per farmi uscire con un uomo, ma per farmi parlare con uno psicologo.

Un cameriere mi porta al tavolo dove Eliott mi aspetta paziente e sorridente. Beato lui che ha ancora motivi per sorridere.

«Ciao Jenny», mi saluta, contento di vedermi.

«Ciao Eliott», contraccambio mettendomi a sedere.

«Normalmente ti direi che ti trovo bene, ma so che non è affatto così». Capisco che tante nottate in bianco siano impossibili da nascondere, nonostante il trucco.

«Apprezzo la sincerità, davvero», gli dico sorridendo. «Mi capita ancora di incrociare uno specchio ogni tanto e l'immagine che vedo non è esattamente rassicurante».

È la pura e semplice verità, inutile girarci intorno.

«Almeno sei cosciente del problema, è un primo passo per guarire», mi dice in tono professionale.

Magari fosse tutto così semplice. «Temo che questa malattia sarà ancora molto lunga e dolorosa», ammetto facendomi subito più cupa.

«Ne deduco che vi siete lasciati male», commenta Eliott. È chiaro a entrambi di chi stiamo parlando, non dobbiamo nemmeno pronunciare il suo nome.

Lo guardo rassegnata. «Male… c'è forse un buon modo per lasciarsi? Diciamo che nel nostro caso hanno contribuito molto le cause esterne», confesso. È evidente che la ferita brucia ancora. «Mai mettere in mezzo le famiglie», mi dice intuendo subito il problema.

«Lo so, lo so. Ma le nostre sono così ingombranti che abbiamo dovuto coinvolgerle. Non farlo sarebbe stato del tutto irresponsabile», gli spiego.

Eliott mi guarda come se avesse davvero davanti una bambina. «E Ian cosa dice a questo proposito?», mi domanda. Persino sentire il suo nome mi fa sussultare.

«Non lo so, davvero. Non ne ho idea, da due settimane», ammetto non molto fiera di me stessa.

«Vuoi dire che non vi siete più parlati?», chiede stupito.

«Sinceramente sto troppo male per parlargli. Suppongo anche lui, perché non mi ha mai cercata per un confronto. E se ci incrociamo in corridoio, cerchiamo di ignorarci. Forse in fondo non mi amava così tanto come voleva far credere…», dico fingendo di non sembrare così colpita all'idea.

Eliott scoppia a ridere. «Credimi, quello che ho conosciuto quella sera era un uomo molto determinato e molto innamorato».

«Sul determinato siamo d'accordo».

«Scusami Jenny, ma se stare separati ti fa stare così male, perché non cerchi di recuperare?».

Una domanda tutt'altro che stupida, la sua. Me la sono posta parecchie volte.

«Ci ho pensato, credimi. E mi secca ammetterlo, ma in genere quello più sicuro di noi era Ian. Se manca lui io non so più come muovermi. È come se vagassi improvvisamente al buio».

Eliott mi scruta benevolo, con comprensione. «Quindi se tornassi indietro non lo lasceresti?», mi domanda.

Lo guardo con occhi tristi. «Credo proprio di no. Ho fatto una cretinata. Adesso ho capito che le nostre famiglie sono importanti, ma non quanto noi. E non possono imporci come vivere la nostra vita. Temo di aver imparato a caro prezzo che o ci accettano così come siamo, oppure… che se ne vadano al diavolo!».

Eliott è molto soddisfatto della mia risposta. «E quindi cosa aspetti per riconquistarlo?», mi chiede.

Appoggio disperata la testa sul tavolo nascondendola tra le mani. «Ma come posso fare?», mi lamento. «Mi avrà sicuramente rimpiazzata. Deve avere un'agenda fitta di appuntamenti».

Sento il mio psicologo-amico ridere discretamente. «Qualcosa mi dice di no…», dichiara quasi enigmatico.

Sollevo curiosa la testa. «Cosa intendi dire?».

Eliott mi indica la figura di un uomo appena entrato nel ristorante. Temo che riconoscerei Ian ovunque, comunque e a qualsiasi distanza. Mentre si avvicina mi rendo conto che anche lui non ha una bella cera: non deve essersi fatto la barba da giorni, è pallido e i suoi occhi solitamente brillanti hanno perso la loro luce.

Con passi lunghi e decisi si avvicina in fretta al nostro tavolo.

«Ian», esclamo sorpresa di vederlo, con una faccia che è un misto di gioia e terrore. Cosa diavolo ci fa qui? E soprattutto, come fa a sapere che mi avrebbe trovata?

Ian saluta in fretta Eliott, che ricambia quasi divertito, e poi prende a fissarmi intensamente. «Jennifer...», inizia molto determinato.

Io cerco di dire qualcosa ma lui mi blocca con una mano. «Lo so che non è stata una grande idea presentarsi qui...», ammette.

«Io non sono...», inizio ma vengo interrotta ancora una volta.

«Per favore, non mi interrompere», mi dice e si avvicina ancora. «Ho preparato un discorso mentre guidavo e ho paura di dimenticare tutto se non mi lasci finire. In fondo sono due settimane che ho problemi a dormire, non sono particolarmente in me».

«A chi lo dici», replico sottovoce, ma lui non coglie la mia frase.

Mi prende per mano non appena mi alzo, mentre intorno a noi tutto il ristorante sta osservando la scena.

«Prima di tutto, non dovevo andarmene così durante quel pranzo. Dovevo rimanere lì e farti ragionare», ammette Ian deciso. «Perché so che alla fine ti avrei convinta».

«Veramente...», gli dico, ma lui mi blocca di nuovo.

«Punto secondo, non dovevo farti quei discorsi sulla convivenza, perché la verità è che io non sono un tipo da convivenza».

Lo guardo senza capire più niente: quindi alla fine non voleva affatto vivere con me? Cerco di non mostrarmi troppo ferita ma non è facile.

«Jenny, io sono tutt'altro tipo. Mi spiace, ma devo fare questa cosa fino in fondo e la devo fare a modo mio. Dopodiché potrai rispondermi e mandarmi al diavolo per sempre. Ti giuro che non verrò mai più a interrompere una tua cena o un tuo appuntamento».

Non mi è ben chiaro di cosa stia parlando.

«E quindi…», prosegue e si mette a cercare qualcosa nella tasca della giacca. Tira fuori una piccola scatola di velluto blu e inspira cercando di farsi forza.

Improvvisamente inizio a tremare, ho paura di sentirmi male. Sempre tenendomi la mano, che nel frattempo è diventata gelida, Ian si inginocchia di fronte a me. Il ristorante emette un unanime sospiro di sorpresa.

«Jennifer Percy, lo so che mi manderai al diavolo e forse me lo merito, ma io te lo devo chiedere comunque». Segue un attimo di pausa durante il quale non vola nemmeno una mosca. «Vuoi sposarmi?», domanda con una certa emozione.

E così dicendo, senza mai smettere di guardarmi, apre la scatoletta che contiene il diamante più grosso che io abbia mai visto in vita mia. Immagino siano i famosi cinque carati di cui parlava il duca quel giorno…

Rimango per un attimo a bocca aperta, talmente sorpresa da non riuscire a rispondere.

Da dietro sento una ragazza dire: «Giuro, se non lo sposa lei, lo faccio io!».

La frase mi fa sorridere, perché in quell'istante mi rendo conto che è chiaro che non posso fare altro che sposarlo. Io, che non ho mai sognato di fare un passo simile, sono certa di aver finalmente incontrato l'unica persona al mondo a cui avrei potuto dire sì.

Ian continua a guardarmi preoccupato. «Capisco lo shock… ma sono in lievissimo imbarazzo qui di fronte a tutti…», si lamenta semiserio.

Gli sorrido. «Sei tu che hai deciso di fare una cosa simile in un luogo così pubblico. Ian, pensavo che anni e anni di paparazzi ti avessero insegnato qualcosa», lo punzecchio.

Il mio sorriso scioglie in parte la sua tensione. «Ammetto di non aver molto ragionato quando tua sorella mi ha chiamato per dirmi che avevi un appuntamento questa sera», mi fa sapere in sua difesa.

«Mia sorella ha fatto cosa?», gli chiedo stupita. A quanto pare Stacey aveva un piano diabolico quando mi ha convinto a uscire.

«Questo non è un vero appuntamento…», mi giustifico.

«Sì, però mi ha detto anche che eri patetica senza di me», ammette Ian.

Ero molto più che patetica, rifletto seria.

«Ok, ora che ho portato a termine questa follia, posso alzarmi? Tanto lo so che come minimo ci devi riflettere… e sinceramente preferirei essere respinto in privato, ora che ci penso».

Ma io lo blocco mentre cerca di rialzarsi. «Rimani pure dove sei», gli intimo.

«È scomodo…», si lamenta Ian sorridendomi.

«Soffri ancora un po'. Quante altre volte ti capiterà mai di chiedere a una donna di sposarti?», gli domando seria.

«Se mi rispondi nella maniera giusta, ti giuro che sarà l'unica».

Faccio finta di rifletterci. «Sei sicuro Ian? La nostra vita sarà un caos», gli ricordo.

Lui sospira impaziente. «Sarei in ginocchio da mezz'ora di fronte a mezza Londra se avessi qualche dubbio?».

Lo dice in una maniera così carina che non riesco a non sciogliermi. «No, immagino di no».

«Jennifer, una risposta per favore», mi dice irrequieto.

Guardo a lungo quei suoi bellissimi occhi azzurri tornare lentamente a brillare.

«Certo che sì», gli dico con un filo di voce. «E tu lo sapevi».

Si alza finalmente da terra e con un gesto repentino mi afferra e mi bacia fino a farmi perdere la ragione. Intorno a noi si sentono commenti di approvazione e applausi.

«Lo speravo solo», mi confessa. «Io non so mai niente quando si tratta di te».

Mi tiene stretta a sé come se avesse davvero paura di perdermi. Cosa crede? D'ora in poi non si libererà di me neanche se lo volesse.

«Scusa, ma questo famoso anello dove diavolo è andato a finire?», gli chiedo ridendo.

«Tutto tuo», mi dice mentre me lo infila all'anulare della mano sinistra.

La pietra è talmente grande e lucente che rischio lo stordimento se continuo a fissarla.

«Ma pesa un quintale!», mi lamento.

«Certo, così non ti dimenticherai mai che sei mia. E non se ne dimenticheranno neanche gli altri».

Lo fisso cercando di tornare seria. «Ti giuro, ti avrei detto di sì anche con uno zircone di mezzo carato».

Lui mi stringe delicatamente il viso con le mani, prima di riprendere a baciarmi. «Lo so, Jennifer. È proprio questo il punto. Credimi, lo so».

Epilogo

Dal «Daily Mail» di domenica 13 maggio

Ieri, nell'incantevole castello di Revington, in uno scenario da sogno, Ian James Henry St John, conte di Langley, si è sposato con Miss Jennifer Percy, avvocato fiscalista presso una prestigiosa banca d'affari della capitale. A quanto pare i due sposi si sono effettivamente conosciuti sul posto di lavoro.

Miss Percy, che manterrà il suo cognome anche dopo il matrimonio, ha qualche anno in più del suo sposo, e discende da una famiglia di commoner che si è sempre interessata di agricoltura biologica.

Fonti certe riferiscono che ieri erano presenti circa cinquecento invitati altamente selezionati, di cui quattrocentocinquanta da parte dello sposo e cinquanta della sposa.

Pare inoltre che Miss Percy abbia preteso e ottenuto di indossare un vestito noleggiato in uno sconosciuto negozio londinese, reputando la spesa per un vestito da sposa (citiamo testualmente quanto riferito da una nostra fonte anonima) "una totale stupidaggine".

Su insistenza della madre dello sposo, la marchesa di Lotwell, la sposa ha invece indossato un antichissimo diadema che appartiene ai duchi di Revington da qualche secolo. Pare che la sposa si sia rifiutata però di portare il velo, in segno del cambiamento dei tempi.

Testimoni presenti alla cerimonia riferiscono di due sposi sorridenti e molto innamorati.

Sembra quindi che la nobiltà inglese abbia definitivamente voltato pagina: dopo il matrimonio del futuro re d'Inghilterra con una giovane di sangue tutt'altro che reale, anche il futuro duca di Revington ha scelto di sposare una ragazza non di sangue blu.

L'attuale duca, nonno dello sposo e grande cacciatore, di fronte al banchetto di nozze preparato esclusivamente con piatti vegani e vegetariani, in omaggio alla famiglia della sposa, ha commentato: «Quella ragazza fa paura persino a me. Nessuno di noi avrebbe osato servire qualcosa a base di carne, oggi».

I due sposini, partiti per il viaggio di nozze alle Seychelles, andranno poi a vivere in un bilocale comprato da poco in una nuova zona residenziale di Londra, con il contributo di entrambi. Ci è giunta voce che l'attuale duca desiderasse regalare alla giovane coppia un intero palazzo in pieno centro, ma da quanto riferiscono sempre i bene informati, il dono è stato gentilmente rifiutato.

Permettetemi di dire, che gente bizzarra, questa nuova nobiltà!

Scena bonus

Ian

Qualche anno prima della nostra storia...

La Porsche percorre velocemente l'ultimo pezzo di strada, quello che è stato lasciato volutamente sterrato perché l'eleganza antica da queste parti viene prima della comodità, e persino della sensatezza. Tendono infatti a formarsi certe pozze epiche quando piove, e qui si ostina a piovere spesso, nemmeno mio nonno avesse richiesto, e ovviamente ottenuto, una sua nuvola personale sopra la tenuta di Revington, perché i prati riescono meglio, se il clima è umido. Non sia mai che l'erba di mio nonno non sia la più verde del Somerset.

È credo comune che tutti debbano piegarsi al volere del duca da queste parti, motivo per cui, per quanto mi è possibile, cerco di non esagerare con le visite. La famiglia è notoriamente una masochistica invenzione da cui è fondamentale trovare la giusta distanza – né troppo lontani né troppo vicini, in una difficile ricerca di equilibrio, altrimenti detto quieto vivere – specialmente quando si è in una fase della propria vita in cui si cerca di farcela da soli, di trovare la propria strada, di sondare il proprio valore.

E non so cosa ne pensino gli altri, ma io trovo molto poco divertente che le persone facciano quasi sempre a gara per stendermi uno stramaledetto tappeto rosso solo per il fatto che la mia famiglia possiede un titolo nobiliare da molto più tempo della famiglia regnante (o almeno di questo ramo). Mio nonno non perde occasione per ribadirlo, per la serie "non è una gara, ma se lo fosse, vincerei io a mani basse".

Proseguo lungo lo sterrato maledicendo i sassi che colpiscono la carrozzeria, perché la strada è insolitamente asciutta. Dovrei probabilmente togliere il piede dall'acceleratore, ma non ne ho granché voglia: prima arrivo e prima potrò fuggire. O almeno è questa la mia speranza. Una cosa è certa: so bene perché sono stato convocato e so altrettanto bene che non sarà una conversazione piacevole. Quelle sono finite il giorno in cui mi sono laureato e ho declinato la gentile offerta di entrare subito nella gestione del patrimonio di famiglia e delle numerose aziende satelliti collegate.

Non fingerò nemmeno che l'offerta non fosse molto generosa: posizione di vicepresidente a partire dal primo giorno. *Troppo* generosa, infatti: nessuno fresco di laurea, nemmeno la persona più brillante del mondo, può pensare di saltare la gavetta e di guardare dall'alto quasi tutti gli altri. Lo so che sembrerà assurdo detto da me, ma il nepotismo dinastico – sia esso nobiliare oppure aziendale – è del tutto insopportabile. Produce persone ai vertici del tutto incapaci di guardare le cose con obiettività, fallaci nei momenti realmente delicati, incapaci di gestire le crisi.

Forse è il modo in cui il sistema tende a tornare in equilibrio: patrimoni eccessivamente sproporzionati, concentrati nelle mani di troppe poche persone, tendono ad assottigliarsi sempre di più. I soldi, in poche parole, rientrano in circolo, grazie all'azione (o anche inazione) di inetti pomposi. E non dico che non vi sia una sorta di equità in tutto questo, ma, per la miseria, che ci pensino pure gli altri a dilapidare patrimoni costruiti lungo numerose generazioni. Mi piace pensarmi un po' più realista e con un ego meno accentuati della maggior parte dei miei simili, perciò ho rifiutato l'offerta di mio nonno e mi sono trovato un'occupazione. In una società di consulenza, per la precisione, dove per due anni ho sputato sangue, ho dormito poco e mangiato male, nella speranza che il duro lavoro nobiliti più che un titolo passato di padre in figlio nei secoli. E ora sono pronto a spiccare il volo e a intraprendere una nuova sfida. Mi sono licenziato dal lavoro nella consulenza aziendale e ho accettato un posto in una delle più importanti banche d'affari che operano sulla piazza. Inizio domani. Sono francamente eccitato di buttarmi in questa nuova avventura. Qualcosa mi dice, però, che mio nonno non sarà dello stesso parere, quando gli comunicherò delle mie intenzioni. Negli ultimi anni tendiamo a non vederla mai nello stesso modo, chissà perché...

Sono distratto dai miei stessi pensieri a tal punto che quasi non mi accorgo di essere ormai arrivato in prossimità della scalinata d'ingresso del palazzo; sono perciò costretto a frenare bruscamente, sparando su James, il povero maggiordomo di mio nonno, una coltre di terriccio misto a sabbia di cui il poveretto avrebbe volentieri fatto a mano. E anch'io, se è per quello: avevo appena fatto lavare l'auto. Per niente, parrebbe.

Spengo l'automobile ed esco dall'abitacolo, costretto a sventolarmi per mandare via il fastidioso pulviscolo.

«Benarrivato, Lord Langley», mi saluta come suo solito, cercando di non far trapelare in alcun modo il fastidio che pure deve provare.

«Buongiorno, James, chiedo scusa della polvere. Ero sovrappensiero, temo», gli dico con tono sinceramente dispiaciuto.

«Si figuri. Anzi, scusi lei. Avrei dovuto far bagnare la strada, ora che ci penso», mi risponde.

Mi sfugge una mezza risata. James ha fatto una battuta? Sarebbe la prima volta.

Lo osservo con più attenzione e noto la sua determinazione. No, temo invece sia serio. «Non esageriamo... Sarebbe bastata un po' più di attenzione da parte mia. Vedrò di non fare lo stesso errore la prossima volta», replico prima che si accusi di qualche altra mia mancanza.

Avevo detto che mi sarei fermato solo per pranzo, perciò viaggio leggero e non ho valigie con me; si fugge più velocemente in questo modo.

«Il duca l'aspetta nel salone blu», mi informa prontamente.

Ah, il salone blu, quello con il tappeto scuro per terra. Probabile sia stato scelto sapendo che il mio sangue si noterà di meno. Perché potrebbe scorrere a fiumi. Qualcosa mi dice, infatti, che in città sia girata la voce delle mie dimissioni e una notizia che gira a Londra e mi riguarda trova sempre il modo per arrivare alle orecchie della mia famiglia. È una di quelle "regole del gioco" che cambierei volentieri ma finora nulla pare aver funzionato. E se – come credo – il duca sa già che mi sono licenziato, è certo che mi abbia voluto vedere perché ritiene sia di nuovo il momento giusto per parlare del ruolo che dovrei ambire ad assumere. Non sono ovviamente interessato, ma la cosa va comunicata con un certo tatto.

«Oh, eccoti!», mi saluta mio nonno dopo che James mi ha condotto fino al famigerato salone blu, come se non conoscessi questa casa a menadito. Altre regole che eliminerei, se avessi modo di farmi ascoltare.

«Eccomi», rispondo solo, mettendomi a sedere in una delle poltrone di velluto – blu appunto – in modo da avere di fronte mio nonno, seduto invece sul divano dello stesso colore.

«Ti trovo… un po' sciupato», ci tiene a farmi sapere, dopo aver fatto vagare lo sguardo sul mio viso.

A sua discolpa, probabilmente lo sono: vengo da mesi intensi, dove ho dato il massimo, con la conseguenza che ho preso troppo poco sole. Non solo: una volta amavo fare jogging all'aria aperta, invece nell'ultimo periodo mi sono dovuto arrendere all'abitudine di frequentare la palestra dell'azienda, una di quelle cose che ti spacciano per welfare e invece serve solo a tenerti ancora più ore dentro l'edificio. Ma non mi lamento della vita che ho fatto negli ultimi due anni: sapevo bene a cosa andavo incontro e se ho scelto di farlo, è perché volevo essere temprato a dovere. La speranza è che con il nuovo ruolo io abbia più tempo per uscire, andare a correre, fare qualche weekend fuoriporta.

Scrollo le spalle. «Ho la classica cera di uno che passa molto tempo in città», rispondo con diplomazia.

«A proposito di città… mi è giunta una voce molto interessante», esordisce senza perdere tempo. Mio nonno non è mai stato una persona paziente; la vita non ha mai reso necessario che imparasse a esserlo.

Non voglio lasciargli la soddisfazione di dirlo per prima. «Mi sono licenziato», lo anticipo. Uno deve prendersi le piccole vittorie dove può.

Si illumina all'istante. «Ah, perciò era vero!».

«Ho dato alla consulenza aziendale due anni. Ho imparato molto ma ora è il momento di passare al prossimo step...». Lo so che lo ritiene impossibile, ma io ho sempre avuto in mente un piano. O, per meglio dire, un certo percorso.

«E a questo proposito...». Quasi si solleva dal divano, pronto a tornare a caricare.

Sono costretto a inserirmi in modo quasi brusco. «Ho accettato un altro lavoro». Lo dico in modo diretto ma deciso, con un'espressione che spero risulti ferma e risoluta a sufficienza da non innescare discussioni sterili.

Ripiomba sul divano con poca eleganza, il che è inusuale per lui. «Cosa?», chiede con un tono che non preannuncia nulla di buono.

«Mi sono licenziato, è vero, ma perché ho deciso di accettare un'offerta che ritengo irrinunciabile: passo a una grande investment bank, dove stanno creando una nuova divisione dedicata all'ottimizzazione fiscale dei grandi patrimoni», cerco di spiegargli. «Mi è parsa l'occasione giusta per fare il salto».

«Ti è parsa l'occasione giusta?», ripete. Il sarcasmo purtroppo gli dona, e lui ne abusa spesso.

«Lo so che non approvi ma...», cerco di placarlo in qualche modo. Errore tattico: mai mettersi sulla difensiva con il duca.

«Ah, e lo sai pure!». La sua voce baritonale vibra con effetto. L'acustica di questo salone deve essere stata studiata ad arte. «Eppure, nonostante tu lo sappia, hai accettato il nuovo posto senza consultarti con la tua famiglia!».

Trattengo a fatica un sorriso e mi limito a sospirare. «E da quando tu ti consulti con me riguardo alle tue scelte?». Frase rischiosa, ma ormai stiamo ballando.

Mio nonno si blocca per scrutarmi in cagnesco. «Ci stai mettendo sullo stesso piano?». Lo domanda più che altro per darmi un'ultima possibilità di cambiare il senso della mia frase sfacciata.

Purtroppo per lui, a questo giro non ho la minima intenzione di cedere né di arretrare. «Be', perché no? Chiamala pure la presunzione della gioventù...».

«Ian, lo so cosa stai cercando di fare», mi avverte. Ma se non altro ha smesso di sbraitare.

«Cosa?», fingo innocenza.

Lui non mi risponde direttamente, come se fosse sottinteso. «Sei in grado di affascinare chiunque, lo sappiamo bene. È quella faccia che ti ritrovi», commenta invece.

No, a dire il vero è la *testa* che mi ritrovo, ma vedo di sorvolare. Le persone non fanno altro che rinfacciarmi in qualche modo il mio aspetto, come se le cose mi siano sempre riuscite non per via del mio impegno, ma solo perché piaccio esteticamente alla gente. «Qualcuno dice che ti assomiglio molto», cerco di rabbonirlo. Il mio scopo odierno non è quello di causare l'ennesima lite tra di noi, ma di provare a capirsi reciprocamente. Difficile, me ne rendo conto, ma se non altro posso dire di averci provato.

La mia frase lo costringe a una risata non voluta. «Ed è vero, mi somigli. Ma nello stesso tempo sei il mio opposto: io ho sempre avuto ben chiare le responsabilità nei confronti della mia famiglia. Non ho perso tempo inutilmente, ma mi sono reso utile sin dal primo giorno», ci tiene a ricordarmi.

«Nonno, io non sto perdendo tempo. Tutt'altro, sto cercando di fare di me stesso una persona competente, che tu ci creda o meno». È l'argomento vecchio come il mondo. Abbiamo due modi differenti di vedere le cose, anche perché siamo di epoche molto diverse. Non gli piace che gli si ricordi la sua età, ma ormai ha settantacinque anni e tende a dimenticarsi di quante cose siano cambiate nell'ultimo periodo. La nobiltà non è più quella di una volta, che lui lo ammetta o meno. Serve un'impostazione seria e professionale per gestire i patrimoni di famiglia. Serve essere preparati, serve aver lavorato per altri, dove nessuno ha paura di riprenderti o di dirti che stai sbagliando. Serve essere l'ultima ruota del carro, perché solo se sei partito dal basso, puoi seriamente ambire a salire.

«Ideali nobili, non lo nego, ma noi siamo sempre stati gente pratica», mi rimprovera.

«Io sono praticissimo».

Nicchia. «Per nulla. Sei sempre stato mosso da questi *grandi ideali…*». Da come lo dice, sembrerebbe un qualcosa di estremamente negativo.

«Ognuno di noi cerca di fare il proprio meglio», commento cercando di non sospirare.

«Se venissi a lavorare con me e tuo padre, potresti finalmente capire cosa di prova a contare davvero…». Avevo sperato avesse finito ma no, ha ancora molto da dire.

«È questo il fatto: io ho la presunzione di pensare di poter contare davvero solo perché sono bravo». Incrocio le braccia al petto, pronto alla lotta.

Mio nonno scoppia a ridere. La risata è di quelle da far gelare il sangue. «Ammirevole, ma del tutto inutile».

«Sì, lo so che la gente che si è fatta da sola non gode della tua approvazione…», lo provoco. Mio nonno stima molto chi è partito dal basso, ma solo perché non ha avuta altra scelta. Ritiene invece una grande perdita di tempo farlo quando si può benissimo godere dei benefici della propria posizione. Su questo abbiamo opinioni del tutto contrastanti, inutile a dirsi.

«In questo nuovo posto… ti pagheranno quanto… centomila sterline a voler essere generosi?».

Cerco di rimanere imperturbabile mentre gli rispondo. «Centomila sterline sono un sacco di soldi per parecchia gente». Anche perché esistono pure i bonus, e quelli uno se li conquista sul campo.

«Sì, sì, ma non per me e nemmeno per te. Mi paghi un discreto affitto, in fin dei conti… Perché poi tu insista per pagarlo, rimane per me un grande mistero».

«Perché sono un affittuario, no?».

Abbassa con violenza la mano e colpisce il bordo del divano. «No che non lo sei. Sei mio nipote, sei il mio erede!». Nel caso me ne fossi dimenticato per un istante. «Perché tu voglia andare avanti a giocare a quello che non gode di alcun privilegio – quando è stato il privilegio a spalancarti le porte delle migliori scuole sin dalla più tenera età e a darti accesso alla più elitaria istruzione di questo paese – davvero non comprendo…».

«Sono grato di tutto», provo a convincerlo, ma lui solleva sospettoso un sopracciglio.

«Non si direbbe», borbotta.

«Credimi, lo sono eccome. Ma voglio fare le cose in modo differente, se permetti».

Altra risata sospirata. «Che io permetta o meno non cambia nulla», ricorda a entrambi.

Forse è questo il nocciolo della questione: mio nonno non accetta di non avere sempre il controllo delle persone e delle situazioni. E io gli sfuggo da un po' di anni a questa parte, con sua somma rabbia. Ebbene, ho tutta l'intenzione di continuare a sfuggirli ancora a lungo. Posto che la mia non è solo testardaggine ma una forte convinzione di essere nel giusto, se anche fosse meramente tenacia, so bene da chi l'ho presa. Dalla persona che mi siete di fronte e che mi sfida apertamente con sguardo duro.

Per un lungo momento rimaniamo entrambi in silenzio a lanciarci occhiate di fuoco, finché mio nonno deve rendersi conto dell'assoluta impossibilità di farmi cambiare idea. Detto in modo piuttosto prosaico, sa di non avere elementi con cui ricattarmi. E non li ha perché ho fatto in modo che non avesse appigli di coercizione, come invece è solito fare con tutti. Se lui è sempre stato un grande stratega, nel mio piccolo anch'io mi so muovere.

«Ne riparleremo», è costretto a cedere. «Ora andiamo a pranzo», mi dice sollevandosi dal divano.

Apro la bocca per provare a liberarmi, ma lui mi precede. «Pranzo, Ian. O i tuoi genitori mi riterranno colpevole di averti fatto scappare. Per l'ennesima volta. Possiamo parlare di polo, per stemperare la tensione», mi propone, certo di essere stato molto magnanimo.

Non posso fare altro che accettare. «E va bene, pranzo sia. Il polo, hai detto?». Non so di cosa parli la gente normale mentre è seduta a tavola, ma in questa casa – che non è casa ma un'autentica dimora, capace di incutere timore con la sua sola presenza – le opzioni considerate neutre spaziano dalla caccia alla volpe al polo, appunto. Ogni tanto mi ritrovo a pensare che questo mondo debba disintegrarsi per forza di cose, perché è passato il tempo massimo di tutto questo.

«Stavo giusto pensando di comprare un cavallo…».

Jeremy e io ci ritroviamo quella sera stessa all'Oxford e Cambridge Club di Londra; fondato oltre duecento anni fa, occupa un elegante edificio in zona St. James ed è stato pensato come luogo di ritrovo per i laureati delle due più prestigiose università inglesi. Quasi mi immagino il sorriso sornione che farebbe mio nonno nel vederci qui ora, seduti in questa opulenta biblioteca antica con un altrettanto impegnativo e ben invecchiato whisky scozzese in mano. Io sono uscito da Oxford, il mio amico da Cambridge, a parziale conferma che c'è del vero in quello che il nonno mi stava rinfacciando oggi, per quanto a me la cosa infastidisca. Avremmo potuto iscriverci a numerose altre università, ma rimane il fatto che siamo finiti in queste due. Più che un vero e proprio caso, destini già segnati e già scritti. Almeno finché uno non ci mette del proprio.

«Perché sorridi?», vuole sapere Jeremy.

«Stavo pensando a mio nonno e a quello che mi ha detto oggi: che il privilegio familiare mi ha sempre aperto tutte le porte. E in effetti, a vederci qui, uno non potrebbe dargli chissà quanto torto…».

Jeremy solleva il suo bicchiere e osserva il liquido ambrato alla luce della lampada. «Ti dà fastidio che abbia ragione?», chiede benevolo.

«Sì, in parte. Siamo così immersi in questo mondo che quasi ci pare normale. Ma non lo è, e io non lo dimentico», rispondo concentrato.

«Vuoi combattere il sistema?», chiede ironico.

«No, almeno non apertamente. Voglio piuttosto guadagnarmi il mio posto al mondo, se capisci cosa intendo».

Il mio amico ride. «Ah, questa storia del dover dimostrare il proprio valore...».

«Perché, tu non vuoi farlo?», gli chiedo.

«Io *devo* farlo, che è diverso. Mio padre ha fatto carriera come manager e ha messo da parte parecchi soldi, come ben saprai, garantendo a tutta la famiglia una vita di agi, ma siamo solo degli arricchiti fortunati, rispetto a quello che è invece un patrimonio generazionale come quelli dei duchi di Revington», commenta. «Non c'è storia, non c'è partita, non c'è proprio paragone», ride.

«Dici che sono irragionevole?», chiedo diretto.

Lui ci pensa un attimo, dando un sorso al suo drink. «No, non lo penso. Perché il peso che hai sulle spalle mi è ben chiaro. Niente è gratis a questo mondo, e quello che ti ha garantito la tua famiglia per buona parte della tua vita dovresti ripagarlo inchinandoti ai loro piani. Ma tu giustamente hai i tuoi, perciò che vadano pure al diavolo».

Gli sorrido sentendomi più leggero. «Cosa che ho fatto, sebbene non proprio con queste parole...».

«Cielo, spero bene non con queste parole», conviene divertito. «Sua grazia probabilmente non sopporta la gente che non si inchina al suo volere. Certo, quando a ribellarsi è suo nipote, non può fare altro che lasciar correre...».

«Ma è questo il punto: io non mi sto ribellando. Continuo a vivere in uno dei suoi appartamenti londinesi», gli ricordo. E francamente lo sto facendo proprio perché non voglio spezzare del tutto il legame con la mia famiglia. Che ci credano o meno, le mie scelte non sono un affronto a loro, ma solo quello che ritengo essere meglio per me.

«Scommetto che al vecchio rode il fatto che tu stia pagando l'affitto», desume correttamente.

Annuisco con vigore. «In modo quasi incredibile».

«Perché vorrebbe averti sotto scacco in qualche modo, e non è così».

«Mi ha convocato oggi perché aveva sentito dire in giro che mi ero licenziato», gli racconto.

«Ah, la vecchia volpe che ha orecchie ovunque», sghignazza Jeremy. «Perciò è tornato a bomba».

«Certo, pensava di potermi tentare con chissà quale offerta».

«Per pura curiosità, quanto pagano nella vostra holding?», chiede.

«Non lo so, non siamo arrivati a quel punto. È importante?».

Jeremy posa per un attimo il bicchiere su una mensola stracolma di libri antichi. «Ah, voi nobili con patrimoni infiniti… il dramma è che per voi non sono importanti nemmeno i soldi. Non davvero. È più una questione di potere».

Apro la bocca per rettificare, ma sono costretto a richiuderla e a rifletterci per un attimo. «È una questione di essere liberi di fare quello che si desidera», lo correggo. Ma non ha sbagliato di molto. L'intreccio tra potere e libertà è meno scontato di quanto si possa pensare.

«Perciò, dall'alto alla tua aspirazione alla libertà, domani inizi presso la nuova banca, non è così?». Mi prende un po' in giro, lo sento dal tono, ma Jeremy è un amico sincero perciò può farlo. Anzi, *deve* farlo: chi si prende troppo sul serio, è perduto.

«Domani inizio, corretto. Sono… speranzoso, per qualche buffo motivo».

Il mio amico inclina la testa verso di me. «Si è sempre speranzosi quando non si sa ancora con cosa si avrà a che fare».

Mi incupisco all'istante. «Dici che sto sbagliando?»

«No», ride del mio umore odierno. «Dico solo che la vita sa essere imprevedibile. E per quanto a te piaccia fingerti leggero e spensierato, sei un grande pianificatore. Parti con calma, se vuoi un consiglio. Non cercare subito di voler dimostrare a tutti quanto tu sia meglio degli altri». E mi fa l'occhiolino.

So che è una domanda che non dovrei fare, ma è stata una lunga giornata. E poi al diavolo la falsa modestia. «Anche se sono il migliore di tutti?», gli chiedo con espressione determinata.

Jeremy scuote la testa sempre allegro. «È questo il bello del non essere raccomandati e del non volersi accontentare di lavorare in un ambiente protetto come appunto l'azienda di famiglia: di solito c'è sempre qualcuno che può batterti al tuo stesso gioco. È mera questione di statistica».

«Perciò sostieni che troverò pane per i miei denti...», traduco.

«Perciò ti auguro di trovare pane per i tuoi denti», corregge la frase.

«Be', ma io amo moltissimo le sfide». Nel caso se ne fosse dimenticato.

«E allora fai attenzione a non amarle troppo», commenta sibillino. «Certe sfide sanno essere imprevedibili. Gli esiti del tutto insperati».

Entrambi portiamo poi il bicchiere alla bocca – io faccio in fretta visto che avevo il whisky in mano, Jeremy lo riprende dalla libreria – e ci godiamo per qualche attimo il silenzio di questo posto in una domenica sera come tante.

Il lunedì seguente sono in piedi di buon'ora, intenzionato ad arrivare nel mio nuovo ufficio prima di tutti gli altri. Sono le piccole cose che ti garantiscono un certo vantaggio competitivo, il modo implicito in cui comunichi al tuo nuovo capo che sei uno di cui ci si può fidare e che non avrai problemi a faticare.

«Sì, St John», commenta uno degli addetti all'ingresso mentre mi consegna il mio nuovo badge. «Una firma qui, per favore».

Eseguo e mi impossesso del mio lasciapassare, sorridendo all'uomo. Oggi mi sento piuttosto propenso a sorridere, a dire il vero. Gli inizi mi piacciono perché mi aprono a infinite possibilità, e oggi è per me un grande inizio.

Mi avvicino al tornello e striscio il badge, ma invece che aprirsi, compare una grossa croce rossa alla mia destra.

L'uomo della security ha visto e scuote la testa. «È troppo mattiniero. Quelli delle risorse umane non hanno sbloccato il suo accesso», mi spiega.

In quel preciso momento una donna compare al mio fianco. «Ah, quale buon vento, miss Percy...», le si rivolge l'uomo.

La persona si ferma; è una giovane donna, non credo ancora trentenne, vestita in un completo pantaloni scuro che sembra essere troppo largo per lei. Presumo non sia una grande fan dei vestiti aderenti. La sua espressione è accigliata, come se bloccarla sia stato un mezzo sacrilegio. «Sì?», chiede.

«Un nuovo assunto», spiega. E poi controlla la scheda perché si è ovviamente dimenticato già del nome.

«Ian St John», colgo l'occasione per presentarmi, allungando una mano nella sua direzione.

A una prima occhiata quasi non ci si potrebbe accorgere di lei, ma Miss Percy ha due enormi occhi castani che emanano un'intelligenza palese e vibrante. Con certe persone è così: ti basta un'occhiata per capire che hanno stoffa. E questa ragazza ce l'ha da vendere, se non ho perso la mia capacità di leggere le persone.

Scruta con attenzione la mia mano, cercando di mantenere un'espressione il più possibile neutra. Ma è diffidente, lo percepisco quasi a pelle. Allunga infatti la sua in modo piuttosto guardingo, sebbene ostenti sicurezza.

Forse dovrei sorridere di meno, ma il fatto che riesca a percepire in modo così evidente i suoi stati d'animo mi incuriosisce. C'è qualcosa in lei, qualcosa che mi sembra in qualche modo speciale; mi ritrovo affascinato contro il mio stesso volere e non le ho nemmeno stretto ancora la mano. E a proposito di questo…

Lei ha sfruttato il mio breve momento di riflessione per agguantare il mio palmo e stringerlo con decisione. Troppa decisione, probabilmente, segno che è più nervosa di quanto stia dando a vedere. Non solo, mi pare piuttosto stupita della sua stessa reazione, come se non le capitino mai incontri che uno già può anticipare saranno speciali.

«Jennifer Percy», mi dice, ritraendosi in fretta dalla mia stretta. Sposta poi un ciuffo di capelli castani dalla faccia, cercando di ricomporsi. «Vuoi passare?», mi offre.

«Sì, grazie. Sono diretto alla divisione di consulenza fiscale», aggiungo poi mentre la seguo agli ascensori. «Settimo piano, se non sbaglio».

I suoi occhi si spalancano colpiti. Per un attimo mi pare quasi preoccupata. «Sì, settimo piano», mi conferma. «Ci vado anch'io».

«Pensa il caso...», commento mentre entriamo nell'ascensore.

«Già, il caso», ripete a sua volta, tornando a essere in qualche modo guardinga.

E poi le porte dell'ascensore si chiudono. La mia prima giornata è ufficialmente iniziata.

Ringraziamenti

Io e la scrittura ci siamo trovate solo qualche anno fa a causa di una pressione ai limiti dell'accettabile durante la mia prima gravidanza. Direi che è stata un antistress perfetto. Ma sarebbe rimasta solo quello, se non fosse stato per l'insistenza di mio marito Alessandro, che ha deciso di dare visibilità a quello che scrivevo, ignorando tutte le mie rimostranze. Sappiatelo, è tutta colpa sua.

Ringrazio sentitamente la mia carissima amica Rossana, lettrice entusiasta man mano che questa storia prendeva forma nella mia mente. In quanto amica è di parte, ma vi giuro, in qualche momento la sua passione per questo libro ha superato persino la mia.

Ringrazio Alessandra Penna, editor della Newton Compton, che mi ha finalmente costretta a rileggere con attenzione questo romanzo, soppesando ogni singola parola. Nessuno prima d'ora era riuscito in una tale *mission impossible.* Le sono anche molto grata per essersi adeguata ai miei orari bizzarri: in quanto mamma-lavoratrice full-time, gli unici momenti che ho potuto dedicare alla revisione sono stati le serate e i fine settimana.

Infine un ringraziamento a tutta la mia famiglia, che mi ha aiutato a coltivare la passione per la lettura sin da piccolissima: se non avessi esaurito la scelta dei libri da leggere, forse non avrei mai iniziato a scrivere.

Indice

I